김탁환

1968년 진해에서 태어나 서울대학교 국어국문학과와 동 대학원을 졸업했다. 대하소설 『불멸의 이순신』, 『압록강』을 비롯해 장편소설 『혜초』, 『리심, 파리의 조선 궁녀』, 『방각본 살인 사건』, 『열녀문의 비밀』, 『열하광인』, 『허균, 최후의 19일』, 『나, 황진이』, 『서러워라, 잊혀진다는 것은』, 『목격자들』, 『조선 마술사』, 『거짓말이다』, 『대장 김창수』 등을 발표했다. 소설집 『진해 벚꽃』, 『아름다운 그이는 사람이어라』, 산문집 『엄마의 골목』, 『그래서 그는 바다로 갔다』 등이 있다.

파리의 조선 궁녀

리심 1

1부 나아갈 진 進

소설 조선왕조실록

13

파리의 조선 궁녀

리심

1

김탁환

민음사

놀라운 여행자들이여! 얼마나 고결한 이야기를
우리는 바다처럼 깊은 당신들의 눈에서 읽는가!
당신들의 풍요로운 기억의 상자를 우리에게 보여 주게,
별과 에테르로 만들어진 그 신기한 보석들을.

—샤를 보들레르, 「여행」

차례

만찬

천년만년 흘러도 결코 잊지 못할 하루가 있다.

1894년 10월, 아프리카 마락가(摩洛哥, 모로코)에 도착한 후로도 리심(梨心)은 매일 밤 잠자리에 들기 전 그날 일을 속삭여 달라고 했다. 그 덕분에 리심의 남편이자 주 모로코 프랑스 공사 대리인 빅토르에밀마리조제프 콜랭 드 플랑시(Victor-Emile-Marie-Joseph Collin de Plancy)는 1888년 여름 조선 한양의 경복궁 근정전(勤政殿) 앞마당을 구석구석 외울 정도였다.

모로 누운 리심이 이불 밖으로 희고 긴 손가락을 뻗었다. 그녀는 눈을 꼬옥 감은 채, 이야기의 흐름을 타듯 남편의 깊은 눈과 오뚝한 코, 곱슬곱슬한 수염을 어루만졌다. 손끝이 입술에 닿을 때마다 빅토르 콜랭의 목소리가 흔들리며 빨라졌다.

"천천히! 천천히, 첫눈 밟듯 가 줘요!"

조선에서 데려온 이 고운 아내를 위해서라면, 빅토르 콜랭은 자신의 생애 전체를 느리디느린 걸음 하나에 담아도 좋다고 생각했다. 그는 이야기 속도를 늦추면서 아내 리심이 잠들 때까지, 아내의 아미로 흘러내린 검은 머리카락을 쓸면서 이야기를 잇고 또 이었다.

근정전 기단에 놓인 십이지신을 하나하나 읊을 때마다, 빅토르 콜랭은 릴리 거리에 있는 파리 동양어 학교에서 중국어를 담당했던 클렉코우스키 백작의 날카로운 질문들을 떠올리곤 했다. 백작은 첫 강의에서 중국인들은 태어날 때부터 자신을 상징하는 짐승을 하나씩 부여받는다고 일러주었다. 쥐, 소, 호랑이, 토끼, 용, 뱀, 말, 양, 원숭이, 닭, 개, 돼지 등 열두 가지였다. 고양이나 늑대는 왜 없느냐고 빅토르 콜랭이 묻자 백작은 잠시 침묵했다가 칠판에 열십(十)자를 적었다.

"자네는 이걸 보면 어떤 단어들이 떠오르나?"

"구원, 희생, 부활이 생각납니다."

"왜 하필 그 말이 생각나지?"

"그거야……."

"예수께서 못 박혀 돌아가신 골고다 언덕 십자가 때문이 겠지?"

클렉코우스키 백작은 빅토르 콜랭과 눈을 맞춘 후 나머지 학생들도 차례차례 쳐다보았다.

"중국인들도 그럴까? 십자가가 무엇인지 모르는 중국인 들도 자네처럼 희생, 부활, 구원…… 이런 걸 떠올릴까? 아니지. 중국인들은 결코 그런 심오한 단어들을 이것과 연결 짓지 않을 걸세. 북경이나 상해의 가게에서 만약 자네가 열십 자를 써 보인다면, 중국 상인은 자네에게 사과 열 개 를 줄 걸세. 빵 열 개를 줄 수도 있지. 중국인들은 단지 이 걸 9와 11 사이의 숫자, 즉 10으로만 받아들일 테니까."

백작은 말을 끊고 빅토르 콜랭 쪽으로 시선을 돌렸다.

"왜 중국인들이 열두 동물만 받아들였는지, 거기서 고양이와 늑대는 왜 빠졌는지는 자네가 직접 찾아보게."

빅토르 콜랭은 훗날 아내 리심에게 십이지신이 왜 십이 지신인지 물어보았다. 시문에 밝은 아내였지만 눈을 동그 랗게 뜨고 그 물음의 가치를 인정하지 않았다.

"십이지신이 왜 십이지신이냐뇨? 십삼지신이면 계산이 안 되잖아요? 갑자로 딱 맞아떨어지려면 십이지신이어야 하죠."

프랑스인들이 와인과 치즈와 남프랑스의 따스한 태양을

좋아하듯이 중국인들도 돈과 붉은색과 다양한 미신을 즐겼다. 다른 인종이고 다른 언어를 쓰는 만큼 다른 습속을 지니는 것은 어쩌면 당연한 일이다.

근정전 묘사에서 가장 힘든 순간은 호랑이도 아니고 해태도 아닌, 무엇이라고 딱 꼬집어 말하기 힘든 돌짐승들과 마주쳤을 때다. 청룡, 백호, 주작, 현무의 사신(四神)이나 십이지신은 그 형태가 분명하기 때문에 엉성하게 설명해도 대충 넘어갔지만, 리심은 이 기기묘묘한 돌짐승에 대해서는 각별한 관심을 지녔다. 돌짐승들을 슬쩍 건너뛰기라도 하면 양팔을 휘휘휘 저으며 막았다. 설명할 때마다 형체가 달라졌지만 리심은 오히려 변화를 즐기는 눈치였다.

"돌짐승들은 그만하면 됐어요. 이제 멋쟁이 당신이 등장할 차례예요."

초대 프랑스 공사 빅토르 콜랭은 조선 국왕이 초대한 만찬장 입구에서 멈춰 섰다. 안경을 고쳐 쓴 후 복장을 매만지기 시작했다. 오후 내내 거울 앞을 떠나지 않았지만 마음이 놓이지 않았던 것이다. 만다린 칼라와 목 사이에 검지를 넣어 품이 넉넉한지 확인한 후 목을 두른 금 노끈 장식을 손바닥으로 쓰윽 닦아 냈다. 가슴에 달린 갖가지 휘장과 훈장 그리고 리본을 포함하여 은성장, 금성장, 별 모양 메달을 손바닥으로 일일이 다시 눌렀다. 왼쪽 가슴 둘째 줄 가운데 리본에 달린 올리브 잎사귀 모양의 고리는 특별히 아끼는 것이기에 반 뼘쯤 위로 옮겨 달았다. 오른쪽 어깨에서 왼쪽 허리로 가로질러 두른 예장용 띠는 흘러내리지 않도록 팽팽하게 당겼다. 오른쪽 손목을 내려 커프스 위치도 확인하고 아이리스 문양이 선명하게 보이도록 허리띠를 고쳐 맸다. 앞가르마를 타서 기름을 발라 좌우로 넘겨 붙인 머리와 잘 다듬어 뺨으로 말려 올라간 카이저 콧수염도 다시 한번 점검했다.

'이 정도면!'

빅토르 콜랭은 흠 하고 한차례 헛기침을 뱉은 후 하늘을 올려다보았다. 해가 뉘엿뉘엿 지고 있었다. 오늘 만찬이 얼마나 중요한지는 누구보다도 자신이 더 잘 알았다. 조선국 신하들과 조선에 머무르는 각국 외교관들을 공식적으로 처음 만나는 자리인 것이다.

'하나라도 실수하면 안 된다. 완벽하게, 프랑스 외교관의 위엄을 보여 줘야 한다.'

빅토르 콜랭은 가슴을 펴고 큰 걸음으로 절도 있게 나아갔다. 걸음을 뗄 때마다 가슴에 달린 휘장이 찰랑거렸다. 무거운 책임감과 애국심이 새삼 어깨를 눌러 왔다.

사신과 십이지신, 또 정체를 파악하기 힘든 돌짐승들이

지키는 근정전에는 이미 많은 이들이 모여 있었다. 예복을 갖춰 입은 각국 외교관들이 중앙 무대를 둥글게 에워싼 채 앉았다. 그 사이를 누비며 궁녀들과 내관들이 차와 음식을 나르느라 분주했고, 역관들도 조선어와 외국어를 통역하느라 바빴다.

젊은 내관이 다가와 읍했다. 빅토르 콜랭은 그를 따라 미리 마련해 둔 자리로 나아갔다. 조선 국왕과 왕비 민 씨, 그리고 프랑스 공사관의 서기관 게랭이 그를 반겨 맞았다. 빅토르 콜랭은 절도 있게 허리를 굽혀서 예를 갖춘 후 게랭의 오른편 자리에 앉았다. 빅토르 콜랭이 목소리 낮추어 물었다.

"표정이 편치 않은데?"

게랭이 귓속말로 답했다.

"엉망이에요. 정말 엉망이라고요."

게랭은 개선문이 얼마나 웅장하냐는 질문을 받고 조선 왕비에게 답하던 중이라고 했다. 그런데 직육면체 모양의 문을 상상하기 힘든지 역관이 자꾸 멋대로 숭례문이나 돈화문 비슷하게 그 모습을 옮긴다는 것이다. 역관은 손등으로 이마의 진땀을 닦아 낸 후 다시 통역을 시작했다.

"개선문은…… 나폴레옹 1세가 승전을 기념하기 위하여 1806년 계획해 세운…… 것입니다. 너비 150척가량에 높이

160척가량이고, 그 모양은…… 그 모양은…….”

빅토르 콜랭이 끼어들었다.

“그러지 마시고 한번 파리로 오셔서 개선문을 살펴보셨으면 합니다.”

왕비가 빅토르 콜랭의 제안에 관심을 표시했다. 어여머리의 앞머리와 두 귀 옆에 꽂은 은파란 나비 떨잠이 아름다웠다. 머리를 움직일 때마다 은으로 만든 나비 날개의 네 귀퉁이에 앉은 새들이 날아갈 듯 파르르 떨렸다.

“전하와 저를 초청이라도 하시겠다 이 말씀인가요?”

“그렇습니다. 프랑스 정부와 국민은 두 분을 열렬히 환영할 만반의 준비가 되어 있습니다.”

“조선에서 귀국은 너무 멀지 않나요?”

“멀고 가까움은 마음먹기에 달린 법입니다. 멀다 생각하면 한양에서 제물포 가기도 만만한 일이 아니고 가깝다 여기면 조선에서 프랑스도 이웃 마을 나들이 가는 것과 다를 바 없습니다. 40여 일 뱃길 여행도 제법 운치가 있습니다. 매일 밤 선상 파티가 열리고 새로운 사람과 음식과 이야기로 넘치니 어제가 오늘과 다르고 오늘이 또 내일과 다릅니다.”

왕비가 왕을 흘끔 보며 다시 물었다.

“영길리(英吉利, 영국)가 귀국 가까이 있다 들었습니다만…….”

"그렇습니다. 하루 이틀이면 인근 나라들도 유람하실 수 있습니다. 해로 대신 육로로 돌아오실 계획이면 러시아와 청국을 두루 살피시는 것도 가능합니다. 저를 비롯한 프랑스 외교관들이 처음부터 끝까지 동행하겠습니다. 언제든지 말씀만 해 주십시오."

왕비가 환하게 웃어 보였다.

"그래요. 꼭 가고 싶네요. 서책이나 그림으로 그 나라 풍속을 음미하는 것도 한계가 있고……. 한데 공사는 왜 아직도 혼인을 하지 않았나요?"

왕비가 말머리를 돌렸다. 빅토르 콜랭은 얼굴에 홍조를 띠었다.

"인연을 만나지 못했습니다."

통역하는 역관도 덩달아 두 볼이 붉어졌다.

"듣자 하니, 구라파에선 짝을 구하지 않고 홀로 늙는 이들도 있다 들었어요. 혹시……."

"아닙니다. 저는 독신에 뜻을 두진 않습니다. 다만……."

"너무 일찍 대국(大國, 청나라)으로 건너온 것이로군요. 격무에 시달려 미처 여인을 흠모할 겨를도 없었고요. 대국에서 10여 년 머무르는 동안 맺어지지는 않았으나 마음에 두고두고 품은 여인은 없었나요?"

"……."

빅토르 콜랭은 대답을 미루고 왕비를 쳐다보았다. 처음 만나는 자리에서 사사로운 밀애를 꼬치꼬치 묻는 것은 결례다. 조선에 온 각국 외교관이나 그 부인들과 자주 어울린다는 왕비가 이를 모를 리 없다.

"아, 나도 외교관은 부임한 나라 여인과 정분을 쌓아서는 아니 된다는 지침 정도는 알고 있답니다. 하나 어디 그게 정해 놓은 법대로 되나요? 호호호! 눈과 눈이 마주치고 말과 말이 섞이다 보면, 꽃나무가 피기도 하고 맑은 시내가 흐르기도 하는 법이지요. 대국 여인들은 특히 구라파 외교관들을 선망한다 들었어요. 공사처럼 젊고 중국어에도 능통하고 훤칠한 대장부라면 가만히 있어도 섬섬옥수가 뻗어 올 듯해요."

"불행히도 그런 인연은 없었습니다."

빅토르 콜랭이 다시 예의를 차려 답했다. 왕비는 커피를 한 모금 마신 후 턱을 들고 마당을 살폈다. 어느새 무희와 악공이 자리를 잡고 하명을 기다렸다.

"하면 조선에서 그 인연을 찾아보시는 건 어떠신가요?"

그때까지 잠자코 듣기만 하던 왕이 거들었다.

"그도 좋겠소. 인연이 생기면 살짝 귀띔해 주오."

박(拍) 소리가 짧게 들렸다. 무희(舞姬)들이 무대로 나아왔다. 조선 왕실에서 미리 보낸 식순에 따르면 경풍도무(慶豊圖舞, 풍년을 기원하는 향악정재(鄕樂呈才)이다. 선모(仙母)와 다섯 협무(挾舞)로 구성되어 있음)를 시작하려는 것이다. 곧이어 보허자령(步虛子令)이 연주되기 시작했다. 곡조가 우아하면서도 길상(吉祥)을 비는 뜻이 묻어났다. 무희 둘이 악공을 따라서 무대 앞에 탁자를 놓고 물러났다. 다섯 무희가 횡으로 벌리고 그 앞에 무희 하나가 더 섰다. 무희들 얼굴은 돌처럼 나무처럼 딱딱하게 굳어 있었다. 검은 눈동자 한 번 굴리는 법이 없었다.

선모를 맡은 무희가 경풍도를 받쳐 들고 탁자 앞으로 천천히 나아왔다. 걸음이 멈추는 순간 음악도 멎었다. 짧은 침묵이 흐르면서 무희의 가늘고 짙은 눈썹이 파르르 떨렸다. 곧이어 크고 둥근 눈동자가 흔들렸다. 콧등에 엷고 희미한 주름이 잡히는가 싶더니 살짝 벌어진 붉은 입술 사이로 하얀 이가 반짝였다.

'아!'

빅토르 콜랭은 한 줄기 번갯불에 가슴이 뚫린 것만 같았다. 무희의 손끝이 영혼의 꽃을 피우듯 허공을 둥글게 감쌌다. 작고 붉은 입술에서는 은은한 라일락 향내가 흘러나오는 듯했다. 실핏줄이 내비칠 듯 고운 뺨은 봄눈 사이로 부끄럽게 흐르는 실개천이었고, 선명한 콧날은 뭇 사내의 마음을 베어 버릴 작고 푸른 칼날이었다. 북쪽을 향해 날아오르는 기러기의 날개처럼 날렵한 눈썹 아래 우물보다 더 깊은 검은 눈동자가 오직 자신만을 바라보았다.

너무나 눈이 부신 탓일까. 다른 풍광은 하나도 보이지 않았다. 시간이 점점 느려지더니 이윽고 영원에 깃든 듯했다. 자신만을 바라보며, 자신만을 위해 웃어 주는 이 여인이 세상의 전부로 느껴졌다.

돌이 나비가 되고 나무가 냇물이 되어 날아드는 순간이었다.

빅토르 콜랭은 저도 모르게 어깨를 움츠렸다. 두 무릎에 힘이 들어가면서 엉덩이가 들렸다. 그러나 지금은 그녀를 향해 나아갈 수도 손뼉을 치거나 말을 붙일 수도 없었다.

다시 엉덩이를 붙이고 좌우에 앉은 게랭과 조선 왕을 살폈다. 혹시 방금 행동을 들키지나 않았을까 걱정한 것이다. 다행히 두 사람은 춤추는 무희들을 구경하느라 빅토르 콜랭에게 관심을 두지 않았다. 빅토르 콜랭이 다시 무희를 바라보았을 때 그녀는 이미 돌과 나무로 되돌아갔다.

'착각이었을까?'

빅토르 콜랭은 자신이 방금 본 미소가 저 무희에게서 나왔다고 믿기 힘들 정도였다. 눈을 맞추기 위해 턱을 들기도 하고 고개를 약간 숙여 보기도 했지만, 무희는 오직 허공만 쳐다보았다.

뒤이어 노래가 흘러나왔다. 다시 박 소리가 들리자 선모가 무릎을 꿇고 앉은 후 탁자에 경풍도를 올려놓았다. 그리고 가볍게 무릎을 펴고 일어나 물러섰다. 다시 음악이 멈추었다. 뒤에 선 다섯 무희가 일제히 노래했다.

올해도 풍년이요 내년도 풍년이라.
연년풍년(年年豊年)이니 만민(萬民)이 장재풍년중(長在豊年中)이로다.

12박을 끝으로 춤이 그치자 빅토르 콜랭이 손뼉을 치며 자리에서 일어섰다. 다른 외교관들 역시 그 우아함에 깊이 빠져들었지만 기립하여 환호하는 이는 없었다. 무엇보다도 이곳은 궁궐 안이고 또 연회를 베푼 이가 국왕 내외였던 탓이었다. 게랭이 팔꿈치를 잡았으므로, 빅토르 콜랭도 곧 자기가 처한 곤란한 상황을 알아차렸다. 그러나 자리에 다시 앉거나 손뼉을 멈출 수는 없었다. 빅토르 콜랭은 이왕 용기를 낸 것, 한 걸음 더 나아가기로 했다.

"전하! 제가 저 아름다운 무희에게 술을 한 잔 권해도 되겠는지요?"

왕이 즉답을 못하고 머뭇거리자, 왕비가 대신 답했다.

"그리하세요. 리심, 저 아이 춤이 무척 마음에 드셨나 봅니다."

모래 편지

사하라 사막은 밤마다 망각의 춤을 추었다.

춤사위를 옮길 때마다 어제 행인들이 남긴 발자국을 하나씩 지웠고, 여행에 지쳐 잠든 이들에게 다시 길을 낼 수고를 허락했다. 지독한 모래 폭풍이었다. 리심은 어둠의 융단을 한 올 한 올 가려 내며 홀로 사막을 바라보고 서 있었다.

사방연꽃무늬 비단을 턱에서부터 정수리까지 휘감고 다시 콧잔등에서부터 뒷목 쪽으로 둘러 가려도 얼굴을 때리는 모래 알갱이들을 막을 순 없었다. 어깨에 두른 푸른 숄을 고쳐 올리기 위해 팔을 들자 모래바람이 얇은 청색 블라우스의 소매 속으로 파고들었다.

"아이참!"

리심은 왼쪽으로 몸을 돌리면서 양팔을 어긋나게 겹쳐 팔뚝을 붙잡고 두 걸음 물러섰다. 빨간 꽃신도 모래 먼지가 묻어 우중충한 회색으로 그 빛을 잃었다. 그래도 그녀는 남편이 잠들어 있는 천막으로 돌아가지 않았다. 한껏 웅크린 채 바람이 잦아들기를 기다렸다.

'벌써 열흘째네. 왜 자꾸 똑같은 꿈을 꾸는 걸까. 그 여름 선모였던 나는 빅토르가 권한 술을 마시고 비틀대다가 쓰러졌지. 황망히 달려와 내 앞에 무릎을 꿇던 순간! 아, 그 파르르 떨리는 손가락, 단정하게 손질한 턱수염, 맑고 깊은 눈동자에는 염려하는 마음이 가득했어. 되새길수록 행복한 순간인데, 왜 악몽을 삼킨 것처럼 이리 불안할까?'

지난 세월이 새삼 리심의 야윈 몸을 감쌌다. 동방의 작은 나라인 조선에서 태어나 온갖 간난신고를 넘어 이역만 리 모로코까지 고집 하나로 스물여섯 해를 견뎌 낸 그녀의 표정은 무척 어두웠다. 단지 모래바람을 맞았기 때문만은 아닌 듯했다. 비단으로 입술을 가린 채 리심은 고개를 돌려 사막을 쳐다보았다. 멀리서 새로운 모래 바람이 밀려오고 있었다.

'라나 플란시(Rana Plancyi)의 춤인가.'

라나 플란시는 오뉴월 산란을 위해 논두렁에 흔히 나타 나는 금개구리의 학명(學名)이다. 60밀리미터 내외의 몸에 밝은 녹색 등판을 자랑하는 이 개구리는 중국과 조선에 널리 분포하고 있다. 남편인 빅토르 콜랭이 중국에서 프랑스로 처음 가져갔고, 이를 본 동물학자 라타스트가 1880년 발표한 보고서에서 라틴어 표기법에 따라 플란시란 학명을 붙인 것이다.

리심은 양 손바닥으로 눈을 가렸다. 조선을 떠나 여기 모로코에 이르는 다섯 해 동안, 천문(天文, 별자리)을 살펴 운을 빈 적이 없었다. 그러나 이 순간만큼은 기도에 의지해서라도 불안을 지우고 싶었다.

'미래를 예지하고 싶으면 눈부터 가리라고 했던가.'

어젯밤 그 여름에 관한 이야기를 끝낸 남편이 사족처럼 덧붙인 이야기가 귓전을 맴돌았다.

"저 사막을 지나면 대평원이 펼쳐져. 그 평원을 또 한참 나아가다 보면 높디높은 산과 만나는데, 그 산이 바로 아프리카에서 가장 높고 험한 킬리만자로야. 그런데 당신, 대체 그 산엔 왜 오르고 싶은 거지?"

리심은 대답 대신 눈으로만 웃었다. 빅토르 콜랭과 처음 사랑에 빠질 때도, 함께 조선을 떠나기로 결심할 때도, 리심은 미소 어린 침묵에 자기 마음을 담곤 했다.

"옥인(玉人)!"

바람이 멎더니 빅토르 콜랭이 뒤에서 리심을 안았다. 콧수염이 귀밑머리에 닿자 리심은 오른손을 들어 남편 뺨을 쓸었다. '몽 아무르(Mon amour, 내 사랑)'라고 부르기보다는 '옥인'이라고 부르기를 즐기는 이 프랑스 외교관은 빨갛게 상기된 아내의 귓불을 꽃잎 물듯 앞니에 살짝 머금었다가 떼며 물었다.

"기쁜 소식과 슬픈 소식이 담긴 모래 편지가 함께 왔어. 어느 쪽부터 열까?"

"슬픈 소식!"

오랫동안 리심은 불운, 불편, 불행, 부당과 같은 단어에 매여 있었다.

"먼저…… 울지도 놀라지도 않겠다고 약속해."

리심은 방아깨비처럼 고개를 까닥거렸다. 빅토르 콜랭이 부숭부숭 은빛 털이 돋은 오른손을 천천히 내밀었다. 리심은 우선 편지의 크기와 모양을 살폈다. 겉봉을 열기 전에 코와 입에 편지를 대고 냄새부터 맡았다. 아리수(阿利水, 한강)와 개골산(금강산의 겨울 이름)과 육조 거리와 창덕궁이 한지(韓紙)에 냄새로 배어 새록새록 피어올랐다.

'한데 슬픈 소식이라니, 혹……?'

리심은 왼손으로 겉봉 아래를 쥐고 오른손으로 편지를 단숨에 빼내 펼쳤다. 순간 흡 하고 숨이 막혔다.

"기쁜 소식도 있어. 조선으로 다시 부임……."

빅토르 콜랭의 말이 끝나기도 전에, 리심은 움켜쥔 편지를 가슴에 품은 채 사막을 향해 뛰쳐나갔다. 굵은 눈물이 길 없는 사막에 하염없이 떨어졌다.

혼자는 싫어요!

여리디여린 물방울 하나가 장강(長江)을 만들 듯, 누구에게나 아득한 슬픔을 낳는 첫 외로움의 순간이 있다.

경기도 적성현 관아에 속한 기생 월선(月仙)은 두지강 유선(遊船)에 나선 현감을 모시느라 외동딸 리심의 저녁도 챙겨 주지 못했다. 창(唱)도 지치고 춤사위도 힘겨울 즈음, 겨울 강 위로 어둠이 내려앉았다.

열한 살 리심은 개다리소반에 김치 한 종지를 반찬 삼아 저녁을 먹다가 벽에 비스듬히 세워 둔 가야금 뒤에서 탁주가 든 호리병을 찾아 들었다. 보름달 휘영청 밝은 날이면 눈물 한 자락에 탁주 한 사발씩 마시던 월선을 훔쳐본 것이다. 군불을 살폈는데도 아랫목까지 쓸쓸 찬바람이 일었다.

'한 모금만, 딱 한 모금만 먹는 거야. 너무 춥고 어둡

고…… 엄만 오려면 아직 멀었는데, 뭐.'

두지강에 횃불 밝히고 듣는 월선의 노랫가락은 하삼도까지 소문이 자자했다.

리심은 호리병에 입을 대고 한 모금 들이켰다. 차가운 기운이 식도를 타고 내려가더니 이내 훈기가 올라왔다. 리심은 저도 모르게 빙긋 미소를 짓곤 다시 한 모금을 마셨다.

'어른들이 술을 왜 마시는 줄 알겠네. 몸도 마음도 부웅붕 뜨는구나.'

호리병을 말끔히 비운 후 개다리소반에 호리병을 올려놓고 천장을 보고 누웠다. 팔랑팔랑 색색의 나비들이 코끝에 한 마리씩 앉았다가 날아갔다. 그때마다 리심도 두 팔을 아래위로 흔들며 하늘을 나는 흉내를 냈다.

"가지 마. 같이 가야지. 나만 두고 너희끼리 가는 게 어디 있니?"

눈 뜨기 전에 따뜻한 기운이 먼저 엉덩이와 허리를 휘감는 것을 느꼈다. 어느새 돌아온 월선이 아궁이 불을 지핀 것이다. 종아리에 힘이 들어갔다.

'스무 대쯤 맞을까? 아니 백 대쯤?'

그때 누군가의 손이 리심 이마에 닿았다. 그리고 알 수 없는 웅얼거림이 귓전을 어지럽혔다. 실눈을 떴다. 호롱불도 켜지 않은 어두운 방에 대여섯 사람이 무릎을 꿇고 둘러앉았다. 리심이 눈을 질끈 감았다가 떴다. 천장에서 어른거리던 푸른 빛이 점점 크게 다가왔다.

"도, 도깨……!"

푸른 눈을 한 사내가 리심의 입을 막았다. 옆에 앉은 월선이 작지만 분명하게 말했다.

"소리 지르면 이 어미도 죽고 너도 죽고 다 죽는다. 알겠니?"

리심이 고개를 끄덕였다. 푸른 눈 사내가 손을 떼려는 순간 리심은 힘껏 손을 물어뜯었다. 사내는 아랫입술을 질끈 깨물며 고통을 참았고 월선은 리심의 뺨을 후려쳤다.

"신부님, 괜찮으세요?"

리심은 눈물을 뚝뚝 흘렸다. 뺨을 맞은 아픔보다 어미인 월선이 자기보다 푸른 눈 사내를 먼저 걱정하는 것이 서러웠다. 월선이 리심의 뒷목을 바짝 잡아끌며 눈을 맞추었다.

"잘 들어. 우린 오늘 적성을 떠난다. 신부님 뫼시고 밤낮없이 걷고 또 걸을 거야. 아무도 널 챙겨 줄 순 없어. 다리 아프다고 푸념해서도 안 되고 배고프다고 소매를 잡아끌어서도 안 돼. 춥다고 울어 대면 호랑이 밥으로 남겨 두고 갈 테니까. 알아들어?"

리심은 갑자기 월선이 무서워졌다. 회초리를 자주 들었

지만 그때는 두 눈에 혈육을 향한 미더운 정이 고여 있었다. 그런데 오늘밤 눈길은 고드름보다도 차고 날카로웠다.

리심이 고개를 끄덕이자, 푸른 눈 사내는 눈을 감고 마지막 기도를 올렸다. 더듬더듬 몇 구절은 리심에게도 들렸다.

"천주님…… 먼 길 나서는 형제들…… 그 의를 먼저 구하고…… 시험 가운데 지키소서."

마을을 빠져나오니 가루눈이 흩날렸다.

패랭이를 쓴 푸른 눈 사내가 리심의 손을 잡아끌었다. 리심은 사내가 무서웠다. 눈물 글썽이며 고개 돌려 월선을 찾았지만 월선은 두 눈을 끔벅대며 아무 말도 하지 않았다.

두 사내가 앞서 걷고 열 걸음쯤 뒤에 푸른 눈 사내와 리심이 따랐다. 월선은 다시 열 걸음 뒤에서 주변을 살피며 논두렁을 달렸다. 찬바람이 계속해서 리심의 귀와 입, 목과 겨드랑이를 파고들었다. 진창에 발을 디딘 바람에 왼발에서 흙물이 뚜욱뚝 떨어졌다.

"아, 아파요! 이 손 좀 놔주세요."

푸른 눈 사내가 걸음을 조금 늦추며 슬쩍 리심을 살폈다. 그리고 능숙한 조선어로 재촉했다.

"빨랑…… 가야 해."

그 순간 리심의 오른발이 돌부리를 걸어찼다.

"아얏!"

리심은 저도 모르게 비명을 질렀다. 앞서 가던 사내들이 걸음을 멈추었고, 뒤따라오던 월선도 등지고 서서 관아 쪽을 살폈다. 리심은 양손으로 입을 막았지만 이미 뱉은 소리를 주워 담을 순 없었다.

푸른 눈 사내는 더욱 거칠게 리심을 다루었고 리심은 리심대로 오른발을 끌며 버텼다.

리심은 태어나서 단 한 번도 적성현을 벗어난 적이 없었다. 칠중성을 보며 젖을 먹었고 두지 강가에서 걸음마를 배웠다. 그런데 난생 처음 마신 탁주에 취해 잠들었다가 깨고 나니 날벼락이 떨어져 있었다. 푸른 눈 사내가 리심의 팔을 잡아끌었고 월선은 적성현으로는 두 번 다시 돌아오지 않겠다고 했다. 어린 리심은 자신이 겪고 있는 이 상황을 받아들이기 힘들었다. 두지강 바람이 귀밑머리에 닿자 불편함이 두려움으로 바뀌었다. 리심의 입에서 칭얼칭얼 울음 섞인 말들이 쏟아져 나왔다.

"이잉, 아저씬 누구야……? 흐응, 우린 어디로 가? …… 아저씨 귀머거리야? 아아앙."

푸른 눈 사내가 갑자기 고개를 돌렸다. 관아 쪽에서 불꽃이 일렁거린 것이다. 사내는 리심의 입을 힘껏 틀어막은 채 그녀를 장창(長槍)처럼 옆구리에 끼고 내달렸다. 하늘과 땅과 산과 강이 동시에 흔들렸다. 아랫배가 뒤틀리면서 숨이 턱 막혀 왔다. 리심은 두 주먹에 잔뜩 힘을 주고 버텼지만 아파서 견딜 수가 없었다.

푸른 눈 사내는 미리 기다리고 있던 나룻배에 오른 후에 야 리심을 내려놓았다. 리심의 무릎이 휘청 하고 꺾이자 사 내는 왼팔을 잡고 일으키려 했다. 리심이 천천히 고개를 들 고 웃음을 머금은 푸른 눈을 들여다보았다. 어렴풋이 따라 웃던 리심이 갑자기 사내 얼굴을 향해 저녁나절 먹은 탁주 를 모두 토했다.

"이를 어째, 이를 어째."

당황한 월선이 앞치마로 사내 얼굴을 훔쳤다. 사내가 팔 을 들어 월선의 손길을 멈추게 한 후 리심부터 살폈다.

"이, 이것은……."

두 빰과 목덜미에 온통 열꽃이 피어 있었다. 요사이 한양 과 경기도를 휩쓸고 있는 돌림병인지도 몰랐다.

아랫배를 감싸 안고 웅크린 리심의 신음 소리가 점점 커 졌다. 만류할 틈도 없이 리심은 월선의 치맛자락에 남은 탁 주를 토했다. 시큼한 냄새가 뱃전에 진동했다.

뱃머리에 선 사공이 재빨리 소매에서 약첩 한 봉지를 내 밀었다. 월선이 받아 펴니 환으로 만든 아편이었다. 푸른 눈 사내가 고개를 저었지만 월선이 엄지와 검지로 아편을 조금 떼어 리심에게 다가갔다. 다시 리심의 빰을 때렸다.

버둥거리던 리심도 갑작스럽게 따귀를 맞자 눈을 크게 뜨고 월선을 쳐다보았다.

"잘 들어. 이걸 먹어. 약이야. 아픈 게 곧 가라앉을 거야. 먹어, 빨리."

리심이 고개를 저었다. 냄새도 이상하고 빛깔도 여느 약과는 달랐던 것이다. 월선이 왼손으로 리심의 양 볼을 집어 누른 후 토끼처럼 벌어진 입으로 아편을 밀어 넣었다.

"삼켜. 뱉으면 두지강에 던지고 갈 거야. 망할 년. 왜 하필 오늘 같은 날 술은 마셔 갖고……. 가여운 것!"

월선은 욕지거리를 하며 리심을 끌어안았다. 토닥토닥 등을 쓸어 주었다. 커억 컥. 리심은 헛구역질을 한 후 이내 조용해졌다. 뒤틀린 아랫배가 가라앉는 것과 동시에 팔랑팔랑 나비 떼가 또 찾아들었던 것이다.

"어구구구 내 새끼, 어구구구 내 새끼!"

월선의 목소리도 점점 작아졌다. 리심은 잠들고 싶지 않았다. 차디찬 배 위에서, 자신이 토해 놓은 토사 위에서, 푸른 눈 사내가 지켜보는 가운데 정신을 놓고 싶지 않았다. 버틸수록 점점 수렁으로 빠져드는 기분이었다. 따라오던 나비 떼마저 사라지고 아득한 어둠이 푹신푹신 등을 떠받들자, 리심은 결국 눈을 감았다. 손을 꼭 쥔 채, 마지막으로 있는 힘을 다해 월선의 귀에 속삭였다.

"혼자는…… 싫어!"

눈을 떴을 때, 리심은 나룻배 위에 혼자 누워 있었다.

월선도 푸른 눈 사내도 사공도 없었다.

리심은 곧 적성현 관아로 끌려갔고 월선의 행방을 추궁
당하며 흠씬 매를 맞았다.

리심은 아무 말도 하지 않았다. 월선이 간 곳을 알 수만
있다면 매를 치는 나졸들보다도 먼저 달려가서 따지고 싶
었다. 리심은 월선이 그녀를 버리고 간 이유도 또 푸른 눈
사내가 어디로 갔는지도 몰랐다. 매를 맞으며 겨우 이렇게
울먹일 뿐이었다.

"때리지…… 마요. 엄마, 엄마아!"

독한 세월

살아가는 것이 아니라 살아 내야 하는 나날도 있는 법이다.

"독한 년!" 소리를 들으며 리심은 보름 남짓 적성현 감옥에 갇혔다. 본래는 경기 감영으로 끌려가 백 배 더 혹독한 신문을 당하는 게 당연했으나 월선이 사라진 사실은 감영에 아예 보고되지도 않았다. 적성현에 야소교도(耶蘇教徒, 예수교 신자)들이 숨어 지냈고, 관기까지 끼어 있으며, 그들의 야반도주를 전혀 눈치채지 못하였을 뿐만 아니라, 단 한 명도 뒤쫓아 붙잡지 못한 잘못이 드러나는 것을 현감은 원치 않았다. 적성현감은 이방을 증인으로 내세워 월선이 그 밤 뱃놀이에서 실족하여 두지강에 빠진 것으로 해 두었다. 경기 감사는 기쁜 마음으로 뒷돈을 챙긴 후 더 이상 그 일을 따져 묻지 않았다. 돈만 있다면 기적(妓籍)에서 관기 하나쯤 넣고 빼는 것은 쉬운 일이었다.

열한 살 리심은 그날부터 부엌데기이자 나무꾼이었고 소리쟁이이자 춤꾼이 되었다. 아직 나이가 어려 잠자리 수청을 들진 않았지만 새벽부터 늦은 밤까지 쉴 틈이 없었다. 현감은 관아 허드렛일을 모두 리심에게 지우라고 명한 후 감시를 붙였다. 혹시 딴마음을 먹고 제 어미가 야소교도였다는 사실을 고변이라도 할까 경계했던 것이다.

리심은 일 더미에 녹초가 되었다. 작은 실수에도 가혹한 질책이 따랐다. 월선이란 방패막이가 사라지자 험악한 세상 인심이 비수처럼 리심의 가슴을 찔러 댔던 것이다. 월선의 춤과 소리에 눌렸던 관기들이 앞장서서 리심을 들볶았다.

리심을 혹독하게 다루라는 현감의 명은 확실히 효과가 있었다. 가끔 월선을 그리워하기는 했지만, 리심은 나날이 주어지는 삶의 무게를 지느라 감히 고변할 생각을 품지도 못했던 것이다.

리심은 비록 어린 나이였지만 세상을 향한 원망을 지우려고 애썼다.

'내가 왜 이 짓을 해야 하지?'

'내가 왜 이 산을 올라야 하고 내가 왜 또 굶어야 하지?'

이렇게 따지고 들면 절망에 휩싸여 쓰러질 것만 같았다.

'생각은 잠자리에 홀로 누웠을 때만 하자. 울음도 외로움도 아픔도 성냄도 지금은 사치다. 그 밤 엄마가 날 버렸을 때 배가 뒤집히기라도 했다면 나는 벌써 까마귀밥이 되었다. 지금은 일단 살자. 살고 또 살아서, 견디다 보면 길이 보이겠지.'

리심은 또 스스로를 이렇게 달랬다.

'일이라 여기지 말자. 노래를 배우고 춤을 배우듯 나무하는 법도 밥하는 법도 칼 가는 법도 마당 쓰는 법도 배운다고 여기자. 나중에 다 쓸모가 있을 거야.'

한 달에 한두 번 리심에게도 몸치장할 기회가 있었다. 경기 감영이나 이웃 고을에서 손님이 오면 동기(童妓)인 리심도 술자리에 나갔던 것이다. 특히 리심은 두지강 유선(遊船)에 꼭 끼었다. 월선만큼 음률을 쥐락펴락 못해도 모전녀전(母傳女傳)이라 소리엔 힘이 넘쳤다. 맞바람을 자르며 내지르는 「유선가(遊船歌)」는 어느 명창과 견주어도 지지 않을 정도였다.

이별이야 이별이야 이별 두 자 내인 사람 날과 백 년 원수로다.

이 대목에선 누구나 술잔을 비웠고,

　살아생전 생이별은 생초목에 불이 나리 불 꺼 줄 이 뉘 있습나.

이 대목에선 앞다투어 그 슬픔을 달래겠다고 나섰으며,

　가세 가세 자네 가세 가세 가세 놀러 가세 배를 타고 놀러를 가세 지두덩기어라 둥게 둥덩 덩실로 놀러 가세.

이렇듯 흥겹게 마치면 박수가 절로 나왔다.

유선을 나간 밤에는 더러 술잔을 받기도 했다. 리심은 향내 나는 맑은 술을 마다하고 늘 탁주를 청했다. 한 잔 또 한 잔 받아 마실 때마다 더욱 날카롭고 뜨거운 소리를 뱉어 냈다. 치켜든 손가락들이 곡조를 따라 전후 상하로 움직였고 뱃머리에 앉은 사내들은 노랫값을 치맛자락 속에 따로 밀어 넣었다.

해 바뀌고 강남 갔던 제비 쌍쌍이 돌아올 즈음, 열두 살 리심은 또 두지강으로 불려 갔다. 현감이 향청(鄕廳) 양반들과 질청(秩廳) 아전들에게 봄맞이 뱃놀이를 베풀기로 한 것이다.

겨울을 나는 동안 리심은 살이 쏙 빠지면서 키가 부쩍 자랐다. 단벌 저고리가 겨드랑이에 꽉 끼는 바람에 손을 마음껏 휘저을 수도 없었다.

뱃전에 올라서니 낯선 얼굴이 눈에 띄었다. 한양 남산골에서 글공부를 한다는 현감의 맏아들이었다. 열다섯 살 도령은 리심을 보자마자 눈을 끔벅하며 수작을 부렸다. 리심은 리심대로 휘모리장단을 두 번이나 놓쳤다. 고수가 경쾌하게 앞 박자를 당겨 막았기에 망정이지 귀 밝은 소리꾼이라면 목청 높여 꾸짖을 판이었다.

노래가 끝난 후 리심은 고물로 물러났다. 소리에서만은 실수가 없다 자신했는데 마음이 편치 않았다. 고개 숙인 채 박자 놓친 대목을 짚고 또 짚었다.

"탁주만 먹는다며?"

어느새 호리병과 잔을 든 도령이 곁에 앉았다. 술에 취한 현감은 이미 이물에서 기생 치맛자락에 얼굴을 묻고 곯아떨어졌고, 마을 양반들은 음풍농월에 정신이 없었다.

"오늘은 받지 않겠어요."

"어허, 상으로 내리는 술을 거절하겠다? 대체 그 이유가 뭐야?"

"소리가, 소리가 제대로 나오질 않았거든요."

"부르는 네겐 부족하더라도 듣는 내겐 흡족하니, 어서

잔을 들어라."

"나중에, 상 받기에 합당한 소리를 한 후 마시겠어요."

도령은 호리병을 높이 들고 화를 냈다.

"내 귀를 무시하는 게냐?"

리심이 마지못해 잔을 받았다.

"함부로 주둥아리를 놀린 죄. 벌주로 석 잔을 연거푸 마셔라."

첫 잔을 들이켜며 기억을 더듬었다. 탁주를 좋아해도 내리 석 잔을 마신 적은 없었다. 가슴에 뜨듯한 술기운이 돌자 강제로 술을 권한 도령에게 오기가 생겨났다. 글공부는 뒷전이고 주색잡기에 바쁘다는 풍문이 거짓은 아닌 듯했다.

"소녀가 석 잔을 마시면 따라서 석 잔을 드시려는지요?"

도령은 주먹코를 벌렁대며 피식 웃었다.

"좋다. 그러마."

리심이 한 술 더 떴다.

"하면 소녀가 다섯 잔을 취하면 마저 다섯 잔을 취하시겠는지요?"

도령의 표정이 조금 굳었다. 탁주 다섯 잔을 연이어 마신 적은 없었던 것이다. 코밑수염이 거뭇한 사내 대장부가 여러 사람이 보는 앞에서 열두 살 동기에게 질 수는 없었다.

"알겠으니, 어서 마시기나 하여라."

리심은 다시 한 잔을 받은 후 좌중을 살폈다. 향반과 아전들은 뜻밖의 술 시합을 내심 즐겼다. 리심이야 져도 잃을 것이 없지만 현감의 맏아들은 동기에게 지면 두고두고 사람들 입에 오르내릴 것이다.

독한 기운이 코로 올라오자 잠시 숨을 멈췄다. 석 잔, 넉 잔, 다섯 잔을 말끔히 비운 후에야 가벼운 웃음과 함께 긴 한숨을 토했다. 리심이 넉 잔째를 받는 순간부터 도령 얼굴이 하얗게 질리기 시작했고, 다섯 잔을 따를 때는 호리병 목을 쥔 손까지 떨렸다.

리심은 어깨를 으쓱 들어 보인 후 첫 잔을 쳤다. 도령 역시 첫 잔과 두 잔, 석 잔까지는 거뜬히 비웠다. 그러나 넉 잔째를 받아 한 모금 삼키자, 갑자기 두 눈이 튀어나올 듯 커졌다. 술잔을 집어던지는 것과 동시에 고개를 숙이고 방금 마신 탁주 석 잔을 강물에 죄다 토했다. 구경꾼들 웃음이 누가 승자이고 누가 패자인가를 분명히 갈랐다. 리심도 잠시 마음을 놓고 미소로 화답했다.

손등으로 입가를 훔친 도령이 몸을 홱 돌려 리심의 오른 손목을 움켜쥐었다.

"웃어? 천한 관기 년이…… 감히 누굴 우롱하려 드는 게야!"

"아악!"

리심의 비명이 길게 메아리쳤다. 도령은 오른팔을 리심의 허리에 두른 후 왼손으로 댕기 머리를 잡아당기며 바싹 끌었다. 그러고는 방금 토한 입을 리심의 작디작은 입술에 찍어 누르듯 붙였다. 시큼한 냄새와 함께 도령의 혀가 입술 사이를 헤집고 들어왔다. 두 손으로 도령의 등을 때리고 가슴을 밀었지만 그 힘을 당할 수 없었다. 도령이 더욱 세게 댕기 머리를 잡아끌자 양손을 들어 머리채만 지키기에도 바빴다. 순간 짧은 저고리와 치마 사이로 가슴이 드러났다. 젖무덤이 채 솟지 않았지만 희고 고운 살결이 밝게 빛났다.

"가만있어."

도령의 왼손이 저고리 사이로 기어 들어왔다. 리심은 뒷걸음질 치며 허리를 최대한 젖혔다. 순간 배가 휘청하면서 두 사람은 뒤엉켜 두지강에 빠졌다. 사흘 내내 봄비가 내린 탓에 불어난 강물이 매우 빠르게 흐르고 있었다. 풍덩 소리와 함께 물속에 잠긴 두 사람은 술에 취한 데다가 헤엄도 칠 줄 몰랐다. 그들은 수면 아래로 내려갔다 올라왔다 하며 빠르게 배로부터 멀어졌다. 두 사람을 구하기 위해 선뜻 나서는 이가 없었다.

"저기 저기!"

"어허, 이 일을!"

혀를 차며 소리만 지를 뿐이었다.

홀로 이물에서 술 취해 쓰러진 현감을 돌보던 이방이 급히 강으로 뛰어들었다. 손과 발을 재게 놀려 물살을 헤치고 나아갔다. 리심의 댕기 머리가 솟아오르는가 싶더니 완전히 물 밑으로 사라졌다. 기다려도 다시 떠오르지 않았다. 이방은 날치처럼 물 위로 차올랐다가 잠수했다. 강물은 곧 세 사람은 흔적을 지웠다. 모두 물귀신이 된 것이 아닐까 걱정하는 순간 머리 셋이 동시에 수면 위로 떠올랐다. 이방이 양손에 각각 리심과 도령의 머리를 틀어잡고 있었다.

배에 올라선 후에도 답답하고 어둡고 서늘한 순간은 지워지지 않았다. 코끝까지 다가섰던 죽음의 기운이었다. 월선이 죽을 년, 망할 년 욕을 할 때도 그것이 얼마나 무서운 말인지를 몰랐었다. 칼날처럼 오늘이 잘려 나가 멈추면, 내일도 모레도 영원히 없음(無)으로 돌아가고 만다. 살아 있지 않으면 산천도 없고 울분도 없는 것이다. 어린 리심은 죽음의 기운을 뽑아내듯 탁하고 시큼한 강물을 토하고 또 토했다. 살아야겠다는 의지가 꼭 쥔 주먹에 가득 담겨 있었다.

그 후로 리심은 두지강으로 가지 못했다.

소리도 춤도 금지였고 허드렛일만 죽어라 했다.

전화위복

독하다 독하다 해도 리심 너 같은 앤 처음이다.

목숨을 구해 준 감사 인사를 1년 만에 받는 사람도 당연히 내가 처음일 테고.

그런 눈으로 볼 것 없다. 헛된 상상은 하지도 마라. 내가 월선과 친하게 지낸 건 사실이지만 그건 어디까지나 잡가를 배워 볼 심산이었으니까. 네 아비가 누군지는 월선만 알지. 박리심일 수도 있고 정리심일 수도 있고 최리심인지도 모르지. 이제 와서 아비를 알고 성(姓)을 알면 무엇 하누. 아비 집에 들어가서 살 수도 없고 딸로 인정받지도 못할 텐데. 차라리 이름뿐인 게 훨씬 좋다. 월선도 널 돼먹지 않은 핏줄 놀음에 얽어매기 싫어서 아비도 성도 가르쳐 주지 않았던 게야. 리심(梨心)! 얼마나 좋으냐. 배나무의 마음이니 곧 배꽃인 게지. 평생 홀로 하얗게 빛나는 삶을 살아라.

1년 내내 불행하다 불행하다 외고 다녔지? 아니긴, 네 찡
그린 아미에 아니 불(不) 다행 행(幸) 두 자가 선명하게 찍
혔는데. 나뿐만 아니라 관아에서 그걸 모르는 사람은 아무
도 없어. 하나 내 보기에 넌 타고난 운이 참 좋다. 왜인고
하니, 우선 아편을 그렇게 먹고도 살아났고 술에 취해 강
물에 빠지고도 황천길을 거슬러 오지 않았느냐? 게다가 널
눈엣가시처럼 여기던 전임 현감이 떠나고 새 현감이 오시
자마자 약방 기생을 천(薦)하란 공문이 감영에서 내려왔고,
또 하필 현감께서 그 일을 이방, 그러니까 내게 일임한 것
도 보통 행운이 아니거든.

왜 하필 너를 천거했느냐고?

엄격히 정한 일을 사사롭게 설명하는 법은 없지만, 그래
도 네가 이렇게 탁주까지 한 사발 따라 주니 술값은 해야
겠군.

자, 너도 마셔. 궁궐에 들면 술은 구경도 할 수 없으니 차
라리 예서 취하는 게 낫지. 남자를 모르는 건 분명해? 아아,
화내지 말고 내 말을 끝까지 들어. 약방 내의원들은 그 솜
씨가 화타 저리 가라지. 남자 경험이 없는 계집들로만 뽑아
올리란 엄명이 내렸는데, 괜히 어려서부터 밝힌 계집을 보
냈다간 내 목까지 달아나. 그러니 지금이라도 솔직하게 말

해. 두지강에서 난리 친 게 전부라고? 손목 비틀리고 가슴 한 번 잡힌 게 전부라고? 믿어도 되지? 아, 알았어. 화내지 마. 믿을게. 처음부터 믿었으니까 네 이름을 올린 것 아니겠어?

야소교도가 아니냐고? 천벌 받을 소리 하네. 난 독실한 불교도야. 웬만한 땡추보단 불경도 많이 외고 화두도 곧잘 푼다고. 하지만, 하지만, 절반은 네 말이 맞기도 해. 아버지와 난 결코 야소교도가 아니지만, 이건 정말 너만 알고 있어야 해, 내 조부와 증조부는 야소교도였거든. 간서치(看書癡)라고 알아? 알 턱이 없지. 이 자 덕 자 무 자 쓰시는 분인데, 여기 적성현에서 현감을 지내셨지. 그때 아주 유명한 열녀가 있었는데 알고 보니 그녀가 글쎄 야소교도였다지 뭐야. 한데 내 증조부도 그녀와 함께 경기도 일대에 복된 말씀을 전하고 다니셨다나 봐. 증조부와 조부께서는 매사에 조심하는 성품이신지라, 당신들 생전엔 야소교도로 끌려가신 적이 없으셨지. 하나 늘 불안불안 하루하루를 보내야 했기 때문에, 아버지는 야소경을 모두 불태우고 복된 말씀 따윈 듣지 않겠노라 스스로 법을 세우셨지.

다시 말하지만, 월선이 야소교도고 또 내 조부와 증조부가 야소교도란 건 널 천거하는 데 전혀 영향을 미치지 않았어. 오히려 혹시 너까지 야소교도가 아닐까 의심한 적은 있지만.

그럼 까닭이 뭐냐고? 세상사에는 항상 이유가 있는 법. 하나 가끔은 분명 있는 그 법을 속속들이 모를 때도 있거든. 왜일까? 다시 내 안을 들여다보니, 지금이라면 이런 답을 할 수는 있겠어. 적성 관아에 널 잡아 두면 불행한 일이 생길 것 같아. 너처럼 독한 아인 그런 짓을 하고도 남지. 알겠어? 날 위해 널 천거한 거야. 난 그런 불행을 볼 용기가 없거든. 그러니 가! 뒤돌아보지 말고 곧장 가! 내가 만든 이 작은 길이 옳은지 그른지 따윈 생각지도 마. 너한텐 지금 이 길뿐이니까 무조건 가는 게 사는 법이야.

끈질기게도 물고 늘어지는구나. 누굴 닮아 그런 게냐?

좋다. 내 솔직히 인정하지. 월선을 사모하긴 했어. 그리고 딱 한 번 품은 적도 있지. 네가 태어나기 열 달 전쯤 일이야. 월선에게 물었지. 이 아이가 내 핏줄이냐고. 월선은 웃기만 하더군. 내 딸이라서 널 천거한 건 아니지만, 다른 애들과 엇비슷하다면 네가 가는 게 더 낫다는 기분은 들었어. 이제 월선도 없으니 내가 네 아비인지는 영원한 수수께끼가 되어 버렸네.

어디 한번 끝까지 가 봐. 월선이 오지 않는 것처럼, 너도 곧 이 관아와 저 산과 그 강을 잊을 거야. 잊는 게 좋아. 아, 취하네. 마시면 취하고 만나면 헤어지는 법. 뻔히 알고도 속는 기막힌 인생살이로다. 한 가지만 약속해 줘. 끝까지 살아남겠다고. 어떤 일이 있어도 포기하지 않고 한 걸음 한 걸음 나아가겠다고. 결코 포기한 채 돌아오진 않겠다고. 난 왜 이리 처량할까? 꼭 떠날 계집 앞에 두고 신세 한탄하는 꼴이로군. 그 어미도 그 여식도, 왜 날 이렇게 취하게 만들지, 젠장!

구사일생

　진선문(進善門)을 나온 사인교(四人轎)가 금천교(錦川橋)로 올라서자마자 기우뚱 흔들렸다. 가마꾼들이 금호문(金虎門)에서 번뜩이는 칼날을 보고 놀란 탓이다. 주려 죽으나 싸우다 죽으나 마찬가지라며, 신식 군대인 별기군(別技軍)만 우대하고 자신들은 헌신짝 취급한 중전 민 씨와 그 일족들을 척살하고자 대궐로 난입한 무뢰배들이 아닌가. 제아무리 등잔 밑이 어둡다지만, 사인교가 금원(禁苑)이 아니라 돈화문(敦化門) 쪽으로 길을 잡은 것은 호랑이 아가리에 머리통을 밀어 넣는 것과 다를 바 없었다.

　귀 밝은 군졸 하나가 쇠몽둥이를 어깨에 걸치고 다리 끝까지 나아왔다. 급히 가마가 멈추는 바람에 짧지만 높은 비명이 흘러나왔다. 시선을 바닥에 흩어 대며 진땀을 흘리는 가마꾼들의 모습과 다리 아래로 흐르는 물소리에 휘감긴 침묵이 어색한 듯, 군졸은 코를 킁킁대다가 가래침을 타악 뱉었다.

금호문에 기대어 마지막 한 모금까지 연초를 나눠 핀 쌍둥이 군졸 둘이 가슴을 벅벅 긁어 대며 그 뒤에 섰다. 홰나무 아래에 옹기종기 모인 더그레 차림의 군졸들도 재미난 구경거리를 놓치지 않겠다는 듯 일제히 고개를 돌렸다.

"무엄하오. 물러서시오."

키가 6척은 족히 넘는 건장한 체구의 궁녀가 먼저 호령을 했다. 큰 키와 호방한 성격 때문에 궁인들 사이에서 대수(大嫂, 큰아줌마)로 통하는 여인이었다. 군졸은 쇠몽둥이를 지팡이처럼 짚은 채 대수를 바라보며 송곳니를 드러내며 웃었다. 입 초리에서 왼뺨으로 뻗친 흉터가 날카로움을 더했다.

"좆 같은 소리. 포수 정의길이 한 번 죽지 두 번 죽나! 중전 년을 잡기 전엔 설사 나라님 명이라도…… 안 돼."

정의길이 건들거리며 나아왔지만 마흔 줄에 이른 대수는 물러서지 않았다. 두 눈을 크게 뜨고 어디 덤비고 싶으면 덤벼 보라는 듯 버텼다. 정의길도 그 기세가 뜻밖인 듯 목울음으로 가래침을 모았다가 뱉지도 못한 채 어금니에 물었다

"잡아라, 사인교다! 사인교에 중전이 탔다."

인정문(仁政門) 쪽에서 사내의 다급한 고함이 벽을 넘어 들려왔다. 머뭇대던 세 군졸의 눈빛이 바뀌었다. 막아선 대수의 옆구리를 정의길이 쇠몽둥이로 내리치는 것과 동시에 두 군졸이 장검으로 사인교 휘장을 찢었다. 가마꾼들이 사인교를 놓고 급히 물러났다. 찢긴 휘장 사이로 여인네의 어여머리가 보였다. 정의길은 쇠몽둥이로 가마를 두 차례 더 내리친 다음 손을 뻗어 그 머리를 틀어쥐었다. 상궁 차림 여인이 무릎걸음으로 질질 끌려 나왔다. 모여든 군졸들은 어느새 스무 명이 넘었다.

"맞아?"

"봤어야 알지."

"그럼 중전 뫼시던 나인을 잡아서……."

군졸 하나가 몽둥이로 맞은 옆구리를 양손으로 감싼 채 낑낑대는 대수를 일으켜 세웠다.

"중전이냐, 아니냐?"

"모른다."

"잘 봐. 그 나이 먹도록 궁궐에서 돌았으면 중전 얼굴쯤은 알 거 아냐?"

대수가 비웃음을 던졌다.

"무식한 놈! 중궁전 출입은 아무나 하는 줄 아느냐?"

군졸들이 머쓱한 표정을 지었다. 창검이나 휘두르며 잡범이나 잡아들이던 그들로서는 궁궐 법도를 알 턱이 없었다.

정의길은 왼손으로 상궁 차림 여인의 머리채를 잡고 오른손으로 쇠몽둥이를 쳐들었다. 중전이든 아니든 우선 죽여 놓고 볼 심산인 듯했다. 으뜸 공을 딴 사람에게 빼앗길까 조급해하는 기색이 역력했다.

"멈춰라!"

진달래 꽃잎보다도 더 붉은 옷을 입은 사내가 진선문을 지나 금천교로 뛰어 올라왔다. 훈련도감에 속한 무예별감 홍재희였다. 군졸 몇몇이 술 좋아하고 투전 즐기는 홍재희를 알아봤다. 정의길도 그에게 선술을 두어 잔 얻어 마신 적이 있었다.

"홍 별감 나리가 웬일이쇼?"

홍재희가 호통부터 쳤다.

"이 무슨 짓인가? 당장 내려놓게. 그치는 내 누일세."

정의길은 손에 든 쇠몽둥이를 내리지 않고 고개를 돌려 휘장을 찢은 쌍둥이에게 물었다.

"자네들, 홍 별감 나리한테 상궁 누이 있다는 얘기 들어 봤남?"

"아니!"

"아니!"

"그럼 자네들, 상궁이 궁중에서 사인교 탔단 소린?"

"아니지!"

"아니고말고!"

정의길이 다시 홍재희와 눈을 맞추었다. 홍재희는 얼굴이 벌겋게 달아올랐다. 혈투를 벌이기엔 상대가 너무 많았다. 정의길 손에 들린 쇠몽둥이가 조금 더 위로 향하며 부르르 떨렸다. 오른손에 힘을 더한 것이다.

"중전이다! 중전이 금원 담을 넘으려 한다, 윽!"

진선문을 지나다가 문턱에 발이 걸려 고꾸라졌던 궁녀가 벌떡 일어나서 양팔을 휘휘 저으며 계속 외쳤다.

"빨리, 빨리! 저쪽으로 중전이 도망간다."

겨우 열한두 살을 넘겼을까 한 어린 궁녀였다. 누군가에게 맞았는지 이마에 생채기가 나고 피까지 흘렀지만 아픈 기색도 없었다. 군졸들이 우르르 금천교를 지나 금원 쪽으로 달려갔다. 다 잡은 행운이 못내 아쉬운 듯, 정의길은 발아래 여인을 물끄러미 내려다보았다. 생쥐처럼 쪼르르 달려온 궁녀가 여인을 향해 넙죽 절을 했다. 붉은 댕기로 눈물 훔치는 시늉을 하며 말했다.

"마마님! 그동안 소녀를 친딸처럼 살뜰히 보살펴 주셨는데…… 몹쓸 병이 원망스러워요……."

"몹쓸 병?"

정의길이 슬그머니 머리채를 쥔 손을 놓으며 물었다. 궁녀는 두 눈을 똘망똘망 뜨고 답했다.

"…… 역병이라던데요."

정의길은 깜짝 놀라서 서너 걸음 물러섰다. 겁을 집어먹은 군졸들도 덩달아 뒷걸음질 쳤다. 군졸들이 완전히 사라질 때까지 홍재희는 궁녀와 눈을 맞추며 기다렸다.

"중전 마마! 옥체 무고하시옵니까? 송구하오나 업히시옵소서. 모시겠나이다."

홍재희가 왼쪽 무릎을 꿇고 등을 보인 채 돌아앉았다. 중전이 급히 그 등에 업혔다. 쇠몽둥이를 맞았던 대수와 거짓말로 군졸들을 속인 앳된 궁녀가 허리를 반쯤 숙인 채 나란히 섰다.

"이름이 무엇이냐? 하는 일은 무엇이고?"

중전이 야무지게 생긴 입매를 살피면서 어린 궁녀에게 물었다.

"리심이라 하옵니다. 올 3월 약방(藥房, 내의원의 별칭)에 들어왔사옵니다."

리심!

중전의 입가에 얼핏 미소가 맺혔다 사라졌다. 대수와 홍재희에게 명을 내리는 목소리에 다시 궁궐 안주인다운 위엄이 서렸다.

"따로 기별할 터인즉 저 아이와 함께 오너라. 홍 별감,
가자! 이제부터 나는 역병 걸린 네 누이다. 알겠느냐?"

이내 마음 병 깊으니

역병보다도 괴질보다도, 세상에서 가장 무서운 병은 마음의 병이다.

중전 민 씨는 충청도 장호원에 닿자마자 자리보전을 하고 누웠다. 애지중지 아끼던 금반지를 뽑아 주고 한강을 건넌 후에도 편히 눈을 붙인 적이 없었다. 이미 조정에는 중전의 장례를 주관할 국장도감(國葬都監)이 설치되었지만, 홍선대원군의 심복인 천하장안(천희연, 하정일, 장순규, 안필주)이 은밀히 중전의 행적을 수소문하고 다녔다. 그 소리를 듣자 중전은 꼬리뼈부터 등줄기를 따라 뒷목까지 후끈 달아올랐다. 어둠에서 단어들이 제 눈에 불을 켠 듯 스멀스멀 기어 나왔다.

'이 약하디약한 며느리가 살아 있을까 두려우신 겝니까.

군졸들 앞세워 나라를 도둑질한 것도 모자라 자객을 푸시다니요. 노추(老醜)가 참으로 흉하고 짙습니다. 진작 운현궁을 쳐 없애란 진언을 들었으나 저는 그리하지 않았습니다. 눈엣가시라고 함부로 치우다 보면 도리어 손끝에 생채기를 얻는 법이니까요. 입궁하기 전, 제게 하신 말씀 새삼 떠오르는군요. 힘이란 오로지 자기 안에서만 나온다 가르치지 않으셨습니까. 다른 사람 어깨에 기대면 그 어깨가 족쇄로 바뀌어 손목을 묶고 발목을 끌어당긴다 하지 않으셨습니까.

노론이 손 내밀면 노론을 치고, 서원이 어깨동무를 원하면 서원을 혁파하며, 양이(洋夷)가 문을 두드리면 대포를 쏘았던 날들. 그 나날이 모두 옳았다고 할 수는 없으나, '대원위분부(大院位分付)'로 천하를 호령하던 10년 동안 당신은 분명 당신 안에서만 솟아오르는 강건한 힘으로 외롭지만 멋지게 싸웠습니다. 천 리를 끌어 지척으로 만들겠다고 하신 분이 누굽니까. 당신이십니다. 태산을 깎아 평지로 다지겠다고 하신 분이 누굽니까. 당신이십니다. 남대문을 높여 삼 층으로 세우겠다고 하신 분이 누굽니까. 당신이십니다.

경복궁 지을 때 일꾼들이 부르던 타령…… 추임새 구성지고 흥 높던 어둑새벽과 저물녘을 기억합니다. 임진 병자 그 참혹한 전란을 겪으며 폐(廢)하고 허(虛)한 궁궐을, 왕실의 존엄을, 이 나라의 자존을 되돌려 놓고자 대역사를 시작하신 분이 누굽니까. 바로 당신이십니다.

아, 이 며느리 부인하지 않겠습니다. 당신이 암연한 심정 지우고자 석란(石蘭)을 하루에도 열 장 백 장 치고 계신다는 풍문 접했을 때, 당신이 기다리는 기회가 결코 오지 않도록 철저히 방비하리라 마음먹었음을. 당신이 저를 감시할 때보다 열 배는 더 당신의 손짓 하나 눈짓 하나 헛기침 하나도 담아 두었음을.

하나 정녕 이런 방법으로 제 수족을 자르고 재갈을 물릴 줄은 몰랐습니다. 사사롭게는 며느리요 아들이지 않습니까. 밝디밝은 곳에서 정정당당 맞서도 남부끄러운 일이거늘, 배고픈 군졸이라니요, 앞뒤 돌보지 않는 모리배라니요. 세월은 당신에게도 손 내미는 법을, 어깨 기대며 호가호위(狐假虎威) 하는 법을 가르쳤나 봅니다. 누구누구만 없으면 천하를 바르게 돌려놓을 수 있다 믿으시는 건가요. 당신이 기댄 군졸들이 이 나라 미래를 책임질 수 없듯 당신 역시 내일과 모레 그리고 그다음 날들을 준비할 수 없습니다. 다시 무엇을 하실 건가요. 이미 폐쇄한 서원을 다시 깔아뭉갤 겁니까. 대국도 자유롭게 오가는 양이들을 몰아내고 홀로 존재할 요량이십니까. 당신이 하실 일은 없습니다. 정녕 모르시겠는지요.

잠시 웅크리고 있지요. 며느리를 암살한 시아버지가 되는 것만은 막아 드리지요. 하나 조심하셔야 할 겁니다. 당신께서 기댄 어깨가 얼마나 허약한 언덕인가를 곧 아실 테니까요. 제가 비빌 언덕은 당신이 감히 상상할 수 없을 만큼 높고 크고 가파르니까요. 가슴이 점점 무거워지는군요. 처음엔 모래더니 이젠 돌멩이고 곧 올라오는 저것은 바위입니다. 당신은 그 바위를 감히 역사라고 부르셨다죠. 저를 위하던 이최응, 김보현, 민겸호가 그 아래 깔려 죽었지요. 하나 저는, 이런 식으론, 온몸 뼈마디가 으스러지더라도, 죽지 않습니다. 기다리세요. 꼭 다시 대궐로 돌아가겠습니다. 가서 당신이 얼마나 큰 잘못을 범하였는지 낱낱이 밝히겠습니다.'

중전은 눈을 떴다. 빛무리가 눈꺼풀에 매달려 흔들렸다. 작은 원이 가까이 달처럼 흔들렸다. 그 달 위쪽 이마에 불그스름한 딱지가 앉았다. 곧이어 우물처럼 움푹 파인 커다란 눈과 산처럼 솟은 코가 나타났다.

'누구였더라?'

중전은 그 아이를 금방 기억해 내지 못했다. 중전의 눈길이 아이 입가에 머물려는 순간, 대수가 아이 옆에 엎드렸다.

"마마! 정신이 드시옵니까? 소녀를 알아보시겠사옵니까?"

'약방에 들어온…… 리심이라 했지?'

중전의 검은 눈동자가 다시 리심의 송골송골 땀방울이 맺힌 앞이마로 올라갔다. 튀어나온 혹에 피딱지가 앉았다.

"흉 지겠다. 조심하지 않고."

리심이 송곳니가 살짝 보이게 웃으며 공손히 답했다.

"그래야 믿어 줄 것 같았거든요."

'일부러 넘어졌다! 영특하기가 제갈공명 뺨칠 아이로구나.'

중전이 리심의 손을 쥐었다. 리심은 허리를 숙이며 손을 빼려 했다. 그러나 중전은 더 세게 그 손을 끌어 잡았다.

"마마! 마……!"

머리를 조아린 리심은 말을 잇지 못했다.

큰아줌마

젊은 여우 중전 민 씨와 늙은 호랑이 대원군 이하응의 대결은 청나라와 일본의 개입으로 싱겁게 막을 내렸다. 대원군이 청군에 의해 밀랍 덩이로 입을 틀어막힌 채 납치되자, 중전은 의장을 갖추어 환궁했다. 호위한 궁인 틈에 리심이 낀 것은 당연한 일이었다.

"소원을 꼭 하나 들어주마. 내 곁에 있으련?"

"마마! 소녀 아직 부족한 것이 너무나도 많사옵니다. 살펴 헤아려 주시오소서."

리심은 약방으로 돌아갔고, 중전은 그녀를 가끔 불러 얼굴을 보는 것으로 아쉬움을 덜었다. 중전 자리에 오른 후 베푼 호의를 물리친 사람은 리심이 처음이었다. 중전은 대수를 따로 불러 리심을 살피고 부족한 것을 채워 주도록 했다.

큰아줌마는 뜻밖의 순간에 리심 앞에 나타나곤 했다. 『경험방(經驗方)』이나 『본초강목(本草綱目)』을 읽다가 졸던 밤에도, 양수인슬(兩手引膝, 두 팔을 높이 들어 가로로 넘겨 한 발은 앞으로 약 오 촌가량 내딛고 허리를 뒤로 젖힘)과 슬상내휘(膝上內揮, 허리를 구부리고 양손을 무릎 위에서 안으로 둘러 어깨 앞으로 모아 놓음)를 반복해서 연습하며 맞이한 어슴새벽에도, 큰아줌마는 리심 뒤에 있었다.

큰아줌마는 중궁전에 속한 한낱 궁인이었지만 그 재주는 깊고 아득했다. 양산박의 여두령으로 뭇 사내들을 힘으로 제압한 『수호지』의 고대수에서 그 이름을 따오고도 남음이 있었다. 손때가 묻고 군데군데 홍점(紅點)이 찍힌 『동의보감(東醫寶鑑)』과 「내경편(內景篇)」을 두고 간 이도, 초무(初舞, 향악정재의 기본 춤)와 박접무(撲蝶舞, 나비가 쌍쌍이 노는 모습의 춤)를 처음부터 끝까지 간명하게 보여 준 이도 큰아줌마였다.

때때로 큰아줌마는 리심을 데리고 소유재(小酉齋) 뒤뜰에서 볕바라기를 했다.

"나는 네가 중궁전 나인으로 올 줄 알았는데……"

"소녀 아직 배우고 싶사옵니다."

"배우고 싶다? 무엇을?"

"의술을 배워 병자를 치유하고 싶사옵니다. 가무를 배워 왕실에 기쁨을 드리고 싶사옵니다."

"병자를 치유하고 왕실에 기쁨을 주기 위해 배운다? 치유하고 기쁨을 준 뒤에는 무얼 할 것이냐?"

큰아줌마는 리심의 말을 곱씹은 후 더 멀리 물음을 던졌다. 포물선이 너무 높고 길어 즉답을 헤아릴 수 없었다. 큰아줌마는 '넌 이것도 모르니?'라고 힐책하듯 도끼눈으로 째려보았다. 리심은 쇠도 뚫을 듯한 그 눈빛에 발가벗은 듯한 느낌이 들었다. 짧지만 견디기 힘든 침묵이 흘렀다. 어두운 하늘에 내리는 푸른 번개처럼, 침묵을 쪼개는 문장이 내려왔다.

"누구누구를 위해서 배운다 여기지 마라, 병자든 왕실이든. 넌 너 자신을 위해 난 나 자신을 위해 배우는 게다."

위로는 중전부터 아래로는 무수리까지, 리심은 궁궐 여인들 중에서 큰아줌마처럼 말하는 이를 본 적이 없었다.

궁녀란 무엇인가. 새벽부터 한밤까지 오로지 궁궐을 위해 일하고 일하고 또 일하는 여인이다. 궁녀들이 배우는 잡술도 가무도 모두 궁궐 일에 필요하기 때문이다. 보지도 말고 듣지도 말고 말하지도 말라. 궁녀 이름을 주어에 놓고 서술어가 완성되는 것 자체가 죄악이다. 궁녀는, 있지만 없는 존재다. 걷되 걷지 않고 답하되 답하지 않으며 기쁨도 분노도 슬픔도 아픔도 있되 없는 것이 바로 궁녀다.

물론 궁녀들 사이에도 알력이 있다. 중궁전이나 대전에 기대어 천하를 흔든 궁녀와 벼락같은 승은(承恩)을 입어 후궁 반열에 오른 궁녀 이야기 역시 끊이질 않는다. 그러나 그 많은 이야기 속에서도 궁녀가 주인공 자리를 차지하진 않는다. 궁녀들은 늘 어떤 왕과 왕비 혹은 대신의 허수아비나 심부름꾼일 따름이다. 어찌 못 배운 궁녀 따위가 역사를 좌지우지할 수 있단 말인가. 어리석게도 천하가 제 것인 양 날뛰지만 궁녀들은 결코 부처님 손바닥을 벗어날 수 없다. 희빈 장 씨가 그러했듯이, 궁녀들이 감히 주인공이 되겠다고 나서는 순간 끔찍하고 때 이른 종말이 닥친다.

중궁전을 업고 세를 자랑하는 상궁과 궁녀가 없는 것은 아니었다. 그러나 큰아줌마는 늘 홀로 움직였다. 은근한 회유와 노골적인 협박이 붙은 입방아가 따랐지만 큰아줌마는 결코 흔들리지 않았다. 1년에 한두 번 마련되는 궁녀들을 위한 잔치 자리에서도 큰아줌마는 무뚝뚝하게 중전을 호위하며 서 있을 따름이었다. 큰 덩치와 걸걸하고 거침없는 말투 때문에 혹시 남자가 아니냐는 풍문까지 돌았다. 검술에 능하고 담벼락 한둘은 가뿐히 넘는다는 사족까지 그럴듯하게 덧붙었다.

그 가을, 리심은 중궁전의 부름을 받았다. 파란 매죽문 비녀를 꽂은 중전은 어의(御醫)가 보는 앞에서 리심에게 팔목을 내밀었다.

"약방에서 공부를 곧잘 한다지? 맥을 짚어 보아라."

리심은 놀라서 눈을 동그랗게 떴다.

'겨우 열세 살 풋내기 약방 기생이 어찌 감히 내명부의 으뜸인 중전 몸에 손을 댄단 말인가.'

리심은 곁눈질로 큰아줌마를 찾았다. 조언을 구하긴 힘들겠지만, 눈만 한 번 마주쳐도 두려운 마음을 누를 듯했다. 그러나 문 앞에 선 큰아줌마는 시선을 내린 채 바위처럼 꿈적도 하지 않았다.

"어서 명을 받들지 못할까?"

어의가 연신 추궁해 댔다.

리심은 크게 심호흡을 한 뒤 중전 손목에 제 손가락들을 비스듬히 올렸다. 1000일보다도 긴 침묵이 흘렀다. 이윽고 손가락을 거둬들인 리심이 차분차분 말했다.

"눈이 흐리고 머리가 자주 쑤시며 입과 목이 늘 마르고 가슴이 답답하여 자시(子時)에도 정신이 맑아 잠을 이루지 못하시지 않사온지요?"

중전이 어의에게 잠시 시선을 옮겼다가 답했다.

"그러하니라."

"허번(虛煩)이옵니다."

"허번? 어찌 하면 낫겠느냐?"

"1000리 밖에서 흘러온 물 여덟 되가 우선 필요하옵니다. 그 물을 정성을 다하여 1만 번 휘젓고, 맑은 웃물 다섯 되를 끓이되, 반드시 갈대 짚으로 불을 지펴야 하옵니다. 그 속에 차조 한 되와 법제(法製)를 한 반하(半夏) 다섯 홉을 함께 넣사옵니다. 한 되 반이 될 때까지 졸여 찌꺼기는 내다 버리고 하루 세 번 나누어 한 잔씩 마시면 되옵니다."

중전이 다시 어의와 눈을 맞추었다.

"『영추(靈樞)』에서 백고(伯高)가 답한 처방이옵니다, 마마! 이 아이 재주가 참으로 남다르옵니다."

중전 입가에 웃음이 머물렀다.

"리심아!"

"예, 마마!"

"네가 백고의 처방대로 약을 지어 주련?"

리심은 즉답을 못하고 고개를 들었다. 놀라기는 어의와 큰아줌마도 마찬가지였다. 중궁전에 올리는 약첩은 어의들이 의논에 의논을 거듭하여 짓고 내의원 당상들 허락이 있어야 했다. 열세 살 약방 기생이 할 일이 아니었던 것이다.

"해, 해 보겠사옵니다."

어의가 황급히 나섰다.

"마마! 이는 법도에 어긋나는 일이……"

중전이 어의 말을 잘랐다.

"나도 압니다. 하나 이 아이 재주가 기특하지 않습니까? 어의와 대수가 곁에서 지켜보면 큰 문제는 없을 듯합니다. 그리해 주세요. 하루라도 빨리, 편히 잠들고 싶습니다."

1000리 밖에서 흘러든 물을 얻기는 어렵지 않았다. 그러나 정성을 다하여 1만 번을 휘젓는 것은 보통 일이 아니었다. 어의는 한 식경쯤 자리를 지키다 떠났고 리심과 밤을 새우는 건 큰아줌마 몫이었다. 2300번을 저은 후 잠시 쉬는 짬에 큰아줌마가 물었다.

"허번을 고치는 다른 처방도 있지 않느냐? 죽엽석고탕, 산조인탕, 육군자탕을 모르지 않을 터. 왜 하필 백고의 처방을 아뢰었느냐?"

리심이 오른팔을 휘휘 돌리며 답했다.

"마마의 병환은 그 뿌리가 깊고 오래지 않은지요? 쉬운 처방이야 벌써 내의원에서 여러 차례 올렸을 터입니다."

"그래서 1만 번 물을 젓는 쪽을 택했다? 차도가 있으리라고 보느냐?"

리심이 다시 물 항아리 앞으로 다가서며 답했다.

"정성을 다한 후 하늘의 뜻을 기다릴 따름입니다."

이틀 밤을 꼬박 새워 1만 번을 채웠다. 중전이 첫 잔을 마실 즈음 리심은 골방에서 깊은 잠에 빠져들었다. 그리고 중전도 곧 리심처럼 나비잠을 이루었다.

리심이 하루를 꼬박 자고 깨어나니 머리맡에 큰아줌마가 있었다.

"오늘부터 세상을 가르쳐 주마. 한 문장 한 문장 뼈와 살이 될 터이니 전부 외우도록 해라."

큰아줌마는 두툼한 서책을 리심 무릎에 올려놓았다. 연암 박지원이 쓴 『열하일기(熱河日記)』였다.

굉음

세상 그 어떤 소리보다도 큰 소리는 심장 뛰는 소리다.

1884년 10월 열다섯 살 리심은 눈을 뜨기도 전에 먼저 입술부터 만졌다. 꿈에 호랑이와 표범 목덜미를 차례차례 물어뜯은 것이다. 살점을 뜯은 입에서 비린내가 흐르는 듯 했다.

'사경(四更, 새벽 1시~3시)즈음인가.'

새벽이 오려면 아직 멀었다. 발가락이 차다. 큰아줌마는 늘 발을 긴장시키라고 했다. 신발도 꽉 끼는 것만 신고 추운 겨울에도 발을 이불 밖으로 내놓고 지내라고 했다. 머리는 쉬더라도 발은 항상 깨어 있어야 한다고, 그래야 다급한 일을 만나도 당황하지 않는다고.

발목이 지그시 눌리자 리심은 벌떡 일어섰다. 큰아줌마

는 말 한마디 건네지 않고 뒤돌아서 방을 나섰다. 옷을 챙겨 입으며 리심은 벌써 그날 외울 문장을 혀끝으로 더듬었다. 평소보다 이른 시각이었지만 따져 묻지 않았다. 가르칠 문장이 많은 날에는 삼경에 들이닥친 적도 있었으니까.

보폭도 넓고 발놀림도 빨라서, 리심은 큰아줌마를 따르는 데 애를 먹었다. 광례문(光禮門)을 지나 장서각(藏書閣)을 끼고 북쪽으로 돌아 동룡문(銅龍門) 앞까지 단숨에 갔다. 창덕궁을 벗어나면서부터 문장을 외우는 일 따윈 저만치 밀어 두었다. 양손이 꽁꽁 얼어붙었지만 호호 입김을 불 겨를도 없었다. 큰아줌마 두 눈이 알 수 없는 설렘으로 흔들렸던 것이다.

"지난밤…… 세상이 바뀌었단다."

'세상이…… 바뀌었다!'

리심은 큰아줌마 말을 혀끝으로 다시 만져 보았다. 큰아줌마는 작은 소란을 놓고 허풍을 떨 위인이 아니다.

"강아지! 나를 따라 죽을 수 있어?"

리심은 가슴이 쿵쾅쿵쾅 뛰었다. 겁도 났지만 큰아줌마가 창경궁에서 어떤 일을 벌이려는지 알고 싶었다.

"죽을 수 있어요."

큰아줌마가 리심의 뺨을 굵고 큰 손바닥으로 쓸었다.

"그렇다고 너무 비장한 표정까진 짓진 마라. 큰일은 신진기예인 김옥균 영감의 동당(同黨)들이 다 알아서 할 테니까. 우린 다만 분위기만 만들면 된다. 가자."

장경문(藏經門), 동정문(東井門), 연일문(淵一門)을 지나 연양문(延陽門)까지 단숨에 내달았다. 리심은 어둠에 잠긴 통명전(通明殿) 팔작지붕을 올려다보았다. 큰아줌마는 체원각(體元閣)을 지나 납청문(納淸門)으로 들어갔다. 큰아줌마가 품에서 양수화통(洋燧火筒, 성냥)을 꺼냈다. 그 손길을 따라 리심은 자경전(慈慶殿) 아래 정원을 살폈다. 무명천으로 가느다랗게 꼰 줄이 골 사이에 놓였다.

"저기, 심지 보이지?"

"토, 통명전을 불태우실 건가요?"

"불태우다니? 아니야. 통명전은 중전 마마께서 창경궁으로 납실 때 침소 드시는 곳이란 걸 잊었느냐? 굉음을 내는 정도지."

'굉음?'

리심의 머리가 빠르게 돌아갔다. 누구를 위협할 굉음인지는 능히 짐작이 되었다. 신진기예들이 이 새벽에 궁궐로 찾아드는 이유는 단 하나, 주상 전하와 중전 마마를 알현하기 위함이다. 창덕궁 하늘로 불화살 하나가 솟아오르자, 큰아줌마가 입으로만 웃으며 고개를 끄덕였다.

"망 잘 봐."

큰아줌마가 리심의 어깨를 짚고 나섰다.

그 순간 정적을 깨는 사내들 비명이 흥례문(興禮門) 쪽에서 터져 나왔다.

'김옥균 동당이 벌써 궁으로 들이닥친 것일까.'

그 소리에 놀란 궁녀와 내관들이 전각에서 나와 주변을 두리번거리며 종종걸음을 쳤다. 큰아줌마는 급히 리심 곁으로 돌아와서 차가운 벽에 등을 대고 섰다. 궁인들이 서넛씩 짝을 지어 정원으로 올라섰다. 리심은 고개 돌려 큰아줌마 얼굴을 살폈다. 된바람에도 굵은 땀방울이 이마를 타고 흘렀다. 약조한 시간이 지난 것이다. 큰아줌마는 어깨를 으쓱 들어 올리며 깊게 숨을 들이마셨다. 궁인들에게 들키는 한이 있더라도 굉음을 내기로 마음을 정한 것이다. 오른발과 왼팔이 동시에 앞으로 나갔다.

리심이 큰아줌마의 두꺼운 왼 팔목을 잡았다. 큰아줌마가 눈을 부릅떴다.

"제가 할게요. 아줌만 나서자마자 눈에 띌 거예요."

"……."

리심이 오른손을 내밀었다. 큰아줌마는 선뜻 판단이 서지 않았다.

"제가 실패하면, 그때 오세요."

"위험해. 크게 다칠 수도 있고."

"괜찮아요."

"이 일에 널 끌어들이는 게 아니었는데……."

"제 일이기도 해요. 어서 주세요. 약조한 시간이 지났죠?"

리심이 큰아줌마 손에서 양수화통을 빼앗다시피 뽑아 품에 안았다. 돌아서서 생쥐처럼 쪼르르 달려 나갔다. 팔을 뻗으면 붙들 수 있는 거리였지만, 큰아줌마는 리심의 등을 바라보기만 했다.

리심은 단숨에 정원으로 올라섰다. 그리고 쪼그리고 앉아 양화시(洋火柴, 성냥)를 꺼내 불을 붙였다. 작은 불꽃인데도 어둠 속에서 멀리까지 빛이 퍼졌다. 리심이 서둘러 불꽃을 심지에 옮겨 붙이려는 순간, 주합루(宙合樓)를 지난 회오리바람이 그녀의 작디작은 몸뚱이를 휘감았다. 리심은 맥없이 엉덩방아를 찧었다. 흙먼지가 눈에 들어가는 바람에 제대로 앞을 볼 수 없었다. 고개를 숙인 채 눈물만 뚝뚝 흘렸다.

"뭐야?"

"저년 잡앗!"

여기저기 웅성대는 말소리와 발소리가 더욱 크게 들렸다. 앞서 달린 젊은 내관이 손을 뻗어 리심의 댕기 머리를 잡아채려 했다. 퍽 하는 소리와 함께 그는 코부터 땅바닥에 부딪쳤다.

"침착해. 어서 심지에 불붙여."

큰아줌마였다.

"중궁전 대수 아냐?"

"새벽에 대체 예서 무슨 짓을 벌이는 거야?"

큰아줌마는 고함을 질러 단숨에 그들을 제압했다.

"다가오지들 마. 중전 마마 명을 받든 몸이야. 내게 덤비는 건 중전 마마께 덤비는 것과 같아. 목숨을 귀히 여겨."

잠시 침묵했던 궁인들이 꼬치꼬치 따지고 들었다.

"저년 손에 들린 건 양화시잖아?"

"이 새벽 정원에 불을 놓으라 명을 내리셨단 게야?"

궁인들이 눈짓을 주고받았다. 그들이 달려드는 순간, 리심이 양화시에 불을 붙여 심지로 옮겼다. 내관 둘이 앞을 막아섰다. 심지가 점점 타들어 갔다. 큰아줌마가 빙글 돌아 주먹을 휘두르며 발을 뻗어 거리를 확보한 후 리심을 안고 층 아래로 굴렀다. 굉음과 함께 흙덩이가 튀었다.

가슴이 뛰었다. 이렇듯 크게 심장 뛰는 소리를 들은 적이 없었다.

리심은 생명의 기운이 빠져나가는 것을 느꼈다. 손가락 하나 들어 올릴 힘이 없었다. 눈물에 뿌연 흙먼지까지 뒤섞여 시야를 가렸다. 이대로 죽고 마는 것인가.

"큰……아줌마!"

대답이 없었다. 이왕 죽는다면 큰아줌마 넓은 가슴에 안겨 최후를 맞고 싶었다. 살아서든 죽어서든 또다시 혼자 남는 것은 싫었다. 눈꺼풀이 점점 무거워졌다. 귀가 윙윙거리더니 아무 소리도 들리지 않았다.

또한 즐겁지 아니한가

삶은 반복이다. 다시는 맞닥뜨리기 싫은 것들이 살갗을 벗길 듯 뺨을 비벼 댄다.

답답하고 어둡고 서늘한…… 저 느낌을 알 것 같다. 두지 강에 빠지자마자 나를 덮친 죽음의 기운처럼.

눈을 떴을 때 리심은 거꾸로 매달려 있었다.

"무울, 물!"

목이 타들어 갔지만 주위엔 아무도 없었다. 겉옷은 온데 간데없고 속저고리 고름도 풀려 뱀처럼 축 늘어졌다. 양손 은 등 뒤로 묶였고 두 발을 묶은 차꼬는 찢어진 살갗에 싸 늘한 기운을 더했다. 고개를 흔들자 온몸이 출렁거렸고 뼈 마디마디마다 숨어 있던 고통이 불을 뿜었다. 아픔을 참지 못하고 몸을 뒤치자 더 큰 고통이 찾아들었다. 고통을 견디며 숨을 고르고 나니 핏방울과 땀방울이 흘러 바닥에 뚝뚝 떨어졌다. 정신을 잃은 사이에 흠씬 매를 맞은 듯했다. 고개를 다시 좌우로 저었다. 아무래도 폭음이 진동할 때 귀를 다친 모양이다. 날카로운 바늘로 고막을 콕콕 찌르는 기분이 들었다.

'큰아줌마는?'

리심은 잠시 큰아줌마의 넓은 가슴과 큰 코를 그려 보았다.

'큰아줌마 뜻대로 세상이 바뀌었다면, 내가 이렇게 거꾸로 매달려 있을 까닭이 없지. 역시, 세상은 그대로인가. 백탑 서생들로부터 이어진 뒤바꿈의 열망은 끝내 성공하지 못할 헛꿈인가.'

거꾸로 매달린 채 심문이 시작되었다. 리심은 꼬박 하루 동안 뭇매를 맞으며 많은 말을 쏟아 놓았다. 조금이라도 침묵하면 몽둥이가 날아들었다. 리심이 뱉은 이야기는 남김없이 기록되어 중궁전으로 올라갔다. 중전은 고통 중에 쏟아 낸 리심의 고백을 찬찬히 읽어 내려갔다.

　좀, 좀, 때리지 좀 마세요. 큰아줌마 이름이 이우석(李禹石)인지는 정말 몰라요. 큰아줌마는 큰아줌마였지 다른 이름으로 불린 적이 없거든요. 제가 예전에 그린 이 거녀(巨

女)를 잘 보세요. 키는 6척이 넘고 7척에선 조금 모자라요. 눈은 크고 흰 눈동자에 바다 빛이 감돌죠. 코는 양이(洋夷) 것보다 크고 뾰족뾰족, 삼각산 봉우리도 그보다 날카롭진 못할걸요. 입도 물론 어마어마하죠. 닭다리 둘을 한꺼번에 넣고 씹어 댔으니까요. 앞니 하나가 빠졌어요. 어릴 적 멧돼지 뒷다리를 물어뜯은 적이 있대요. 죽은 멧돼지 고기 말고 살아 있는 송아지만 한 멧돼지를요. 멧돼지가 달아나지 못하게 물고 있었대요. 덕분에 멧돼지를 잡긴 했는데, 큰아줌마는 이가 빠졌고 피가 멈추지 않아 고기를 먹지도 못했대요. 어깨는 넓죠. 멱서리 서너 개를 얹고도 거뜬히 육의전을 내달릴 정도니까요.

가슴도, 그러니까 본 적은 없지만, 역시 크겠죠. 애를 낳았으면 네 쌍둥이는 먹일 만큼 젖이 나왔을 테지만, 큰아줌만 남자를 알기 전에 궁으로 들어왔고 당연히 아기를 낳은 적도 없지요. 궁녀가 되지 않았다고 해도 임꺽정이나 장길산이 정도가 아니면 큰아줌마를 감당할 사내가 있겠어요? 손도 발도 마찬가지로 크고 단단해요. 예전에 소주방 무수리들을 괴롭히던 내관이 있었는데, 큰아줌마 주먹 한 방에 코가 내려앉았다고 해요.

큰아줌마는 몸보다 마음이 더욱 컸어요. 직경이 2만 6070 리라는 지구성(地球星)보다도 크고 270만 4900리라는 태양에 견주어도 작지 않을걸요. 큰아줌마가 말씀하길, 이 세상에 자기보다 더 마음이 큰 사람은 꼭 한 분뿐이래요. 누구긴요? 세 살 철부지도 이 문젠 바로 알아맞힐걸요.

약방과 장악원 공부도 신났지만, 새벽이나 늦은 밤에는 큰아줌마에게 정말 많은 걸 배웠어요.

아니요. 야소교에 관한 서책은 단 한 권도 보지 않았어요. 큰아줌마가 딱 한 번, 아직 넌 야소교를 알 나이가 아니다 말씀한 적은 있지요. 왜 저한테 야소교, 야소교 거듭 물으시는지는 알지만, 전 야소교가 정말 싫거든요. 야소교도가 되느니 차라리 석가모니를 믿을래요. 공맹의 도리를 따를래요. 회회교(回回敎, 이슬람교)도 그보단 나을 거예요.

맞아요. 처음엔 『열하일기』를 읽었어요. 큰아줌마가 그날 외울 부분을 먼저 읽어 주셨죠. 많이 어려웠지만, 약방에서든 장악원에서든 대부분 처음 보고 듣는 것들이라서, 또 몽땅 외우지 않으면 침 한 대 사위 한 번 놀릴 수 없었기 때문에 백 번 읽고 열 번 옮겨 썼어요. 연암 선생의 깊은 뜻이야 저같이 어리고 무식한 애가 어찌 알겠어요? 그래도 마음 한편이 뻥 뚫리는 상쾌함이 밀려들긴 했답니다.

정말이에요? 이번 일을 꾸민 사람들이 탐독한 책도 『열하일기』라고요? 몰랐어요. 읽어 보셨겠지만, 누가 읽든 『열하일기』는 대단히 멋진 서책이에요. 연경(燕京)만 가고 싶은 줄 아세요? 당연히 더 서쪽 서쪽 서쪽을 유람하고 싶답니다. 서서(瑞西, 스위스)의 산과 강이 그렇게 아름답다는데, 지금 다시 연암 선생이 환생하신다면 아마도 서서 유산(遊山)에 나서실 거예요.

아라사 개[鄂羅斯犬]도 『열하일기』에서 처음 만났어요. 주인이 명하면 호랑이든 표범이든 물어 죽인다면서요? 덩치가 말만큼 크지만 학처럼 여윈 몸매에 실뱀처럼 이리저리 흔들리는 꼬리. 큰아줌마는 가끔씩, 그러니까 아주 드물게 술 냄새 풍기며 찾아온 밤에는, 절 품에 꼭 안고 "아라사 강아지! 아라사 강아지!" 하고 불렀답니다. 무겁고 냄새나고, 아휴, 피할 수 있다면 피하고 싶은 일이었지만 '아라사 강아지!'란 별명만은 싫지 않았어요. 말처럼 큰 어른 개는 징그럽지만, 아라사 강아진 귀엽잖아요? 더구나 몸매가 학이래요.

큰아줌마는 우선 전날 배운 걸 다 외웠는지 확인하죠. 열에 여덟은 외웠지만 한두 번은 더듬거리기도 하고 벙어리처럼 말문이 막히기도 했어요. 큰아줌마는 회초리를 들진 않았어요. 회초리를 휘두르면 제 종아리가 부러질지도 모른다고 생각한 거죠. 대신 희한한 자세로 반복해서 문장을 읊는 벌을 주었답니다. 물구나무를 서는 건 쉬운 벌이고 매미처럼 천장에 매달리거나 겨울잠에 든 뱀처럼 온몸을 웅크려 발뒤꿈치를 코에 대기도 했죠. 춤을 추려면 뼈 마디마디가 사방으로 꺾여 물처럼 흘러야 한다고도 했어요. 자세 하나를 익히는 데 짧게는 닷새 길게는 보름이 걸리기도 했죠. 큰아줌마가 내린 벌을 몇 달 후 장악원에서 똑같이 받는 경우도 있었답니다. 그땐 벌도 아니었죠.

큰아줌마와 읽은 서책을 지금 나열하는 게 무슨 소용이 있어요? 그래도 자꾸 물으시니, 또 제가 야소교와 관련된 서책은 단 한 권도 읽지 않았음을 밝히기 위해, 몇 권만 말해 볼게요. 『열하일기』는 이미 말씀드렸고 그다음엔 이언(易言)이란 대국 사람이 쓴 책을 석 달 남짓 읽었어요. 『조선책략(朝鮮策略)』도 한나절 구경했고요. 『일동기유(日東記游)』세 권도 재미있었어요. 문장에 힘이 넘칠 뿐만 아니라 일본이 어떤 나라인지 세심히 써 놓았더군요.

아, 아니에요……. 맞아요. 딱 한 번 만난 적 있어요. 그날도 중궁전에서 황송하옵게도 마마를 진맥하고 있는데, 김, 옥, 균! 맞아요, 그 신진기예가 들어왔어요. 큰아줌마는 꼭 그분을 신진기예라고 부르셨지요. 날카로운 눈매로 절 노려보더군요. 큰아줌마를 따라 그 자리에서 물러나왔답니다. 얼마나 지났을까요. 중궁전을 나온 그 사람은 잠시 하늘을 쳐다보다가 궁녀들 틈에 서 있는 저를 또 노려보았어요. 그리고 묻더군요. "의술에 제법 재주가 있다고? 이름이……?"

큰아줌마가 대신 답했지요. "아라사 강아지예요." 순간 저는 그가 진작부터 제 별명을 알고 있다는 느낌을 받았답니다. 큰아줌마가 언질을 했는지는 모르겠어요.

힘들지 않았냐고요? 힘이야 들죠. 의술도 가무도 그리고 큰아줌마를 따라 서책을 통해 세상을 배우는 것도. 하나만 해도 지칠 텐데 셋을 한꺼번에 하겠다고 덤벼들었으니, 범 무서운 줄 모르는 아라사 강아지가 맞는지도 몰라요. 하나 공자님도 일찍이 말씀하지 않으셨나요. 배우고 때로 익히면 또한 즐겁지 아니한가. 이제 다신 그런 날들이 오지 않을 거라고 생각하니 그 즐거움이 열 배쯤으로 느껴지네요. 안타까워서 그런가 봐요.

무간지옥

삐걱대며 문이 열리자 빛이 쏟아져 들어왔다.

찬 기운이 발바닥에서부터 산발한 머리끝까지 밀려들었다. 움찔 몸이 떨렸다. 거의 죽음에 맞닿은 몸이 마지막으로 살아 있음을 호소하는 듯했다. 절망과 고통만이 가득한 순간에도 한 점 희망의 흔적을 찾아 몸 뒤치는 것이 바로 인간이다. 리심은 겨우 눈을 뜨고 빛 가운데를 쳐다보았다. 궁녀들이 길게 두 줄로 늘어선 후 그 사이로 내관을 앞세우고 중전이 들어섰다. 중죄인만을 다루는 형옥에 내명부 으뜸인 중전이 찾아오는 것은 드문 일이다. 그러나 김옥균이 일본을 등에 업고 민씨 일파를 척살하고자 날뛴 것이나 청군이 김옥균을 몰아내기 위해 궁궐로 난입한 것이나 상상하기 어렵기는 마찬가지다.

중전 명을 받은 나장들이 리심의 차꼬와 오라를 풀었다. 이마와 가슴과 배가 동시에 차디찬 바닥에 닿았다. 두 팔을 뻗어 상체를 버티고 엎드릴 힘도 없었다. 궁녀 둘이 좌우에서 리심을 부축하여 일으켜 앉혔다.

"힘드냐? 아직 시작도 하지 않았느니라. 여기가 어딘 줄 아느냐? 무간지옥(無間地獄)이니라. 먼저 네 그 더러운 살가죽을 벗겨 오라를 만들고 그것으로 온몸을 친친 묶을 것이니라. 그리고 너를 거대한 화롯불에 집어넣어 지글지글 태우다가 벌겋게 익은 쇠창으로 구멍이란 구멍은 모두 찔러 꿸 것이니라. 대수를 따라나설 때 그 정도 각오는 했으렷다?"

리심은 그 순간 자신을 버리고 떠난 월선을 떠올렸다. 월선은 자주 여덟 지옥을 들먹이며 가무 배우는 데는 게으르고 호기심만 많아 여기저기 말썽을 일으키는 말괄량이 딸을 타이르거나 꾸짖었다. 푸른 눈 사내로부터 복된 말씀을 전해 받은 후에도 월선은 지옥들 풍광만은 바꾸지 않았다. 무간지옥은 그중에서도 월선이 가장 애용하는 지옥이었다.

리심은 월선의 지옥 이야기를 한 귀로 듣고 한 귀로 흘렸다. '세상에 그런 지옥이 어디 있어?' 그런데 중전은 지옥에 관한 리심의 오랜 불신을 단숨에 깨뜨릴 기세였다.

'각오!'

중전은 방금 각오를 물었다. 큰아줌마에게서 2년 남짓 많은 것을 배웠고 또 자신을 버리고 떠난 친어미 월선보다 더 따랐지만, 딱히 각오를 하진 않았다. 큰아줌마가 하는 일이라면 무조건 따라야 한다는 마음만 있었을 뿐이다. 무겁게 결의를 다지고 삶과 죽음 운운하는 것이 오히려 어색했다. 그만큼 리심은 큰아줌마와 한마음을 이루었다.

"주…… 죽여 주…… 세요."

중전이 차갑게 웃었다.

"아니지. 그렇게 빨리 고통을 잊도록 해 줄 순 없지. 끝까지 질기게 들숨 날숨을 뱉어 내야지."

중전은 잠시 말을 끊고 허리를 숙여 리심의 얼굴을 살폈다. 양 볼은 성난 복어처럼 부어올랐고 입술은 터져 피딱지가 덕지덕지 앉았으며 왼쪽 눈은 퍼렇게 멍이 들어 초점이 잡히지 않았다.

"리심아!"

리심은 턱을 조금 더 높이 들었다.

"리심아! 무간지옥으로 그냥 가련?"

중전의 두 눈에는 의외로 따스한 빛이 어렸다. 리심의 입술이 부들부들 떨렸다.

"마…… 마!"

리심은 끝내 말을 잇지 않고 고개를 떨어뜨렸다. 중전은 손을 뻗어 리심의 야윈 턱을 움켜쥐고 들어 올렸다.

"왜, 왜 살려 달라, 소원을 말하지 않는 게냐? 소원을 꼭 하나 들어주겠다고 임오년에 약조한 것을 잊었느냐? 죽고 나면 소원을 말해도 아무 소용 없을 터."

리심의 숨소리가 거칠어졌다.

"살려 주고 싶으시면…… 소원을 말하지 않아도 살려 주실 것이고…… 죽이고 싶으시면 소원을 말해도 죽이실 것…… 아니온지요? 사, 살려 주신다면…… 다시는 이렇게 살지 않겠사옵니다. 다시는, 두 번 다시는!"

리심은 정신을 놓았다. 화살이 다시 중전에게 돌아왔다.

'비굴하게 목숨을 구걸하진 않겠다? 대수를 배신하지도 않겠다?'

"독한 년!"

부국의 법, 강병의 칙

　독한 것은 사랑만이 아니다.

　리심은 중전에게 소원을 빌지 않고 목숨을 구했다. 그러
나 정말 끔찍한 형벌은 그때부터였다. 대수가 극형을 당한
오후, 중전은 리심에게 명을 내렸다.

　"오늘부터 하루에 두 번 내 발을 씻겨라. 그리고 중궁전
앞마당에 온종일 서 있어야 한다. 내가 잠든 후에는 퇴궁하
여 장악원(掌樂院)으로 가거라. 장악원 넓은 뜰은 물론이고
악공과 무희들이 가무를 익히는 전각을 하나하나 소제(掃
除)하여라. 몰래 서책을 가까이 하거나 노래와 춤을 익히면
그 즉시 네 목숨을 취할 것이니라."

　그때부터 2년 가까이 리심은 의술과 가무를 익히지 못
했다.

늦은 밤, 장악원으로 들면 함께 약방으로 들어왔던 기생들이 눈을 흘기며 조롱했다.

"잘난 체는 혼자서 다 하더니 꼴좋다."

"큰아줌마도 없는데, 나 같으면 혀 깨물고 죽어 버리지."

"넌 결국 사지가 찢겨 죽을걸."

마루를 쓸다가 털썩 주저앉아 우는 밤이 많았다. 마룻바닥에 긁힌 곳과 움푹 파인 곳, 반들반들 윤기가 흐르는 자리에서, 낮 동안 뛰고 물러섰다가 돌고 엇갈려 주저하다가 멈추곤 하는 또래 무희들 발걸음이 새록새록 떠올랐던 것이다. 이것은 북을 중심으로 여덟 무희가 노니는 무고(舞鼓)이고, 저것은 나라의 융성함과 군왕의 만수무강을 비는 연백복지무(演百福之舞)로구나. 요것은 효명 세자께서 창제하신 장생보연지무(長生寶宴之舞)이고, 고것은 신라 고승 원효가 호로(葫蘆) 흔들며 석가의 뜻 전하던 것을 흉내 낸 무애무(無㝵舞)로구나. "쌍으로 호로 흔들며, 백 년이 이것고야 천 년이 이것고야 만 년 우(又) 억만 년이 연년(年年) 이것고야 옥력천추장(玉曆千秋長)을 비라와 드리노다." 하고 노래하고 싶었다.

제 일에 열심인 악공이 어둠을 아랑곳 않고 연주하는 곡이라도 듣는 날이면, 리심은 차라리 목숨을 끊어 버리는 것이 더 낫지 않을까 생각했다. 열 손가락 열 발가락 모두 꿈

틀대는데, 장단에 맞춰 고개 한 번 흔들지 못하는 신세였다. 그 마음을 꿰뚫어 보기라도 하듯, 중전은 리심에게 발을 내맡긴 채 짧게 묻곤 했다.

"아직 죽을 결심이 서지 않았느냐? 미리 말하련. 발 씻을 아이를 따로 구해 두어야 하니."

그때마다 리심은 쏟아지려는 눈물을 다시 삼켰다.

'죽더라도 서서, 꼿꼿하게 서서 죽을 테야. 푸른 대나무처럼.'

법국(法國, 프랑스)과의 수호조약에 책임을 맡은 한성판윤 김만식 일행이 중전의 침소로 찾아왔을 때, 리심은 마당에 서서 깜빡 졸았다. 제 뺨을 치며 아무리 버텨도 한여름 밀려드는 졸음을 피할 수 없었던 것이다. 어제는 갑자기 내린 폭우 때문에 마당에 물길을 내느라 벽에 기대어 서서 쉴 여유도 없었다. 목이 따갑고 온몸이 으슬으슬 추운 것이 여름 감환에라도 걸린 듯했다. "한성판윤 입시이옵니다."라는 젊은 내관의 가늘고 긴 소리를 듣자마자, 리심은 반쯤 감긴 눈꺼풀을 급히 떴다. 뒤늦게 곁눈질을 했지만 한성판윤 일행은 벌써 방으로 들어가고 난 뒤였다. 곁에 선 궁녀 둘이 소리 낮춰 수군거렸다.

"엄청 크네. 머리 하나는 더 있군."

"6척은 훨씬 넘고 7척도 되지 않을까? 능지처참 당한 대수보다도 더 큰 것 같아. 한데 누구야?"

"몰라. 여하튼 법국 사람들 기를 꺾어 놓으려면 저런 협객도 한 사람쯤 필요할 거야."

"법국은 왜?"

"으이그, 넌 밤낮 먹는 데만 마음을 쏟더니 귓구멍이 막힌 게로구나. 지난달부터 법국 사신들이랑 의논을 주고받은 거 몰라? 곧 친교를 맺는다는 풍문을 듣지도 못했니?"

큰아줌마보다 더 큰 거한(巨漢)이라는 말에 리심은 눈을 가늘게 뜨고 방을 쳐다보았다. 그러나 이미 닫힌 방 저쪽에서 낯선 사내의 덩치를 분간하기 어려웠다.

"어서들 오세요."

김만식 일행이 예를 마치자마자, 중전은 분홍 블라우스와 검정 스커트를 양손에 펼쳐 든 채 반겼다. 중전 옆으로는 각양각색의 양이복(洋夷服, 서양옷)을 입은 나인 넷이 줄지어 섰다. 열 살 이쪽저쪽 되어 보이는 나인들은 중전의 명을 받았는지 다양한 자세를 취한 채 꼼짝도 하지 않았다. 흰색 셔츠에 감청색 바지를 입은 나인은 어디론가 달려가는 듯 왼발을 내밀며 오른팔을 높이 들었고 흰 비단으로 온몸을 감싼 나인은 양팔을 둥글게 벌리고 턱을 당겼다. 회색

드레스에 허리를 꽉 조이는 코르셋을 입은 나인은 숨이 차는지 턱을 들고 후후 숨을 내쉬었다.

"놀라지들 마세요. 친교를 맺은 기념으로 선물받은 의복들을 한번 입혀 보는 겁니다. 어때요? 흉한 구석이 있긴 해도 제법 아름답지 않나요?"

"마마! 궁중 법도가……."

중전이 김만식의 말을 잘랐다.

"법도는, 내가 더 잘 압니다. 법국과도 친교를 맺으면 예쁜 옷들이 또 들어오겠군요."

"저, 저 물건은 무엇이옵니까?"

김만식은 코르셋을 입은 나인 옆에 있는 삼각형으로 발을 내린 물건과 그것을 만지작거리는 중궁전 내관 진식이, 방으로 들어서는 순간부터 마음에 들지 않았다. 시커멓게 생긴 모양새 하며 툭 튀어나온 구멍이 금세라도 총탄을 쏘아 낼 듯했다. 평 소리와 함께 불빛이 번뜩이자, 김만식은 물론이고 양이복을 입은 나인들도 모두 바닥에 코를 박고 엎드려 벌벌벌 떨었다. 방문 앞에 엎드린 거한만이 고개를 든 채 소리가 터져 나온 물건을 쳐다보았다.

중전이 물었다.

"너는 조금도 놀라지 않는구나. 이것이 무엇인지 아는 것이냐?"

거한이 답했다.

"사진틀이 아니옵니까?"

"본 적이 있느냐?"

"본 적은 없으나 서책에서 읽은 적이 있사옵니다."

"이름이 무엇인고?"

"홍종우(洪鍾宇)라 하옵니다."

김만식이 끼어들었다.

"백면서생이나 자못 의기가 있고 배움 또한 깊어 법국인들을 만날 때 동행할까 하옵니다."

"일어서 보아라."

홍종우가 자리에서 일어섰다. 턱을 들어 홍종우를 살피는 중전의 입가에 미소가 머물렀다. 중전은 홍종우를 가까이 다가와서 앉도록 했다.

"법국인과 만나고 싶으냐?"

홍종우는 잠시 김만식을 곁눈질했다. 김만식이 고개를 끄덕였다.

"만나고 싶사옵니다."

"이유가 무엇이냐?"

"부국(富國)의 법과 강병(强兵)의 칙을 알기 위함이옵니다."

"그러한 법과 칙은 공맹지도(孔孟之道)로도 알 수 있지 않느냐?"

"저 양이들은 공맹지도를 알지 못하고도 먼 나라를 항해하며 높은 건물을 세우고 또한 그 백성을 넉넉하게 먹인다 들었사옵니다. 공맹지도와 함께 그 도까지 함께 아우른다면, 부국과 강병의 법과 칙을 더욱 든든히 세울 수 있지 않겠사옵니까?"

"네 말도 그럴듯하구나."

중전이 크게 고개를 끄덕이자 방 안 분위기가 한결 밝아졌다.

홍종우가 굵은 음성으로 물었다.

"마마. 양이복을 나인들에게 모두 입혀 사진을 찍어 둘 요량이시온지요?"

"그렇다."

"나인은 넷인데 옷은 다섯이니 마지막 옷은 뉘에게 입히실 것이옵니까?"

중전의 표정이 싸늘하게 굳었다. 이 블라우스와 스커트를 누구에게 입히든, 그것은 백면서생 따위가 간섭할 일이 아니다. 그러나 곧 호기심 어린 표정으로 되묻는다.

"누구, 입혔으면 하는 아이라도 있느냐?"

"그 옷에 꼭 맞는 궁녀를 방금 보았사옵니다."

"그래? 어디에 서 있던 아이냐?"

"월대 가장 왼편에 선 궁녀이옵니다. 그 아이에게 이 고운 옷을 입혀 보시오소서."

중전이 눈을 감고 중궁전 앞에 서 있는 궁녀들을 하나하나 그려 보았다. 일사불란함을 좋아하는 중전은 궁녀들이 설 자리도 일일이 정해 주었다. 중전이 갑자기 눈을 크게 뜨고 힐책하듯 홍종우를 노려보았다.

"리…… 심 말이냐? 리심에게 이 옷을 입히라고?"

잔방에서 생긴 일

낯선 곳에서 보내는 첫 밤은 두려움과 함께 설렘을 낳는다. 이 설렘은 우리를 뜻하지 않은 사건으로 이끌기도 하고 새로운 인연에 닿게도 한다.

리심을 비롯한 열 명의 소녀가 선전관을 따라 도성에 들어갔을 때는 해가 뉘엿뉘엿 지고 있었다. 내일 아침 약방에 들기로 하고 그 밤은 장악원에서 지내게 되었다. 각지에서 올라온 소녀들을 모화원에서 모아 숭례문으로 들어온 관원은 소녀들을 장악원에 밀어 넣은 후 사라졌고, 장악원을 지키는 나졸들 역시 촌티가 줄줄 나는 소녀들을 병든 닭 보듯 했다. 맹물을 한 사발씩 들이켠 후 큰 방에 일렬로 누웠지만 잠이 오지 않았다. 배에서 꼬르륵 소리가 끓자 리심이 벌떡 일어섰다.

"못 참겠네."

리심은 소매에서 작은 엽전 꾸러미를 꺼냈다. 떠나는 새벽에 이방이 몰래 넣어 준 것이다.

"나랑 같이 한양 구경 갈 사람?"

일곱 소녀는 배를 곯으며 그냥 자겠다고 했고 충청도 공주에서 온 지월(至月)과 경기도 수원에서 온 영은(影恩)만이 리심을 따랐다. 열세 살 동갑내기 세 소녀는 다람쥐처럼 장악원 넓은 마당을 가로질러 협문 둘을 지났고 문지기가 조는 틈을 타서 대문까지 벗어났다.

세 소녀는 발길 닿는 대로 신나게 걸었다.

나졸을 만나면 아름드리 소나무나 담벼락 뒤에 숨고 인적이 드문 길로만 종종걸음을 쳤다. 멀리 대광통교(大廣通橋)가 보이자 주위가 환해졌다. 엉성하게 지은 잔방(棧房, 간이식당)들이 개천(開川, 청계천)을 따라 얼키설키 늘어섰다. 진한 장국 냄새가 세 소녀의 코를 간질이자 군침이 절로 돌았다.

"장탕반(漿湯飯) 먹으려고?"

첫 집 눈 밝은 주모가 큰 엉덩이를 씰룩이며 다가왔다. 지월과 영은이 고개를 끄덕이려는 순간, 리심이 두 친구 손을 잡아끌었다.

"그냥 나들이 나왔어요. 우리 배 안 고파요."

열 걸음쯤 걸어가자 영은이 볼멘소리를 해 댔다.

"안 고프긴? 뱃가죽과 등짝이 딱 달라붙었어."

지월이 맞장구쳤다.

"저녁 먹여 준다더니 그사이 마음이 바뀐 거야?"

리심이 송곳니가 보일 듯 말 듯 웃었다.

"첫 흥정에 덜컥 넘어가는 건 바보짓이야. 저렇게 잔방들이 죽 늘어서 있으면 보통 첫 집이 제일 비싸고 맛없게 마련이야. 더군다나 우리같이 어린애들끼리 들어가면 당장 값을 두 배로 올려 받을걸."

지월은 고개를 끄덕였지만 영은은 기분이 풀리지 않은 듯했다.

"그럼 어쩌자고?"

리심이 잔방을 기웃거리다가 패랭이를 쓴 텁석부리 사내 앞을 막아섰다. 마흔은 족히 넘은 사내는 대죽 담뱃대로 리심을 밀치는 시늉을 했다.

"저리 물러나지 못해?"

"아저씨! 장탕반 드시려고 그러죠?"

사내는 리심의 당돌한 물음에 눈을 끔벅이며 고개를 끄덕였다.

"그래, 전을 늦게 걷어 아직 저녁을 못 먹었다. 어째 몸이 으슬으슬한 게 감환에 걸린 듯도 싶고. 이럴 땐 고명을 듬뿍 올리고 뜨듯한 장국을 부은 장탕반이 최고지."

"여기서 어느 잔방의 장탕반이 제일 맛나요?"

"그야 바로 조기 곰보 할멈 집이지. 보는 눈들이 있어 깎아 주진 않지만, 그 대신 고명이 다른 집들보다 두 배는 많아요. 국물은 또 얼마나 진한데. 보아하니 너희들 대광통교 잔방 거리는 처음인 듯하구나. 저녁도 못 먹은 듯한데⋯⋯ 장탕반 먹을 돈들은 있냐?"

"그럼요. 우리 흥정 하나만 해요."

"흥정이라고? 콩알만 한 녀석이 제법 보부상 흉내 내는군. 그래 어디 말해 봐라."

"우릴 데리고 곰보 할멈 집에 가서 장탕반을 함께 먹는 거예요. 전 아저씰 아버지라 부르고, 두 친구는 삼촌이라고 할게요."

"그리하면 나한테 무슨 이득이 있지?"

"아저씨가 드신 장탕반 값까지 제가 낼게요."

지월과 영은은 순간 얼굴이 굳었다. 사내도 리심의 제안을 이해할 수 없었다. 그래도 공짜라니, 이런 횡재를 마다할 까닭이 없다.

"좋다. 그리하자. 내 이름은 격쇠다."

리심이 토를 달았다.

"대신, 장탕반 먹는 동안 누가 우릴 괴롭히면 아저씨가 정말 아빠처럼 삼촌처럼 막아 줘요."

그제야 꺽쇠는 리심의 속뜻을 알아차렸다. 크게 어려운 부탁은 아니었다. 가끔 시비가 벌어지기도 하지만 아주 드문 경우고, 또 이 골목에서 저녁을 해결하는 장사꾼들과는 대부분 안면이 있으니 문제될 것이 없었다. 망나니 패거리도 요 며칠은 잠잠했다.

"알겠다. 그렇게 하자꾸나. 약속은 꼭 지켜야 한다."

꺽쇠는 리심의 소매에 든 엽전 꾸러미를 확인한 후 성큼 성큼 앞장을 섰다.

곰보 할멈 가게는 발 디딜 틈이 없었다. 똬리 모양으로 길게 줄을 선 끝에 겨우 구석 자리를 얻었다. 얼굴이 심하게 얽은 곰보 할멈이 고명을 얹고 장국을 부으면 세 아들이 잽싸게 장탕반을 날랐다.

"이야!"

김이 모락모락 올라오는 장탕반에 김치를 곁들여 놓으니 감탄이 절로 나왔다. 세 소녀는 젓가락을 쥐지도 않고 뜨거운 국물부터 훌훌 마셨다. 해 떨어지기 전까지는 도성에 닿아야 한다고 관원들이 재촉하는 바람에 하루 종일 아무것도 먹지 못했던 것이다.

"얘들아, 천천히 천천히들 먹어라. 그러다가 입천장 홀랑 까질라."

소녀들 앞으로 김치 종지를 밀던 껙쇠 얼굴이 갑자기 굳었다. 지월과 영은은 양념이 알맞게 밴 면을 건져 먹느라 젓가락질에 바빴다. 리심은 젓가락을 놓고 껙쇠의 시선을 따라 거리 쪽을 바라보았다. 길게 늘어섰던 줄이 반으로 뚝 잘리면서 험상궂은 청년 예닐곱이 어슬렁어슬렁 걸어 들어왔다. 장탕반을 먹던 이들은 고개를 숙인 채 청년들을 애써 외면했다. 패랭이를 목 뒤로 넘긴 그들 손에는 각진 방망이가 하나씩 들렸다. 차림새로 보아 관원이나 포졸은 아닌 듯했다. 큰 갓을 쓰고 두루마기를 입은 양반이 청년들 호위를 받으며 곰보 할멈 앞에 섰다. 할멈은 차디찬 바닥에 무릎을 꿇고 그날 번 돈을 나무 상자째로 내놓았다. 양반이 그 상자를 받아 들려는 순간, 막내아들이 나무 상자를 품에 안았다.

"나리! 닷새 전에 세(稅) 받는 셈 치고 장탕반 쉰 그릇을 드시고 가지 않으셨습니까?"

기분이 상한 듯 양반은 오른손으로 갓끈을 쥐며 두 걸음 물러섰다. 청년들이 두 발을 차며 날아오르는가 싶더니 막내아들 이마에서 피가 흘렀고 장국을 담은 솥이 뒤집혔다. 청년들은 상에 오른 장탕반을 집어던지고 발로 차고 침을 뱉었다. 조금이라도 고개를 들거나 엉덩이를 떼거나 말을 섞는 손님은 곰보 할멈 편을 드는 것으로 간주하고 주먹을 날렸다. 세 소녀가 먹던 장탕반도 뒤집혀 저만치 날아갔다. 지월과 영은은 양손으로 입을 틀어막고 울먹였다. 공짜 저녁을 먹는 대신 세 소녀를 지켜 주겠다던 꺽쇠는 머리를 숙인 채 꼼짝도 하지 않았다. 리심의 청을 들어주며 꺽쇠가 혹시나 하고 걱정했던 '망나니' 민영주 패거리가 들이닥친 것이다. 중전의 척족이란 뒷배로 개천을 오르내리며 가게 주인들을 협박하여 돈을 뜯어 내거나 떼로 몰려와 공짜 장탕반을 먹었다. 망나니도 그보다 더 날뛰진 않을 것이다.

"아저씨!"

꺽쇠는 자기를 부르는 소리인 줄 알고 이맛살을 찌푸리며 고개를 들었다. 리심이 어느새 일어서서 방금 장탕반 그릇 넷을 박살 낸 청년 쪽을 노려보았다. 꺽쇠가 리심을 끌어 앉히려 했지만 이미 청년이 고개를 돌린 후였다. 왼쪽 눈가에 칼자국이 선명한 청년은 상대가 어린 소녀인 걸 알고 헛웃음을 흘렸다.

"꼬맹아! 네가 날 불렀니?"

리심이 답했다.

"왜 남의 저녁을 함부로 망치는 거예요?"

청년이 방망이로 제 왼 손바닥을 토닥토닥 치며 말했다.

"좋게 말할 때 머리 박고 앉아 있어. 감히 뉘 안전이라고!"

"뉘 안전이든, 밥 먹을 땐 개도 안 건드리는 법이에요."

리심이 톡 쏘아붙였다. 다른 청년들이 피식 웃음을 터뜨렸다. 청년은 리심에게 큰 걸음으로 다가선 후 방망이를 높이 쳐들었다. 리심은 눈을 크게 뜨고 그를 노려보았다.

탁!

소리와 함께 방망이가 바닥으로 떨어지더니, 청년이 비명을 내지르며 허리를 숙였다. 리심의 등 뒤에서 저녁을 먹던 7척 거한이 청년의 손목을 꺾고 팔꿈치를 젖힌 것이다. 청년들이 순식간에 거한을 에워쌌다.

"난 홍종우라고 한다. 소란 피우지들 말고 나가자. 네놈들 고약한 버릇을 단단히 고쳐 주마."

청년 하나가 이죽거렸다.

"하룻강아지라 하기엔 너무 크고……. 덩치만 믿고 까불단 황천 간다."

홍종우가 칼자국 청년을 이죽거린 청년에게 던진 후 가게를 나왔다.

개천을 따라 도성을 좌우로 가로지르는 거리에 사람들이 만든 둥근 원 두 개가 겹쳐 생겼다. 하나는 홍종우를 둘러싼 청년들이었고 더 큰 원은 홍종우와 청년들의 싸움을 구경하려는 도성 백성이었다. 홍종우가 소매를 걷어붙이며 주먹을 쥐락펴락 했다. 청년들에게 주눅이 들기는커녕 오랜만에 몸을 풀게 된 것을 즐기는 눈치였다.

"사나이답게 약조부터 하자. 살이 터지거나 뼈가 부러져
도 군말 없기!"

말이 끝나기도 전에 청년들이 동시에 홍종우를 향해 날
아들었다.

머나먼 법국

"어디 이쪽으로 서 보아라."

리심은 중전의 명을 받들어 천천히 돌아섰다. 양팔을 엇
갈려 어깨를 감싸 안았지만 얼굴이 화끈 달아올랐다.

"당장 그 손 치우지 못하겠느냐?"

목이 깊게 팬 흰 블라우스가 문제였다. 가슴 부분에 나풀
나풀 물결무늬 푸른 천을 덧댔지만 드러난 어깨선을 감출
수는 없었다. 리심은 눈을 질끈 감은 채 손을 내렸다. 이렇
게 괴상한 옷을 입고 얼굴을 들 자신이 없었던 것이다. 허
리가 조이고 엉덩이가 당겼다.

"역시 잘 어울리옵니다, 마마. 그렇지 않사옵니까?"

어디선가 귀에 익은 목소리가 들렸다. 리심은 실눈을 뜨
고 방 안을 살폈다. 기골이 장대하고 다른 이들보다 머리

하나는 더 큰 사내가 그녀를 뚫어져라 쳐다보았다. 리심의 두 눈이 커졌다. 곰보 할멈의 장탕반이 함께 떠올랐다.

'아, 당신은!'

홍종우가 미간을 찡그렸다가 폈다. 알은체를 하지 말라는 뜻이다.

"다음에는 마마께옵서 직접 양이복을 입어 보시오소서."

중전은 홍종우가 아뢴 말이 싫지만은 않은 듯, 리심이 입은 블라우스와 스커트를 찬찬히 살피며 물었다.

"내가 입어도…… 어울리겠느냐?"

홍종우가 힘주어 답했다.

"마마를 위해 이 세상에 나온 옷인 듯하옵니다."

"나를 위해 세상에 나온 옷이라고? 호호호. 덩치 크고 힘만 센 줄 알았더니 사람을 즐겁게 하는 재주도 지녔구나. 알겠다. 내 다음에 꼭 한번 입어 보도록 하겠느니라."

중전은 을야(乙夜, 밤 9시)쯤 잠자리에 들었다.

리심은 마치지 못한 장악원 뒤뜰 소제를 위해 서둘러 궁을 나섰다. 김만식 일행이 물러간 후 그녀는 내내 우울했다. 옛 은인과 인사 한마디 나누지 못하는 신세가 처량했던 것이다.

장악원 대문으로 들어서려는데, 높게 솟은 참나무 뒤에

서 굵은 목소리가 들렸다.

"법국 으뜸 고을 파리(巴里)에는 세인(世茵, 셴)이란 강이 흐르는데, 그 강 서편엔 노탈라남(老脫羅南, 노트르담)이라 하는 엄청나게 큰 야소교 예배당이 있지. 볕 좋은 날에는 그 예배당에서부터 세인강을 따라 젊은 여인들이 나들이를 한다는군. 중궁전에서 당신이 입어 보았던 그 옷을 입고 말이지."

홍종우가 쓰윽 머리를 내밀었다. 리심이 반가운 눈빛으로 볼멘소리를 해 댔다.

"뭐예요? 놀랐잖아요?"

"솔직히 말해 그 옷, 중전 마마보다 리심 네게 더 잘 어울려. 아깐 눈이 부셔서 혼났다니까. 옷도 옷이지만 젖살 빠진 볼에 짙은 눈썹, 부끄러움으로 가득 찬 눈동자는 또 얼마나 맑던지."

"거짓말!"

두 사람에게 허락된 시간은 많지 않았다.

리심은 장악원으로 가야 했고 홍종우도 법국과의 조약 체결을 마무리하기 위해 다듬을 공문이 남아 있었다. 홍종우는 이제 불혹을 앞둔 서른일곱 살이었고 리심도 처녀티가 나는 열일곱 살로 접어들었다.

둘은 말없이 담벼락에 기댔다. 뜻밖에 홍종우를 다시 만

나서 기뻤지만 리심은 어쩐지 어색해서 웃지도 말을 건네지도 못했다. 4년 전 개천에서 있던 일을 감사하기에는 너무 세월이 지났다.

"동쪽 하늘을 보렴. 둥글게 하늘을 감싼 별무리가 보이지? 저게 바로 하늘 나라 시장인 천시원(天市垣)이야. 전을 벌이고 물건을 사고파느라 시끌벅적대는 소리가 들리는 것 같지 않니?"

"들려요!"

리심이 짧게 답하며 고개를 돌려 홍종우를 보고 웃었다. 어색함을 없애려고 별자리 이야기를 꺼낸 그 마음이 와 닿았던 것이다.

"하면 저기서도 장탕반을 파나요?"

홍종우도 4년 전 일을 떠올리며 따라 웃었다.

"아마 팔걸."

"망나니 떼가 들이닥치면 그놈들 때려잡을 호랑이도 있고요?"

그날 청년들을 제압하고 민영주에게 사죄까지 받은 홍종우에게 '망나니 잡는 호랑이'라는 별명이 붙었다.

"어른을 놀리면 못쓴다."

짧은 침묵이 지나갔다.

"대수와 얽힌 이야긴 들었다."

리심은 오랜만에 만난 은인 홍종우에게 나약한 모습을 보이고 싶지 않았다. 더욱 밝게 웃었다.

"그래도 소녀는 이렇게 살아 있잖아요? 의서(醫書)를 읽거나 가무를 익히진 못하지만…… 죗값이니까."

"죗값이라니? 네가 무슨 죄를 지었다는 게냐?"

갑작스러운 물음에 리심은 더듬더듬 생각들을 흩어 놓았다.

"그야…… 궁궐을 굉음으로 흔들어 놓았고…… 양이들 서책을, 큰아줌마가 강제로 시킨 일이긴 해도…… 읽었고, 『열하일기』같은 서책도…… 외웠고……."

홍종우가 정색을 하고 말을 끊었다.

"김옥균과 그 동당은 분명 대역죄를 지었다. 통명전에서 폭음을 낸 것도 큰 잘못이고. 하나 양이들 서책과 『열하일기』를 읽은 것은 죄가 아니다. 김옥균 무리가 탐독하였다 하여 그 서책들까지 멀리하는 것은 이치에 맞지 않다. 죄를 지은 것은 사람이지 서책이 아니니까."

"그래도 그런 서책을 읽었기 때문에……."

"대역죄를 지은 게 아니냐고? 허허, 그랬다면 양이들 나라에선 밤낮없이 대역무도한 일이 벌어지겠구나. 공맹을 읽는다고 성인군자가 되는 것이 아니듯 양이나 박지원, 홍대용 같은 백탑 서생들 글을 읽는다고 모두 김옥균 무리처럼 흉악한 짓을 저지르지는 않는단다. 배울 게 있다면 힘닿는 데까지 열심히 익혀야지. 그건 칭찬받을 일이다."

"법…… 국에서 배울 것이 있다는 말씀이신가요?"

"우리 사신은 아직 법국에도 가지 못했는데, 법국에선 이곳까지 배를 타고 사신이 오지 않았느냐? 이 하나만 보더라도 법국 배가 얼마나 뛰어나고 법국 사람들이 지리와 천문에 대한 학식이 얼마나 깊은지를 가늠할 수 있다. 법국 사신들을 조금 더 살핀 후 배울 것이 많다는 확신이 들면 유학이라도 떠나 볼까 한다."

홍종우는 이야기를 하면서도 스스로 놀라고 있었다. 마음 깊이 묻어 둔 생각들을 겨우 스치듯 두 번째 만나는 약방 기생에게, 게다가 자신이 가장 증오하는 김옥균을 도왔던 열일곱 살 처녀에게 털어놓은 것이다. 이쯤에서 이야기를 접으려는데, 이번에는 리심이 말꼬리를 잡았다.

"유학이라고요? 법국 으뜸 고을…… 뭐라 하셨죠?"

"파리!"

"파리까지 가신다 이 말씀인가요?"

"못 갈 이유도 없지. 연암 선생이 연경에 다녀오셨듯 내가 파리에 가는 건 이상한 일이 아니란다."

리심은 법국이란 나라도 파리란 도시도 세인강도 노탈라남 예배당도 너무너무 먼 곳으로 느껴졌다. 상상하기도 벅찬 그곳까지 유학을 가겠다는 홍종우의 용기가 놀라웠고, 또 마음만 먹으면 떠날 수 있는 처지가 부러웠다.

"리심아! 너한테도 좋은 날이 올 게야. 그러니 하루하루 열심히 살아. 중전 마마께서 꼭 널 다시 찾으실 때가 있을 거야."

"그럴까요? 좋은 날이 오면 저 같은 것도 그 머나먼 법국 유람 한번 할 수 있을까요?"

홍종우가 다시 기운을 북돋워 주려다가 멈칫했다. 리심의 눈에서 눈물 한 줄기가 주르륵 흘러내렸던 것이다.

"…… 많이 힘든가 보구나."

리심이 서둘러 눈물을 닦은 후 억지웃음을 지어 보였다.

"미, 미안해요. 오랜만에 뵈니 정말로 반가워서……. 법국, 잘 다녀오세요. 다음에 만나면 그땐 세인강과 노탈라남 예배당 이야기 많이 많이 해 주셔야 해요."

한양에서 온 편지

친애하는 빅토르

오늘 1886년 6월 4일은 참으로 기억할 만한 날이네. 드디어 프랑스와 조선이 수호통상조약을 체결했으니 말이야. 프랑스 전권 위원인 코고르당 씨도 조선 전권 대신 김만식 씨도 기쁜 얼굴로 건배를 들었네. 한 달 남짓 얼굴 붉힌 적도 많았는데, 두 고집불통도 조약을 체결한 후에는 상대방이 저질렀던 무례를 뜨거운 애국심으로 너그럽게 이해하더군.

지난번 편지에서도 밝혔네만, 지난달 5월 6일에 한양에 들어갈 때만 해도 조약 체결까지 사나흘이면 되지 않을까 예상했지. 하나 조선은 20년 전 불행을 어제 일처럼 기억하는 나라였네. 병인년(로즈 제독이 조선으로 출병했던 1866년 말이야.)부터 겹겹이 쌓인 증오심을 지우느라 며칠을 허비했으니…….

김만식 씨 뒤에 앉은 관원(이름은 홍종우일세.)은 호랑이 같은 눈을 번쩍거리며 입을 꾹 다문 채 우릴 노려보기만 했네. 2미터가 넘는 키를 보았다면 자네도 무척 놀랐을 거야. 의논이 끝난 후 그 호랑이가 고양이로 바뀌어 수줍게 이것저것 물어 와서 다시 놀랐다네. 말은 통하지 않으나 필담을 통해 능히 그 됨됨이를 살필 수 있었네. 서른일곱 살로 적지 않은 나이였지만 프랑스에 가서 공부를 더 하고 싶다더군. 무엇을 공부하고 싶으냐고 물었더니 부국강병 넉 자를 쓰고 입을 다물었네.

조선 쪽 대표는 프랑스인이 조선에 거주하는 것조차 허락지 않겠다고 고집을 부렸네. 선교사 활동과 조선인 교인들 신변을 보장받기 위해 참으로 오랜 시간을 설득해야 했어. 관세율 역시 조정하는 것이 쉽지 않았네. 전권 대신 김만식은 박학하면서도 꼼꼼한 인물이라서 영국 등 다른 나라와 관세율을 충분히 검토한 후에 조약을 체결하자며 버텼다네. 그 바람에 그가 보낸 문서를 불어로 두 차례나 번역해야 했지.

방금 나는 조선 국왕이 프랑스 공화국 대통령께 보내는

편지를 불어로 옮겼다네. 불역을 할 때마다 드는 생각이네만, 한문을 불어로 옮기면 풍미가 사라지면서 조금 딱딱한 느낌이 드네.

혹시 주저하고 있을까 싶어 다시 권하네만 자넨 꼭 조선 근무를 지원하도록 하게. 청국이 조선보다 큰 나라이기는 해도, 그곳에서는 기껏해야 나처럼 통역관에 머물 뿐이지 않은가. 자네가 이 아름다운 한양으로 부임한다는 것은 곧 자네가 통역관이 아니라 외교관이 됨을 뜻하네. 부르 공사 덕분에 북경 주재 2등 통역관이면서 외교 업무까지 겸하게 되었지만, 완전히 외교관으로 인정받지는 못했으니까. 자격 운운하지는 말게. 자넨 1877년 청국 주재 프랑스 공사관에 근무하면서부터 그 누구보다도 조선을 자세히 살펴 왔지 않는가. 청국의 속국 같은 면이 있긴 하지만, 조선은 스스로 주권을 갖고자 하며, 청국 역시 다른 속국들과는 달리 조선만은 그 자주적인 권리를 인정할 것이라는 의견을 낸 사람이 누구인가. 바로 자네야.

자네 예상이 옳았네. 방금 옮긴 조선 국왕의 서한에도 "조선은 오래전부터 청국에 속한 나라이지만, 이제까지 그 왕은 왕국의 내정과 대외 관계에 관해 모든 일에서 독립적으로 행동하였습니다."라고 밝히고 있다네. 조선인은 청국인과 다르고 일본인과도 다르네. 조선 정부에는 통역관을 제외하곤 청국어를 할 줄 아는 이가 드무네만, 이곳 관리들은 모두 이백과 두보의 시를 외우고 패왕과 별희의 아름다운 사랑도 잘 안다네. 물론 한문으로 글도 잘 쓰지. 전권 대신 김만식은 물론이고 그 호랑이를 닮은 관원과도 반나절 이상 필담을 나누었네.

자네가 무척 좋아할 풍광이 한 가지 더 있네.

며칠 전 머리도 식힐 겸 도성을 한 바퀴 돌았는데, 대광통교와 소광통교라는 이름이 붙은 두 다리 사이 골목에 서책과 그림을 파는 가게가 늘어선 걸 보았다네. 청국에서 일찍이 본 것도 있었네만, 400년 전 세종이라는 조선 국왕이 만들었다는 글자(훈민정음)로 적힌 서책 또한 적지 않아. 그림 역시 청국 화풍을 흉내 낸 것이 대다수이나 조선의 풍광과 문물을 담고 있는 것도 많았네. 지독한 장서 수집벽(收集癖)을 앓는 자네라면 열흘이고 한 달이고 이 귀한 서책과 그림을 고르고 사는 데 시일을 온통 허비할 걸세. 그러곤 내게 자랑하겠지. "비시에르, 이게 바로 조선인의 영혼이 담긴 서책이라네." 제발 그 기회를 괜한 겸손을 내세우다가 놓치진 말게. 아무리 따져 보아도, 자네 외엔 조선에 와서 쓸데없는 감상에 젖지 않고 즐겁게 공무를 볼 이가 없을 듯하네.

자세한 이야기는 만나서 하지. 나도 적극 돕겠네만 자네

결심이 가장 중요해. 와인 한 상자 준비하는 것도 잊지 말게. 아직 이 나라엔 와인이 없다네. 재회하는 날엔 왕한(王翰, 당나라 시인)처럼 포도미주야광배(葡萄美酒夜光杯, 맛난 포도주와 야광 술잔)로 취할 것을 기대해도 되겠지? 선물 삼아 서책 몇 점 사 가지고 가니, 잔치를 준비하는 자네 노고에 적당한 값은 치를 수 있을 걸세. 곧 가겠네.

현자(賢者)의 나라에서

A. 비시에르

춤추는 장악원 귀신

조불수호통상조약이 체결된 후 곧바로 프랑스 공사가 부임한 것은 아니다. 프랑스 전권 위원 코고르당은 러시아 대리 공사에게 업무를 위임한 후 조선을 떠났다. 그로부터 프랑스를 대표하여 한양에 프랑스인 외교관이 주재하기까지 2년이 더 흘러야 했다.

프랑스 유학을 갈망한 홍종우가 조선을 떠난 것은 1888년 나이 서른아홉 살에 이르러서였다. 유학 자금이 부족하여 파리를 향해 곧바로 가지 못하고 먼저 일본으로 건너갔고, 거기서 2년을 더 준비한 끝에 1890년 성탄 전야인 12월 24일 파리에 입성했다.

여독이 풀리기도 전에 홍종우는 겨울 바람 몰아치는 센 강을 걸어 노트르담 예배당을 찾았다. 한복을 입고 갓을 쓴

이 불혹의 사내는 예배당 꼭대기의 십자가를 보며 한참을 웃어 젖혔다.

"우하하하하! 왔구나. 드디어 내가 이곳에 왔어!"

성탄을 맞아 예배당을 찾은 파리 시민들이 곧 그를 멀찍이 에워쌌다. 두루마기를 입고 갓을 쓴 기이한 복색의 황인종을 신기한 듯 살폈다. 홍종우가 기쁨에 겨워 걸음을 내디딜 때마다 그를 둘러싼 원은 혹처럼 부풀어 오르며 흔들렸다. 시민들은 이 거한이 성난 고릴라처럼 돌변해서 자신들을 향해 달려들지도 모른다고 쑥덕댔다. 경찰을 부르기 위해 급히 자리를 뜨는 사람도 있었다. 홍종우는 자신의 기쁨을 설명하지 않고 계속 웃기만 했다. 그때까지 그는 불어를 몰랐던 것이다.

홍종우가 조선에서 멀어져 간 시간 동안 청국 주재 프랑스 통역관 빅토르 콜랭과 리심은 차츰 가까워지고 있었다. 그 2년 동안 빅토르 콜랭은 대부분 북경에서 시간을 보냈고 리심은 여전히 중전의 발을 씻으며 장악원을 소제했다. 그러나 자세히 들여다보면 아주 조금씩 미세하게, '운명'이라고 할 수밖에 없는 움직임이 두 사람 사이에서 일어나고 있었다. 가까이 더 가까이 다가가는 움직임이 없었다면, 1888년 6월 13일 두 사람의 만남은 이루어지지 않았으리라.

수호조약 체결 이후 빅토르 콜랭의 행적에서 눈길을 끄는 대목은 그가 1887년 5월에 잠시 조선을 다녀갔다는 것이다. 1886년 6월에 조인한 수호통상조약을 비준하기 위해서였다. 이때 빅토르 콜랭은 조선 국왕을 알현하지도 않았고, 친구이자 동료인 비시에르가 언급한 광통교를 방문하여 서책을 사지도 않았다. 한양에 잠시 들렀다가 서둘러 제물포로 내려간 뒤 조선을 떠난 이유는 자세히 알 수 없다.

미루어 짐작할 수 있는 것은 빅토르 콜랭이 한양 풍광을 싫어하지 않았다는 사실이다. 첫 방문에서 심하게 병을 앓는다든지 뜻밖의 강도라도 당했다면, 이듬해 프랑스 공사로 한양에 부임하려는 뜻을 접었을지도 모른다. 그러나 빅토르 콜랭은 조선에 다녀온 후 자신이야말로 조선 주재 초대 프랑스 공사로서 적임자임을 여러 경로로 프랑스 정부에 알렸다.

때때로 인생은 바람과 같다.

바늘구멍만 뚫어 줘도 미지의 세상을 향해 미친 듯이 달려가는 바람.

리심은 몰래 춤을 추기 시작했다. 장악원 앞에서 홍종우를 만난 후 굳힌 결심이었다.

'다시 춤을 추겠어. 무슨 수를 써서라도, 목숨이 달아나는 한이 있더라도, 손과 발과 몸을 아름답게 가꾸겠어. 이게 지금 내가 할 일이야. 춤을 출 수 없다면 난 아무것도 아냐. 차라리 죽는 게 나아.'

중전의 눈과 귀가 곳곳에 도사리고 있겠지만, 더 이상 중전 발을 씻고 장악원 소제만 하며 세월을 보낼 수는 없었다. 리심은 훨훨 훨훨 날고 싶었다. 홍종우가 들려준 낯선 이야기들이 세상 가장 밑바닥에 가라앉았던 리심의 몸과 마음을 일으켜 세운 것이다. 하늘 나라 시장인 천시원 넓은 판에서 춤을 추는 상상을 하니 등이 근질근질하고 가슴이 벅찼다. 장악원 소제를 마친 후 밤을 아껴 춤사위를 하나씩 익히기로 마음을 정했다.

1886년 여름부터 궁궐에 갑자기 이상한 풍문이 돌았다.

장악원에서 밤만 되면 이상한 귀신이 나타난다는 것이다. 종종 회오리를 돌며 사람을 놀라게 하는 바람이거나 대청마루를 제집 마당처럼 질주하는 생쥐들 장난이라 여겼지만, 점점 더 귀신의 발소리를 들었다는 악공과 무희가 늘어만 갔다. 박자를 타고 빨라졌다가 느려졌다 한다는 증언에 따르면, 그 소리는 결코 바람이나 생쥐들이 낸 것이 아니다. 중전 명을 받아 검술에 능한 내관까지 나섰지만 범인을 잡을 수는 없었다. 그러자 가난하게 병들어 죽은 무희의 원혼이 밤마다 찾아든다는 풍문이 덧붙었다. 장악원에서 숙직하는 관원들이 문초를 당했다. 그들 모두 춤추는 소리를 들긴 했지만 너무 무서워 다가가지 못했다고 했다.

그러던 어느 날 중전이 약방 기생 지월과 영은을 은밀히 불렀다.

"너희들이 리심과 같은 날 약방으로 들어온 것이 맞느냐?"

"예, 마마."

지월과 영은은 진땀을 쏟으며 답했다. 리심과 우정을 쌓았다는 이유로 벌이라도 받을까 두려웠던 것이다. 그러나 중전이 내린 명은 의외로 간단했다. 오늘밤 장악원에 가서 리심과 하룻밤을 보내고 오라는 것이었다.

그날 밤 늦게까지 약방 일을 마친 지월과 영은은 겁을 잔뜩 집어먹은 채 장악원으로 향했다. 밤마다 귀신이 그곳에서 춤춘다는 풍문을 그녀들도 익히 들었다.

"천천히, 천천히 가!"

지월은 영은 등에 바짝 붙어 울먹거렸다.

"매일 밤 이곳에서 지내는 리심 생각도 좀 해."

그러나 영은도 두렵기는 마찬가지였다.

토독.

소리가 들리자 지월과 영은은 동시에 걸음을 멈추었다. 지월은 무릎이 꺾이면서 그 자리에 풀썩 주저앉았고 영은은 눈을 질끈 감은 채 소리쳤다.

"거기…… 누구야!"

침묵이 흘렀다. 지월은 양손으로 입을 막은 채 흐느꼈고 영은은 왼발을 뒤로 빼다가 지월의 가슴을 밟고 엉덩방아를 찧었다. 두 처녀는 어찌 해야 이 상황을 벗어날지 상상조차 할 수 없었다. 첫 번째 소리가 난 후 다른 소리는 들리지 않았지만, 그 침묵은 어떤 소리보다도 더 두 사람을 끔찍한 상상으로 밀어 넣었다. 다음 소리가 들리는 순간 동시에 심장이 멎을 만큼.

"어머, 너희들! 여긴 어쩐 일이니?"

영은이 먼저 눈을 떴다. 리심이 환하게 웃으며 두 사람을 내려다보고 있었다. 지월이 울음을 터뜨리며 리심 품에 안겼다. 리심이 지월의 등을 토닥거리며 영은을 향해 어깨를 으쓱 들어 보였다.

"그 소리…… 못 들었니?"

"무슨 소리?"

"무희의 원혼이 낸다는……."

리심의 두 눈에 장난기가 어렸다. 리심은 지월로부터 서너 걸음 물러선 후 점유(點乳, 손을 가슴에 붙임) 자세를 취했다. 그리고 가볍게 두 발을 들며 토독 소리를 냈다.

"이 소리 말이니?"

지월과 영은의 두 눈이 동시에 커졌다. 영은이 물었다.

"리심아! 그럼, 그 소리를 낸 사람이 바로 너였구나."

리심이 입가에 미소를 머금는 것으로 답을 대신했다.

"너…… 춤추면 안 되잖아? 중궁전에서 알면…….'

갑자기 지월이 양손으로 입을 막았다. 영은도 표정이 어두워졌다.

"사실 우린 말이야……."

"중궁전에서 보냈니? 마마께서 내가 어찌 지내나 궁금하신 게로군. 그 소리를 내는 귀신이 나라고 벌써부터 의심하고 계실 수도 있고."

"맞아."

"알면서 비밀을 다 보여 주는 건……."

"너희들은 내 친구잖니? 너희들이 설마 중전 마마께 그 소리를 만든 무희가 리심이라고 말하진 않을 테니까. 너희들, 날 죽음의 구렁텅이로 밀어 넣을 거니?"

"아, 아니!"

"아니고말고!"

영은과 지월이 엇박자로 맞장구를 쳤다. 리심이 양팔을 벌려 두 소녀를 안으며 말했다.

"마마께 아뢰어도 돼. 난 시치미를 떼면 그만이야. 겁에 질린 너희들이 헛것에 홀렸다고. 너희들 외엔 내 춤사위를 본 사람이 없을 테니까."

영은이 두 눈을 반짝이며 물었다. 이제 두려움이 말끔히 가신 듯했다.

"어떻게 들키지 않았어? 무공이 깊고 날랜 내관들이 소리를 듣자마자 달려갔다던데⋯⋯."

"먼저 숨었으니까. 춤을 추기 위해 숨는 법부터 익혔지."

"못 믿겠어."

"그럼, 돌아서서 눈을 감아 봐. 하나, 둘까지만 세고 날 찾아볼래?"

"숨바꼭질을 하자고? 네가 아무리 빨라도 최소한 열까지는 세어야지? 둘이면 이 방을 나서지도 못할걸?"

"둘이면 충분해. 하나만 세어도 되지만 너희들이 너무 놀랄까 봐⋯⋯."

영은과 지월이 돌아서서 눈을 감았다. 그리고 평소보다 더 빨리 하나, 둘을 센 후 돌아섰다.

"어?"

"어디 있니? 리심아!"

리심은 벌써 사라지고 없었다. 영은과 지월은 천천히 방문 쪽으로 다가갔다. 혹여 그사이에 문 밖으로 나갔을까 해서였다.

"지월아! 호, 혹시 우리가 허깨비를 본 게 아닐까?"

"허깨비?"

"귀, 귀신이 리심으로 둔갑해서 나타났을 수도 있잖니?"

영은이 고개를 돌려 지월을 쳐다보았다. 지월이 기어 들어가는 목소리로 간신히 입을 열었다.

"세, 세상에 귀신이 어디 있어?"

두 사람이 문 앞에 서서 그 너머 펼쳐진 어둠에 잔뜩 겁을 집어먹고 있을 때, 뒤에서 스르륵 문이 열리면서 흉측하게 생긴 얼굴이 단숨에 나타났다. 뒤돌아본 두 사람은 비명도 지르지 못한 채 엉덩방아를 찧었다. 지월은 정신을 놓기 직전이었다.

"놀라지 마. 나야, 나!"

리심은 서둘러 탈을 벗었다. 짓궂은 장난임을 알고 영은과 지월은 다시 가슴을 쓸어내렸다. 영은이 리심 손에 들린 탈을 보며 알은체를 했다.

"그, 그건 처용 탈이잖아?"

"그렇지. 신라 헌강왕 시절, 동경 밝기다래 밤드리 노니다가…… 역신(疫神)과 아내의 겹쳐진 다리 네 개를 놓고, 둘은 내 것인데 둘은 누구 것이냐고 너스레를 떨었던 사내."

"깜짝 놀랐잖니? 처용 탈은 왜 쓰고 온 거야?"

"한 달 남짓 처용무를 연습했거든. 제대로 추려면 백흑

황홍청(白黑黃紅靑) 다섯 처용이 있어야 하지만, 오늘은 나 혼자 황색 처용 노릇을 할게. 너희들한테 한번 보여 주고 싶었어. 자, 시작할게."

박 소리도 영산회상(靈山會相)도 없이, 리심은 춤을 추었다.

영은과 지월도 지난 4년 동안 줄곧 장악원에서 가무를 익혔다. 그러나 처용무는 무거운 탈을 쓴 채 좌중을 휘어잡을 만큼 힘이 넘치는 춤을 이어 가야 하기 때문에 아직 그 사위를 배운 적이 없었다.

리심은 입으로 "1박!" "2박!" "3박!"을 부르며 몸을 놀렸다. 7박에선 춤을 추며 나아갔고 18박에선 오른쪽으로 신명 나게 돌았다.

장단을 탄 리심의 어깨는 아내도 잊고 술에 취해 밤을 새워 노는 처용의 마음처럼 홍청거린다. 두 발 역시 어두운 밤길을 휘청휘청 걸어가는 듯하고, 흔들리는 탈 역시 취기(醉氣)에 흠뻑 빠져 있다. 리심의 가늘고 긴 손이 하늘을 향하자 혼돈이 멈춘다. 떨리는 듯 떨리는 듯 떨리지 않는, 그렇지만 끝내 고개 돌리고 마는 그 손길에는 사랑을 갓 잃은 슬픔이 배어 있다. 그 자세 그대로 맴을 돈다. 빙글 빙글 빙글……. 놀라움과 탄식과 슬픔과 분노가 온몸에서 뿜어 나온다. 번검(飜劍, 칼이 뒤를 향하게 하여 어깨 부근까지 올리는 자세)으로 힘을 모았다가 세상을, 사랑을, 지난 추억을 단숨에 찔러 끊을 듯하다. 그러나 리심의 어깨는 다시 장단을 탄다.

'나를 버린 사랑이여, 나를 죽인 세상이여! 나 그대들에게 복수하지 않으리. 술에 취한 듯 사랑에 취하고, 사랑을 잃고 나니 술도 깨는 법. 다시 혼자인 나는 어디로 갈 거나. 무엇을 할 거나. 세상 고민 쌓기 전에 지금은 오직 춤을. 이 춤 속에서라면 혼자도 외롭지 않으리라.' 하고 외치는 듯하다.

"아아, 정말! 정말 아름다워!"

양손을 가슴께에 모아 쥔 지월은 리심의 춤사위에 감탄을 쏟느라 숨 쉴 겨를이 없었다.

23박으로 처용무가 끝났다. 리심이 탈을 벗었다. 이마에서 흘러내린 땀 때문에 눈이 쓰렸다. 눈을 껌벅대자 눈물이 흘러내렸다. 눈을 꼬옥 감았다 뜨니 영은과 지월이 어느새 양옆에 서 있었다. 두 사람 눈에도 눈물이 그렁그렁했다. 리심을 가운데 두고, 세 처녀는 서로 힘껏 끌어안았다.

그 밤, 귀신의 발소리뿐만 아니라 울음소리까지 들렸다는 숙직 관원의 급보가 올라왔다. 울먹거림과 흐느낌으로 가려 볼 때 그날 출몰한 귀신은 적어도 셋 이상이라고 했다. 그러나 그 역시 귀신들 춤을 직접 구경할 용기는 없었다.

실수

한 걸음 내디딜 때마다 무릎이 아파 왔다. 욕심이 더 큰 화를 부른 것이다.

어젯밤 영은과 지월을 안았을 때부터 왼쪽 무릎이 시큰 거렸다. 18박에서 너무 신명을 낸 것이 문제였다. 그러나 리심은 친구들이 보는 앞에서 처용무를 멋지게 마쳤다는 기쁨에 그 정도 아픔은 참고 넘겼다. 닭 울 녘에 세 사람은 다시 일상으로 돌아갔다. 영은과 지월은 약방으로 향했고 리심은 중궁전 앞뜰 제자리에 가서 섰다. 장악원을 나설 땐 자신도 모르게 체중을 오른발에 실어 걸음을 뗄 수밖에 없 었다. 치마로 가렸다 해도 어색한 걸음걸이를 금방 발견할 수 있을 텐데도, 영은과 지월은 중궁전에 불려 갔을 때 아 뢸 말을 걱정하느라 자꾸 뒤처지는 리심을 살필 여유가 없었다.

중전은 사시(巳時, 아침 9시)에 발을 씻겠다고 했다.

진시(辰時, 아침 7시)면 찾았는데 그날따라 늦은 것이다. 간혹 서책을 읽거나 그림을 그리느라 발 씻는 일을 잊기도 했으니까 드문 일은 아니었다. 리심은 온수 받은 그릇을 긴 나무 판에 올려 앞뒤로 들고 온 나인을 보며 고개를 갸웃거렸다.

"이건…… 유리 아닙니까?"

젊은 중궁전 내관이 알은체를 했다.

"오늘부터 자기 그릇 대신 유리 그릇에 발을 담그시겠다는 분부를 하셨느니라. 어서 가지고 들어가렷다."

미국 공사가 특별히 선물한 것이라고 했다. 리심은 유리 그릇을 양손으로 붙잡았다. 뜨거운 기운이 손끝에 몰려왔지만 견딜 만했다. 중전은 피부가 상할 것을 염려하여 뜨거운 물보다 미지근한 물을 좋아했다. 리심은 유리 그릇을 들고 방문 앞에 섰다.

"마마! 발 씻으실 물을 대령했사옵니다."

"들라."

중전이 짧게 명했다. 문이 열리자 리심은 천천히 문턱을 넘어 왼발을 내밀었다. 오른발도 마저 방 안으로 들이는 순간, 무릎이 끊어질 듯 아팠다. 왼발을 왼편으로 한 번 더 짚은 후 겨우 균형을 잡았다. 유리 그릇에 담긴 물이 출렁이며 리심의 손등을 적셨다. 중전은 용 문양을 새긴 탁자에 화선지를 깔아 놓고 그림을 그리느라 고개를 숙였기 때문에 다행히 이를 보지 못했다. 문 옆에 비껴 서 있던 중궁전 상궁이 놀란 눈으로 리심 곁에 바짝 다가서서 속삭였다.

"정신 차려!"

리심이 유리 그릇을 고쳐 잡은 후 천천히 걸음을 뗐다. 오른발을 떼고 왼발로 체중을 지탱할 때마다 지독한 통증이 밀려들었다. 어금니를 굳게 물며 겨우겨우 버텼다. 열 걸음, 일곱 걸음, 다섯 걸음. 거리가 점점 가까워졌다. 중전이 세필을 놓고 고개를 들었을 때는 리심도 탁자 위에 놓인 그림을 살필 수 있을 정도였다. 중전 입가에 묘한 미소가 맺혔다가 사라졌다.

그림을 살피는 리심의 눈이 점점 커지는가 싶더니 왼 무릎이 꺾이면서 유리 그릇을 놓쳤다. 무릎이 바닥에 닿는 것과 동시에 그릇이 산산조각 부서졌고 발 씻을 물이 사방으로 튀었다. 궁녀 둘이 달려들어 리심을 꿇어앉혔다. 상궁은 물이 튄 중전 얼굴과 옷을 보며 벌벌 양손을 떨었다. 옥체를 물로 적시고 선물 받은 유리 그릇까지 깼으니, 리심은 목숨이 달아나더라도 할 말이 없었고 상궁 역시 아랫것들 기강을 바로잡지 못한 벌을 받아야만 했다.

"나가들 있거라."

"마마. 먼저 물부터 닦아 내시는 것이……."

"나가 있으래도."

상궁과 궁녀들이 나간 후 중전은 다시 붓을 들었다.

"내 솜씨에 부족한 부분이라도 찾은 게냐?"

리심이 고개를 들지도 못한 채 답했다.

"소, 소녀를 죽여 주시오소서."

중전이 혀를 찼다.

"허어, 처용 얼굴을 제대로 그렸느냐고 묻는데 죽여 달라니?"

"소녀…… 마마의 지엄한 분부를 어겼나이다. 장악원에서……."

중전이 말허리를 잘랐다.

"처용의 얼굴을 담아내려면 처용의 마음부터 새겨야 하는데, 그게 참 어렵구나. 아내를 범한 역신을 보고도 살의(殺意)를 누르는 그 마음 말이다. 그 마음을 알아야 춤사위도 제대로 멋을 낼 수 있겠지."

리심이 즉답을 못하고 머뭇거렸다.

'장악원까지 오셨던 것일까. 지월과 영은 앞에서 처용무를 추는 것을 보신 것일까. 아주 잠깐이지만 춤에 취해 앞뜰과 뒤뜰에 귀 기울이는 일을 잊은 적이 있다. 그래 봤자 두세 박 정도다. 보셨다면 왜 이런 말씀을 하시는가. 당장 죄를 물어 목을 치겠노라 명하셔야 하지 않은가.'

"소녀를 죽여 주시오소서."

리심은 몸을 낮춤으로써 칼자루를 중전에게 넘겼다.

"임오년에 약조했지. 네 소원을 꼭 한 가지 들어주겠다고. 죽는 것이 소원이라면 그리하마. 죽기를 원하느냐?"

"······."

"장악원에 나타나는 귀신은 춤에 미친 것 같구나. 그렇지 않고서야 아무런 악행도 저지르지 않고 왜 하필 장악원에서 그렇듯 열심히 발을 놀리겠느냐. 난 그 귀신이 계속 장악원에 머물렀으면 한다. 그래야 저 게으른 악공과 무희들도 노력할 게 아니냐. 내 바람이 이루어지겠느냐?"

중전은 리심이 밤마다 벌인 일을 모두 알고 있었다. 알면서도 그 죄를 묻지 않았다.

"예, 마마!"

중전이 고개를 끄덕이며 명했다.

"하면 다시 발 씻을 물을 내오너라. 오늘은 전하와 내내 금원을 거닐기로 하였느니라. 서두르렷다."

그날부터 리심은 더욱 열심히 춤을 익혔다. 누구보다도 빨리 숨고 누구보다도 멋진 사위를 만들기 위해 잠을 줄였다. 한 가지 아쉬운 것은 귀신이 아닌 사람으로 그 솜씨를 뽐낼 기회가 없다는 것이다.

초대 프랑스 공사 빅토르 콜랭이 제물포에 내린 1888년 6월 3일에도 리심은 몰랐다. 자신의 춤을 평생 흠모할 인연이 그날 제물포에 닿았음을.

제물포에서 보낸 하루

시와 나란히 기억되는 마을이 있다.

청국 해안을 떠날 때는 전혀 그런 생각이 들지 않았는데, 조선이란 나라로 접어드니 아름다운 불시(佛詩)들이 혀끝에 실려 입술 밖으로 자꾸 밀려나왔다. 작년에도 빅토르 콜랭은 제물포에 옹기종기 모인 초가들을 바라보며 네르발이 지은 「환상곡」 1연을 읊조렸다.

어떤 노래가 있네. 나 그 노래를 위해서라면
로시니, 모차르트, 베버의 음악 전부라도 바치고 싶네.
아주 오래되고, 따분하고, 음울한 노래
하지만 나에게만은 은밀한 매력을 주네.

제물포 앞바다는 벗겨도 벗겨도 속을 알 수 없는 마술 상자처럼 크고 작은 섬들로 겹겹이 둘러싸여 있었다. 그 섬 사이를 좌우로 번갈아 엇갈리며 돌아들면 외국인들이 가장 많이 출입하는 항구가 모습을 드러냈다. 빅토르 콜랭은 다시 제물포를 바라보며 그 시의 마지막 연을 떠올렸다.

  그리고 높은 창가에 한 부인
  검은 눈에 금발 머리, 옛 의상을 입고,
  어쩌면 다른 생애에서 내가 이미 보았고……
  지금도 기억이 남아 있는!

'다른 생애에서 조선에 왔던 적이 있을까. 파리 동양어 학교에 입학하는 순간부터 청국에서 살기를 갈망하였지만, 조선이란 나라가 내 인생에 끼어들 줄은 몰랐는데……. 청국에서 일한 지도 벌써 11년! 젊은 날의 추억이 몽땅 그곳에 있구나. 서른 살을 넘겨 닿은 이 조선이란 나라에서 내 삶은 어떻게 바뀔까. 아름다울까 추할까. 무거울까 가벼울까. 높을까 낮을까. 청국에서는 전혀 겪지 못한 낯선 일들이, 통역관이 아니라 외교관으로 첫발을 딛는 나를 기다리고 있겠지. 차근차근 짚어 나가는 거다. 빅토르, 넌 잘할 수 있어!'

제물포에 첫발을 딛자마자, 나무 지게를 멘 짐꾼들이 몰려들었다. 헐렁하고 더러운 바지를 무릎까지 걷어 올리고 오른손엔 담뱃대까지 든 사내가 놀랍게도 간단한 영어로 도움을 원하느냐고 물었다. 빅토르 콜랭은 청국에서 많은 서책과 그림을 모았다. 조선으로 건너오기 전에 상당한 분량을 본국으로 보냈지만 조선에서도 가끔 살펴보고 싶어 따로 챙긴 것들만 열 상자가 넘었다. 빅토르 콜랭이 고개를 끄덕이자 그 짐꾼이 담뱃대를 높이 들어 흔들었고 뒤쪽에 서 있던 짐꾼들이 우르르 몰려들었다.

　겨우 1년밖에 지나지 않았는데 제물포는 많이 바뀌었다.

　가게가 늘었을 뿐 아니라 항구에 정박한 상선의 크기와 수도 많아졌다. 제물포 사람들은 더 이상 외국인을 두려워하며 피하지 않았다. 개구쟁이 아이들 중에는 쪼르르 달려와서 악수를 청하는 녀석까지 있었다. 일본식 건물이 부쩍 많이 눈에 띄었다. 1년 전에도 제물포에 거주하며 장사를 하는 일본인들의 집단 거주지가 있었지만, 지금처럼 큰 골목 하나가 아예 일본인으로 채워지지는 않았다. 조선을 속국이라고 종종 소리 높여 주장하는 청나라보다 조용히 웅크린 일본이 더 위험하다는 비시에르의 충고가 떠올랐다. 1884년에 일었던 피바람도 따지고 보면 일본이 배후에서 조종했다는 것이다.

대불호텔 앞에 닿았다. 유럽풍을 본떠 벽돌로 지은 3층 건물이었다. 11개의 객실마다 큰 창과 푹신푹신한 침대가 딸렸으며 영어를 쓰는 친절한 종업원까지 배치되어 있다고 북경까지 소문이 났다. 하루 숙박료가 2원 50전인 상급 객실을 미리 예약해 두었다.

빅토르 콜랭은 호텔을 올려다보며 잠시 감상에 젖었다. 작년 5월엔 급히 한양으로 가느라 제물포에서 밤을 보내지 못했다. 북경이나 상해 혹은 천진에는 파리를 연상시키는 건물들이 적지 않아서, 새벽잠에서 막 깬 후에는 청국인지 프랑스인지 헛갈릴 때도 많았다. 그러나 최근까지 나라의 문을 걸어 잠갔던 조선에 이런 호텔이 서 있으리라곤 상상도 못했던 것이다. 뒤따라온 짐꾼들이 호텔 앞마당에 상자를 하나씩 내려놓았다.

방으로 들어가자마자 빅토르 콜랭은 침대에 얼굴을 묻었다.

눅눅한 장마철인데도 천이 깨끗하고 보송보송했다. 이대로 1시간만, 아니 10분만이라도 잠들고 싶었다.

배는 금방 제물포에 닿았지만 빅토르 콜랭이 프랑스 정부를 대표하여 여기까지 오는 것은 결코 녹록하지 않았다. 인도차이나 반도나 프랑스 본국에서도 몇몇 지원자가 있었고 그중에는 장관들의 강력한 추천을 받은 이도 있었다. 물론 동양에서 근무한 경력은 빅토르 콜랭을 따라올 상대가 없었지만, 한 나라 공사로 임명되는 데는 경력 외에도 수많은 요소가 검토되기 마련이었다. 『지옥 사전(Dictionnaire infernal)』을 비롯한 여러 작품으로 이름을 날린 아버지도 몇 년 전에 천국으로 갔고 정부에 힘을 써 줄 친척도 없었다. 파리 대저택에서 안온한 삶을 누리는 그랑 부르주아지는 처음부터 빅토르 콜랭의 운명이 아니었다. 그는 다만 더 많이 보고 더 많이 읽고 더 많이 느끼는 것으로 삶을 가꾸려고 노력했다. 저축을 포기하고 달마다 많은 서책을 사들인 것도 그 때문이었다.

나 아니면 갈 사람이 없다는 확신이 전혀 낯선 인물이 뽑히지는 않을까 하는 염려로 바뀌었다가 내게 그런 행운이 올 리 없다는 절망으로 변했다. 그러다가 마침내 프랑스를 대표하는 조선 주재 공사로 임명하는 공문을 받아 쥐었을 때 빅토르 콜랭은 가슴이 벅차올랐다.

'조국이 내 진가를 알아주는구나.'

똑똑.

문 두드리는 소리가 났다. 침대에서 일어나 앉으니 방문이 반쯤 열리면서 머리를 길게 땋은 예닐곱 살쯤 먹은 조선인 소녀가 나타났다. 소녀는 양손을 공손히 맞잡은 채 조선어와 영어를 차례로 말했다.

"내려오십시오! 컴 다운스테어즈 플리즈.(Come downstairs, Please.)"

빅토르 콜랭은 무의식중에 청국어로 답했다.

"시에시에.(謝謝, 고마워요)!"

그리고 곧 실수를 알아차렸다. 이곳은 베이징이나 상하이가 아닌 제물포였다.

계단을 내려가니, 사내 넷이 소파에 앉아 있다가 일어섰다. 턱수염을 기른 탓인지 가장 나이가 들어 보이는 사내가 한 걸음 나서며 인사했다.

"어서 오십시오. 세관소장 셰니크입니다. 저 친군 저와 함께 근무하는 라포르트고, 여기 두 분은 조선 인삼을 사려고 제물포에 잠시 거주하고 계시는 폴 씨와 장 씨입니다. 학식이 풍부한 프랑스 초대 공사가 오신다기에 무척 기다렸는데 이렇게 뵈니 참으로 반갑습니다."

빅토르 콜랭은 그들 한 사람 한 사람과 악수를 나누었다.

"가시죠. 요 앞에 괜찮은 식당이 하나 있습니다. 이런 날은 축배라도 한 잔 들어야죠. 최근에 생테밀리옹이 몇 병 들어왔습니다."

빅토르 콜랭이 놀란 눈으로 되물었다.

"생테밀리옹을 마신다구요? 와인을 내놓는 식당이 있단 말씀이십니까?"

대단한 일도 아니라는 듯 라포르트가 셰니크를 거들었다.

"식당에서 직접 만든 치즈까지 있답니다. 브리(Brie, 19세기 유럽에서 '치즈의 왕'으로 불린 프랑스산 치즈)에 비할 바는 아니지만 제물포엔 또 제물포만의 운치가 넘쳐흐르죠."

빅토르 콜랭은 입안 가득 고인 침을 꿀꺽 삼키고 서둘러 호텔을 나섰다.

이백이 좋은가 두보가 좋은가

피로한 영혼에게 단잠보다 좋은 선물은 없고 새로운 벗에게 시문(詩文)보다 나은 첫인사는 없다.

조선에서 보낸 첫 밤은 참으로 아늑하고도 깊었다. 꿈 한 자락 찾아들지 않았고 갈증을 달래느라 중간에 깨지도 않았다. 간단히 세수를 하고 옷을 챙겨 입는데 어제 그 소녀가 또 방문을 반쯤 열었다. 인천도호부(仁川都護府)에서 아침을 먹기로 약조했는데 미리 사람을 보낸 것이다.

관아로 가니 사방으로 창이 난 넓은 마루에 성대한 음식상이 차려져 있었다. 빅토르 콜랭은 하늘을 향해 날개를 펼치듯 끝이 올라간 지붕을 흘끔 살핀 후 들어섰다. 눈매가 날카롭고 키가 큰 사내를 중심으로 조선 관원들이 빅토르 콜랭을 맞이했다.

"어서 오십시오. 저는 제물포를 비롯하여 인천을 총괄하여 맡고 있는 부사(府使)입니다."

열대여섯 살 정도 되었을까. 부사 옆에 허리를 반쯤 숙이고 있던 앳된 청년이 더듬더듬 그 말을 불어로 옮겼다.

"어서 오십시오. 저는…… 제물포를 비롯하여 인천을…… 총괄하여 맡고 있는 부사입니다……. 죄송합니다……. 공부를 시작한 지 얼마 되지 않아서……."

빅토르 콜랭이 청국어로 물었다.

"하면 청국어는 좀 하느냐?"

청년의 얼굴이 밝아졌다. 능숙하게 청국어로 답했다.

"물론입니다."

"이제부턴 청국어로 통역을 해라. 네 이름이 무엇이냐?"

"탐언(貪言)이라 합니다."

"말을 탐내는 자라! 역관에게 딱 어울리는 이름이로군."

관기 하나가 장고를 두드리며 노래를 시작했다. 빅토르 콜랭은 익숙하게 젓가락을 들고 배추김치를 집어 입에 넣었다. 관원들이 모두 놀라운 눈으로 빅토르 콜랭의 젓가락질을 살폈다. 빅토르 콜랭은 어깨를 으쓱 들어 보이며 배에서 외웠던 조선말 인사를 기억해 내려고 애썼다.

"참 맛있습니다. 감사합니다."

그리고 청국어로 탐언에게 물었다.

"아침 식사를 마친 후에 달리 또 준비한 것이 있느냐?"

되도록이면 서둘러 상경하고 싶었다. 무사히 조선에 닿았음을 본국에 알리고 프랑스 공사관을 마련하고 조선 국왕을 알현하고⋯⋯. 할 일이 산더미처럼 쌓여 있었다. 청국에서는 외교관들의 고상한 말투를 알기 쉽게 청국어로 고치거나 청국인들의 허풍을 반쯤 줄여 통역하면 그만이었다. 그날그날 닥치는 수많은 상황과 그에 따른 결단은 통역관인 빅토르 콜랭의 몫이 아니었다. 그러나 이제부터 빅토르 콜랭은 조선에서 프랑스를 대표하는 사람인 것이다. 그의 말은 곧 프랑스 정부의 입장이 된다.

탐언이 답했다.

"물론입니다. 손님을 청했는데 밥만 먹고 헤어지는 건 아주 큰 결례입니다. 공사님을 위하여 특별히 시회(詩會)를 마련하였습니다. 새로 시를 짓는 것은 다음 기회로 미루고 오늘은 청국의 여러 시들로 친교를 맺고자 합니다. 부사께서 오늘 나온 시에 그림을 붙여 시회도(詩會圖)를 만들어 선물하시겠답니다."

마루 구석에는 벌써 시회도를 그릴 화객(畵客)까지 종이를 펴고 앉았다. 빅토르 콜랭은 먼저 부사를 향해 환하게 웃어 보였다. 첫 번째 시험이었다. 청국에서 10년 넘게 근무하였다지만 청국의 시문을 제대로 알겠느냐는 낮추어 보는 시선이 그 아래 깔려 있었다. 세계를 돌며 산전수전을 겪은 프랑스 외무국의 노련한 외교관들이 신출내기들을 모아 놓고 처음으로 가르치는 것이, 바로 철저하게 상대국의 풍습을 살피고 또 시험에 들게 되면 반드시 이기라는 것이다.

"고마운 일이군. 기꺼이 참여하겠다고 전하게."

관기들이 상을 내간 후 문방사우가 들어왔다.

"괜찮으시겠습니까?"

세관원 라포르트가 불어로 속삭였다.

"무엇이 말이오?"

빅토르 콜랭이 침착하게 되물었다.

"제가 처음 왔던 날도 저렇게 흰 종이를 펼쳐 놓고 글씨를 써 보라 청했습니다. 붓이야 그림을 그릴 때나 쓰는 것이지 어찌 저렇듯 검은 물을 찍어 휘갈길 수 있는지."

"묵향(墨香)을 맡을 줄 모르고는 동양의 관리들과 깊이 사귈 수 없소."

준비가 끝나자 탐언이 빅토르 콜랭 앞에 종이를 펼치고 먹이 가득 담긴 벼루와 붓을 놓았다. 인천에서 가장 시문에 밝은 교수(敎授, 유학 교육을 담당하는 관리)가 나섰다. 첫판에 콧대를 꺾으려는 것이다. 교수는 붓을 들자마자 단숨에 써 내려갔다.

침상 앞 밝은 달빛은   牀前明月光

아마도 땅에 내린 서리인가.   疑是地上霜

고개 들어 산마루 달 바라보다가   擧頭望山月

고개 숙여 고향 생각하노라.   低頭思故鄕

이백의 「정야사(靜夜思)」였다.

빅토르 콜랭은 마음으로 그 뜻을 새겼다. 거두(擧頭)와 저두(低頭)의 대응이 묘한 떨림을 낳았다. 고개를 들었다가 숙이는 시인의 눈가에는 촉촉하게 이슬이 맺혔을 것이다. 객지를 떠도는 삶에 대한 외로움이 가득 담긴 시였다.

'당신도 이렇듯 외롭겠지?'라고 묻는 듯했다. '이 물음에 화답하는 시로 무엇이 좋을까.' 문득 동양어 학교에서 중국의 시문을 배울 때 클렉코우스키 백작이 했던 충고가 떠올랐다.

"프랑스든 중국이든 시는 하나다. 글자의 차이를 보지 말고 시인의 마음을 살펴라. 네 마음이 시인에게 닿으면 함축과 여백이 많은 중국 시도 프랑스 시처럼 울림을 줄 것이다. 잘 알지도 못하는 중국 시인의 인생 역정을 뒤져 시에 끼워 맞추려 말고, 네 처지로부터 시인의 마음을 이해하고자 노력해라. 그러면 그 시는 중국 시이자 프랑스 시가 되고 네 시이자 만인의 시가 된다."

문득 머릿속으로 한 시인의 얼굴이 떠올랐다.

꽃향기 은은한데 저물녘 궁궐 담에	花隱披垣暮
나지막이 울면서 둥지 틀려는 새 지나간다.	啾啾棲鳥過
별이 뜨니 수많은 인가가 부산하고	星臨萬戶動
달빛은 아득한 궁궐 하늘에도 많네.	月傍九霄多
잠자리 들지 않고 자물쇠 소리 들으니	不寢聽金鑰
바람 때문에 옥가(玉珂)를 떠올리네.	因風想玉珂
내일 아침에 천자에게 올릴 문서 있어	明朝有封事
자주 묻기를, 밤이 얼마나 깊었느냐고.	數問夜如何

두보의 「춘숙좌성(春宿左省)」이었다.

좌중에 잔잔한 동요가 일었다. 화답의 시의(詩意)도 분명했지만, 양인(洋人)이 멋들어진 초서체를 내갈기는 모습을 처음 보았던 것이다. 긴 항해 끝에 제물포에 내린 심정을 담담히 시에 얹은 것이다. 여기에서 옥가는 품계에 따라 숫자를 달리 하여 말에 다는 장식물이다. 바람 소리를 옥가가 흔들리는 소리로 착각할 만큼 자기 일에 최선을 다하려는 관리의 의지가 담겼다.

빅토르 콜랭은 종종 서예를 연마했지만 두보 시는 즐기지 않았다. 제 뜻을 펴지 못한 자의 처연함이 시어 곳곳에 배어 있었던 탓이다. 고국을 그리는 마음이란 늘 처연하기 마련이므로, 두보를 붙들다간 괜한 감상에 젖을 가능성이 컸다. 빅토르 콜랭은 단정하고 이성적인 외교관을 삶의 표본으로 삼았다.

그런데도 제물포에서 두보의 「춘숙좌성」을, 그것도 초서로 써 내린 것은 앞날에 대한 불안과 설렘이 교차하였기 때문이다. 고난이 닥치더라도 시심(詩心)을 잃지 않고 극복해 가리라는 다짐도 함께 실어서!

교수는 여유로운 미소를 지우고 다시 붓을 쥐었다. 성균관에서도 시로 맞서 진 적이 없는 그였다.

횡강 관사 앞에 나루터 관리가 마중 나와　　　横江館前津吏迎
나를 향해 동쪽을 가리키니 물 구름이 피어난다.　向余東指海雲生
당신이 지금 강을 건너려 함은 무슨 까닭인가요.　郎今欲渡緣何事
풍파가 이와 같으니 건너서는 아니 됩니다.　　　如此風波不可行

'또 이백이구나. 대단한 고집일세! 호방함을 뽐냄인가.'

빅토르 콜랭은 「횡강사(横江詞)」 여섯 수 중 다섯 번째를 마음에 새겼다.

바다 건너 제물포까진 무사히 왔으나 동쪽에 또 물구름이 자욱하니 조심하란 뜻이다. 빅토르 콜랭이 곧 들어갈 한

양은 동쪽에 있다. 그곳에 가서 고생하느니 차라리 아니 감
만 못하다는 은근한 위협의 뜻까지 담겼다.

'기세에는 기세!'

빅토르 콜랭은 이번에도 물러설 뜻이 없었다.

승상의 사당 어디인가 丞相祠堂何處尋

금관성 밖 잣나무 우거진 곳 錦官城外柏森森

계단에 그림자 비치는 푸른 풀은 절로 봄빛인데 映階碧草自春色

나뭇잎 사이 꾀꼬리는 부질없이 소리만 곱다. 隔葉黃鸝空好音

세 번이나 찾아왔기에 천하를 도모하게 되었고 三顧頻繁天下計

두 조정을 깨우친 것은 늙은 신하의 마음이었네. 兩朝開濟老臣心

군대를 일으켰으되 뜻 이루기 전 먼저 죽었으니 出師未捷身先死

길이 영웅의 옷깃 눈물로 가득 젖게 하노라. 長使英雄淚滿襟

두보의 「촉상(蜀相)」이었다. 빅토르 콜랭은 천하 영웅
제갈량을 앞세워 교사의 물음을 꺾은 것이다. 바다 구름
따위로 소임을 게을리하지 않겠다는 뜻이다. 덧붙여 빅
토르 콜랭은 새 종이를 끌어당겨 시 한 수를 더 적었다.

해가 향로봉을 비춰 자줏빛 연기 솟아오르고 日照香爐生紫煙

멀리 바라본 폭포는 긴 내처럼 걸려 있구나. 遙看瀑布挂前川

날아 흘러 곧장 삼천 척을 내려오니 　　　飛流直下三千尺

저 높은 하늘에서 떨어지는 은하수가 아닐까. 疑是銀河落九天

최고의 호방함으로 들이친 것이다. 갑작스레 공격을 받은 교수는 오른 손등으로 이마에 땀을 훔쳤다. 빅토르 콜랭이 이백의 「망여산폭포(望廬山瀑布)」를 들이밀었으므로 이제 그가 두보의 「춘일억이백(春日憶李白)」으로 화답할 차례였다.

이백의 시는 당할 이 없고 　　　白也詩無敵

자유분방한 시상은 우뚝 솟았다. 　　飄然思不群

청신한 맛은 유신 같고 　　　　　清新庾開府

뛰어난 재능은 포조 같다. 　　　　俊逸鮑參軍

위북에는 봄날의 나무 　　　　　　渭北春天樹

강동에는 해 질 녘 구름. 　　　　　江東日暮雲

붓을 쥔 교수의 손이 갑자기 '雲'에서 멈췄다. 미세하게 떨렸다. 교수가 눈을 질끈 감고 시어들을 기억해 내려고 애썼다. 두보 시라면 1000수도 넘게 외운다고 자신하던 그였다. 그러나 갑자기 단 한 자도 떠오르지 않았다. 빅토르 콜랭이 손을 뻗어 교수 앞에 있는 종이를 돌려 세웠다. 막힘

없이 마지막을 채운 후 종이를 들어 보였다.

어느 때 술 한 동이 갖다 놓고　　　　何時一樽酒
다시 더불어 글을 꼼꼼히 얘기해 볼까.　　重與細論文

탄성이 터져 나왔다. 교수는 붓을 놓고 일어서서 읍하는 것으로 패배를 인정했다. 빅토르 콜랭 역시 읍으로 화답하며 예의를 갖추었다. 몰래 안도의 한숨을 내쉬면서 첫 승리를 자축했다. 클렉코우스키 백작이 그렇게 고마울 수 없었다. 중국 시문 강독 기말고사로 나온 시였던 것이다. 빅토르 콜랭은 이 시를 외워 쓰지 못했고 그 벌로 노트에 100번을 옮겨 적어야 했다.

'백작님! 감사합니다.'

다시 무희가 되어

그리고 벼락처럼 기회가 찾아들었다.

리심이 한낮에 장악원을 찾은 것은 4년 만이었다. 밤이면 밤마다 전각과 뜰을 청소하고 춤사위를 연습하느라 익숙한 곳이지만 햇빛 아래에서 보니 또 달랐다. 옷을 갖춰입은 악공과 무희들이 넓은 뜰에 모였다. 프랑스 공사 부임 축하연이 내일 저녁 경복궁에서 열릴 예정이었다. 지월이 오른손을 들어 알은체를 했다. 리심은 빙긋 웃어 보인 후 젊은 내관을 따라 마루로 올라섰다.

"영은이란 아이를 아느냐?"

중전이 『자치통감』을 덮고 물었다.

"아, 아옵니다."

"왼발을 삐었다는구나. 침을 맞았지만 발목을 놀리기가

불편하단다. 경풍도무(慶豊圖舞)에서 선모(仙母)를 맡았는데 내일 축하연에서 실수라도 하면 큰일이지."

중전은 말을 끊고 리심을 노려보았다. 리심은 실망한 영은의 큰 눈과 삐죽 나온 입술을 떠올렸다. 영은은 욕심 많고 샘 많은 아이였다.

"할 수 있겠느냐?"

"예?"

리심은 중전이 던진 물음의 속뜻을 몰랐다.

"영은을 대신하여 선모를 할 수 있겠느냐고 물었다."

리심은 비로소 다시 무희가 될 기회를 잡았음을 알아차렸다. 죽을 때까지 오지 않을지도 모른다고 낙담한 날이 몇 밤이었던가. 더군다나 다섯 협무(挾舞)도 아니고 선모. 장악원에서 가장 춤 솜씨가 빼어난 이가 맡는 역이다. 초대 프랑스 공사 부임을 축하하는 연회에서 마지막을 장식할 선모다.

"역시 어려운가 보구나."

대답이 없자 중전이 말끝을 씹었다. 리심이 고개를 들고 큰 소리로 아뢰었다.

"할 수 있사옵니다. 경풍도무라면 처음부터 끝까지 눈을 감고도 출 수 있사옵니다."

고종을 알현하다

같은 시각, 빅토르 콜랭은 경복궁 흥복전(興福殿) 앞뜰에서 서기관 게랭과 이야기를 나누고 있었다. 빅토르 콜랭은 심기가 편치 않았는데, 조선 국왕에게 선물할 세브르(Sévres)의 도자기가 한양에 도착하지 않은 탓이었다. 도자기 운송을 책임진 일본 회사가 약속을 어긴 것이다.

"해적선이 출몰하는 바람에 향항(香港, 홍콩)에 배가 묶였답니다. 다행히 물품을 강탈당하진 않았다니 곧 선물을 조선 국왕께 드릴 수 있을 겁니다. 오늘은 아예 도자기 얘긴 꺼내지 마십시오."

"해적선? 그 바다에 도적 떼가 있다는 걸 모르는 사람도 있소? 다 핑계인 게지. 적어도 닷새는 먼저 도자기가 도착하게 하겠다고, 늦으면 전액 배상하기로 약조하였으니, 꼭 따지고 넘어가야겠소. 어찌 이런 결례를 범한단 말인가!"

궁중 역관이 나와서 편전으로 안내하겠다고 했다. 단정히 걸음을 옮기며 빅토르 콜랭은 얼굴빛을 바꾸기 위해 일부러 눈과 입으로 웃어 보였다. 딱딱해진 근육을 풀려고 입에 바람을 잔뜩 집어넣기도 했다.

올해 서른일곱 살이 된 국왕은 부드러운 미소를 머금은 채 빅토르 콜랭의 얼굴을 찬찬히 살폈다.

"어서 오오. 얼마나 그댈 기다렸는지 모른다오."

궁중 역관이 우아한 고급 불어로 옮겨 말하자 빅토르 콜랭이 정중하게 인사했다.

"이렇듯 환대해 주시니 몸 둘 바를 모르겠습니다."

빅토르 콜랭은 품에서 서찰 하나를 꺼냈다.

"이번에 프랑스 대통령에 당선된 사디 카르노(Sadi Carnot) 각하의 친필 편지입니다."

"대통령? 법국에서 가장 높은 이가 대통령이라지요?"

"그러합니다."

"신기하군. 어찌 그런 자리를 표의 많고 적음으로 가린단 말이오? 자고로 용상의 주인은 타고나는 법이거늘."

빅토르 콜랭은 청국에서도 비슷한 질문을 수없이 받았다. 동양인들에게 공화정을 설명하기란 쉬운 일이 아니다. 간혹 혁명이 일어나지만 그것은 이 왕에서 저 왕으로 용상의 주인만 바뀌는 것이다. 동양인 눈에는 왕이 없는 정부, 백성들이 모두 참여하는 정치란 해괴망측한 일이 아닐 수 없었다.

"청국에 오래 근무하였다 들었소만⋯⋯."

"그렇습니다. 1877년에 부임한 후 줄곧 그곳에 머물렀습니다."

"청국어에 능통할 뿐만 아니라 역대 시문에도 조예가 깊다던데⋯⋯."

국왕이 자꾸 말끝을 흐렸다. 빅토르 콜랭은 두 번째 시험이 시작되었음을 직감했다. 제물포에서 빅토르 콜랭이 선보인 글씨를 보고받은 게 틀림없었다.

"대단치 않은 재주를 칭찬하시니 부끄럽습니다."

"귀국은 자유, 평등, 박애를 강조하는 문명국이라고 들었소. 조선도 장차 귀국의 선진 문물을 받아들여 여러 문명국과 어깨를 나란히 하고 싶소."

"조선은 청국과 함께 동양을 대표하는 문화의 나라입니다. 문명국의 반열에 오르고도 남음이 있습니다."

국왕이 허리를 약간 숙이며 낮고 굵은 음성으로 말했다.

"앞으로 자주 만납시다. 한양에서 지내는 데 불편한 점이 있으면 언제라도 찾아오오. 조선을 더욱 강하고 아름다운 나라로 만드는 데 공사의 도움을 구할 일이 많을 게요."

"미력하나마 최선을 다하겠습니다."

국왕은 방문 앞에 선 대전 내관에게 위엄 있는 목소리로 명했다.

"내일 저녁 법국 공사 부임 축하 만찬을 평소보다 세 배는 더 성대하게 준비하라. 당상관은 물론 당하관까지 모두 입궐시키도록 하라."

만찬의 기억: 영은의 목소리

천년만년 흘러도 결코 잊지 못할 하루가 있는 법이야. 큰 강의 시작이라고나 할까. 마음을 집중해서 살피지 않으면 그런 날이 있는지도 몰라. 리심은 영악하니까, 사실을 바꿀 결심을 하는 순간 그 하루부터 손을 댔을 게야. 그 하루!

빅토르 콜랭은 춤추는 선모 리심을 또렷하게 기억하지만 리심은 빅토르 콜랭이란 사람이 있는지도 몰랐다고 그랬다지? 한양에 거주하는 외교관들이 모두 초청된 자리인지라 누가 누군지 구별하기 더더욱 어려웠다고? 상식에 기대면 리심의 주장도 그럴듯하지. 하나 입만 열면 거짓말부터 하니까, 리심의 주장은 항상 되씹을 필요가 있어. 빅토르 콜랭이 먼저 리심을 발견했고 또 빅토르 콜랭이 먼저 리심에게 반했다! 그 하루를 이렇게 요약하는 건 리심에겐 기분 좋은 일이지. 자기는 무희답게 춤만 열심히 추었는데 빅토르 콜랭이 첫눈에 반해 나비처럼 날아든 셈이 되니까.

잘 들어. 그날 만찬에 참석한 사람이라면 법국 초대 공사가 누군지 곧 알아차릴 수밖에 없었어. 왜냐고? 바로 전하 옆자리에 앉아서 좌중을 쳐다보았으니까. 전하의 명에 따라 춤을 시작하기 전과 마친 후 거듭 축배를 들었으니까. 경풍도무에 매혹된 빅토르 콜랭이 선모에게 직접 술을 한 잔 따르고 싶다 청하자, 관례를 깨고 전하께서 흔쾌히 허락하셨으니까. 법국 공사가 따르고 내관이 전한 술을 마시고 리심이 어지러운 척 쓰러졌으니까. 그런 일을 겪고도 누가 초대 법국 공사인지 모를 수 있을까?

리심은 원래 어떤 곳에서든 돋보이지 않으면 견디지 못해. 천성이 그렇거든. 그날 선모는 내 몫이었어. 장악원 무희들 중 그 누구도 나보다 더 선모에 어울리는 이는 없었으니까. 그 자리를 리심에게 빼앗긴 건 친구라고 앞뒤 가리지 않고 믿어 버린 내 잘못이 커. 발목이 시원치 않아 하루를 쉰 건 몸을 완전하게 만들어 축하연에 나가기 위함이었지.

한데 그날 밤에 리심이 날 찾아왔더라고. 발목이 아프다고 했더니 침을 놓아 주겠다고 자청하더군. 리심은 4년 동안 약방 출입을 못했지만 그래도 몰래몰래 숨어 침술을 익혀 왔지. 지월이랑 내가 몇 가지 의서를 몰래 가져다 주기도 했고. 워낙 눈썰미가 좋아서, 리심은 솔직히 지월과 나보다 침을 더 잘 놓았어. 큰아줌마로부터 비법을 전수받았다는 소문도 있었지. 여러 군데도 아니고 딱 한 방만 맞으면 발목이 나을 거라고 했어. 일침에 완쾌라! 한시라도 빨리 연습에 참여하고 싶었던지라 발목을 내밀었지.

거짓말처럼 부기가 빠지더라고. 다음 날 아침부터 다시 연습을 시작했지. 한데 팔 박에서 협무들이 내 주위를 빙글빙글 돌고 나도 거기에 맞춰 도는 순간, 발목에서 뚝 부러지는 소리가 들렸어. 얼마나 아프던지 비명을 다 질렀다니까. 전부 리심이 꾸민 일이야. 나중에 알고 보니 침으로 잠시 통증을 지운 거였어. 다 나았다 여기고 무리하게 발목을 놀려 부러지게 한 거야.

다쳤을 땐 내 불운만 탓했지. 리심이 그런 짓을 했으리라 상상이나 했겠어? 한데 다음 날 퉁퉁 부어오른 발목에 부목을 대고 연습을 구경하려고 나갔더니, 선모 자리에 리심이 서 있더군. 나와 눈이 마주쳤는데 눈웃음을 짓는 거 있지. 아프냐고 위로를 건넸지만 하나도 귀에 들어오지 않더라고. 리심이 선모를 하는 걸 보는 순간 알아 버렸으니까. 자초지종을 세세히 가릴 순 없지만 내 불운과 리심의 행운은 정확히 맞닿아 있었으니까. 리심이 아니고는 이런 일을 꾸밀 계집이 없으니까.

만찬에서 리심은 두 사내만 쳐다보더군. 어떻게 아느냐고? 내 꼴이 하도 측은했던지, 중전 마마께서 특별히 춤을 잘 볼 수 있는 자리를 주셨지. 그 자리에선 리심의 검은 눈동자가 움직이는 것까지 똑똑히 보였어. 리심은 오직 두 사내만 보고 또 보았어. 누구냐고? 그걸 꼭 내 입으로 가르쳐 줘야만 하나. 돈과 명예와 권력을 쟁취하기 위해 몸을 던진 리심을 넙죽 받아먹은 사내들이지. 한 사람은 당연히 법국 공사! 또 한 사람은 아, 내 입으론 차마 밝힐 수 없어. 생각을 해 봐. 내가 감히 거명할 수 없는 사내가 누구겠어?

만찬의 기억: 지월의 목소리

천년만년 흘러도 결코 잊지 못할 하루가 있는 법이지요. 제 삶을 흔든 순간은 전에도 후에도 많았지만 저는 그 여름날 리심의 춤을 잊을 수 없어요.

열아홉 살에 이르기까지 제 친구 리심이 겪은 고통을 어떻게 가늠할 수 있을까요. 제가 약방에서 의술을 익히고 장악원에서 춤을 배우는 동안, 그 친구는 매일 두 차례 무릎을 꿇고 중전 마마의 두 발을 씻겨 드렸습니다. 중궁전 앞뜰에 바위처럼 서서 내리쬐는 햇볕을 견뎌야 했고 텅 빈 장악원을 사경(四更, 새벽 3시)까지 쓸고 닦아야 했지요. 하루 이틀도 아니고 자그마치 4년입니다. 저라면 의술도 가무도 일찌감치 접었을 거예요. 머리도 굳고 몸도 굳고 손발도 굳어 잘하고 싶어도 그럴 수 없었을 겁니다.

무희들 중에는 그 여름 리심이 선모로 나선 것을 두고두고 질투하는 이들도 있습니다. 협무도 과분한데 선모라니. 4년 동안 소제만 한 리심이 맡을 역이 아니라는 것이죠. 물론 영은이 발목을 다치지 않았다면 그 행운이 리심에게 돌아갔을 리 없어요. 하나 벼락같이 기회가 왔을 때 붙들 수 있는 것도 또한 재능인 겁니다.

장악원에서 리심의 처용무를 보았을 때가 떠오르는군요. 이미 리심은 영은이나 제가 감히 넘볼 수 없을 만큼 높은 경지였습니다. 춤이 끝난 후 몇몇 자세를 더 보여 달라 청했지요. 금방 처용무를 마쳤는데도 숨결이 조금도 흔들리지 않았습니다. 참선에 든 불제자처럼 고요하고 고요했지요. 추전(推前, 똑바로 서서 양손을 뒤에서 앞으로 내미는 자세)은 밀려드는 춘향이 그네 같고, 절견(折肩, 칼을 쥔 손을 들어 어깨를 치는 시늉을 하는 자세)에는 조자룡의 솜씨가 엿보였습니다.

그 저녁, 저는 누구보다도 가까이에서 리심의 춤을 보았습니다. 협무로 나선 다섯 무희 중 하나였으니까요. 경풍도무는 선모를 위한 춤이라 해도 지나치지 않아요. 협무는 다만 선모가 더욱 빛나도록 때론 나무가 되고 때론 그림자가 되면 그만이니까요.

초대 법국 공사 빅토르 콜랭을 위한 만찬은 참으로 성대했습니다. 당상관과 당하관은 물론 각국 외교관들도 자리를 가득 채웠지요. 여러 나라 말들이 왁자지껄 들려왔어요. 사실 저에게는 고질병이 있었습니다. 이 나이가 되도록 고치지 못하고 있지요. 연습할 때는 전혀 문제가 없지만 무대에만 오르면 가슴이 답답해지는 병이에요. 때로는 하늘이 빙빙 돌면서 정신을 놓기 직전까지 가기도 했어요. 이런 제 문제는 리심과 영은만 아는 비밀 중의 비밀이었습니다. 한데 그날은 무대에 오르지도 않았는데 벌써부터 젖꼭지 아래쪽이 꽉 막혀 왔어요.

리심이 다가와서 제 손을 꼭 쥐더군요. 하얗게 질린 제 얼굴을 보고 용기를 북돋워 주려고 했나 봅니다. 저는 다른 협무들 귀에 들리지 않도록 속삭였어요. "가슴이 아파! 지금이라도 바꿔 달랠까?" 리심은 제 옷고름을 바로 잡아 주는 척하며 답했습니다. "지금 바꾸면 넌 영원히 춤을 추지 못하게 될 거야. 내가 도와줄게. 참아."

드디어 경풍도무가 시작되었어요. 가슴은 점점 더 답답해졌습니다. 400개가 넘는 눈동자들이 우릴 보고 있었으니까요. 저는 협무 중에서 가장 왼편에 섰지요.

리심은 정말 아름다웠어요. 손을 뻗으니 꽃 틔운 가지요 발을 뛰니 시내 건너는 노루 사슴이었어요. 나아가니 여름 파도요 물러서니 겨울 산 그림자였어요. 리심의 시선이 닿는 곳마다 찬탄의 말과 감동의 한숨이 별똥별처럼 쏟아졌답니다.

어떤 무희는 리심이 법국 공사와 또 감히 이름을 입에 올리기 힘든 분만 쳐다보았다고 주장하지만, 그건 거짓말이에요. 거꾸로 그날 만찬에 참석한 이라면 남자든 여자든 아이든 어른이든 조선인이든 외인(外人)이든 선모에게 매혹당하지 않을 수 없었다고 해야 옳아요.

7박이 울린 후 리심이 돌아서서 협무 하나하나와 마주 보며 춤을 추기 시작했지요. 내 앞으로 왔을 때 왼쪽 눈을 찡긋해 보이더군요. 가슴은 괜찮으냐는 물음이었죠. 나는 검은 눈동자를 좌우로 흔들었어요. 아프다고. 답답해서 금방 주저앉을 것 같다고.

춤이 끝났을 때 저는 더 이상 견딜 수 없었어요. 리심이 조용히 고개만 돌려 저를 살폈지요. 아, 그 순간 밀려든 무시무시한 고통을 어떻게 설명할까요. 하늘은 빙빙 맴을 돌고 땅은 출렁출렁 요동쳤지요. 들숨도 날숨도 쉴 수 없었어요. 무릎에 아무리 힘을 실어도 자꾸 아래로만 가라앉았죠.

리심의 춤에 감명을 받은 법국 공사가 술을 한 잔 리심에게 권했어요. 내관에게 잔을 건네받은 리심은 잔을 비우자마자 쓰러졌지요. 법국 공사를 비롯한 내관과 역관들이 리심에게 달려갔어요. 결국 저도 주저앉고 말았지만 아무도 저를 이상하게 여기지 않았답니다. 리심이 일부러 저를 위해 쓰러져 준 덕분에 위기를 넘긴 것이죠. 리심은 지혜롭고 의리를 아는 친구예요. 떠도는 풍문 따윈 믿지 마세요. 리심도 저도 그 저녁 아름다운 춤을 추기 위해 최선을 다했답니다. 사사로운 마음을 품을 여유가 없었어요. 더구나 리심은 그 와중에도 저를 도왔으니까요. 이제 아셨죠?

승은

처음 마음을 건넨 사람은 흉터처럼 훈장처럼 평생 기억에 남는 법이다.

영은과 지월이 감히 거명하지 못한 그 사내가 빅토르 콜랭보다 먼저 리심을 찾았다.

만찬에서 멋지게 춤을 춘 공으로 리심은 이제 중전의 발을 씻는 일도 장악원을 소제하는 일도 맡지 않게 되었다. 그 대신 외교관들을 불러들여 잔치를 열 때마다 오늘처럼 기막힌 솜씨를 보이라는 명이 내렸다. 불운은 끝나고 약방 기생이자 무희로서의 삶이 꽃필 듯싶었다.

악공과 무희를 위해 특별히 어주(御酒)가 내렸다. 장악원은 귀한 술과 안주를 먹고 마시느라 시끌벅적했다. 리심도 그 틈에 끼어 국화주를 두 잔이나 마셨다. 이런 날은 마셔도 마셔도 취하지 않는 법이다. 영은은 발목이 아픈지 방에서 나오지 않았지만 지월은 내내 리심 곁에 머물렀다. 두 소녀는 대광통교 잔방에서 먹은 장탕반을 그리워하며 입맛을 다셨다. 기회가 오면 꼭 한 번 곰보 할멈 가게에서 장탕반을 먹자고 다짐했다.

잠자리에 들려는데 젊은 내관이 리심을 찾아왔다.

"따르거라."

리심은 중전에게 불려 가는 것이라 여겼다. 내관을 따라 종종걸음을 치면서도 내내 마음이 뿌듯했다.

'선모 역할을 무사히 마쳤으니 칭찬과 함께 다음 공연 준비를 당부하시겠지. 조선 최고의 무희가 될 때까지 노력하고 또 노력할 거야.'

그러나 내관은 경복궁이 아니라 창덕궁 쪽으로 방향을 잡았다. 돈화문으로 들어가는 것도 아니고 주변을 살피며 대궐 왼쪽 담을 따라 한참을 걸어 경추문(景秋門)을 통했다.

"중전 마마께서 소인을 부르신 게 아닌가요?"

태추문(泰秋門) 앞에 이르렀을 때 리심은 참지 못하고 물었다. 내관이 고개를 돌려 꾸짖었다.

"잡언 섞지 마라. 몸가짐 각별히 조심하고. 오늘 일은 결코 입 밖에 내서는 아니 될 것이다. 알겠느냐?"

리심은 덜컥 겁이 났다. 큰아줌마 얼굴도 떠올랐다. 비밀

스럽게 벌이는 일엔 끼어들지 않기로 결심하며 4년을 보냈던 것이다.

'이제부턴 누구누구를 믿고 따라가는 짓은 하지 않겠어. 죽을 땐 죽더라도 무슨 일인지나 알고 죽자. 나 스스로 판단하는 게 중요해.'

"무슨 일인지나 알아야……."

순간 대전 내관이 리심 앞에 나타났다. 온종일 고종 곁에 머물며 대소사를 살피는 종이품 상선(尙膳)이었다. 그는 젊은 내관 쪽으로 몸을 돌려 다짜고짜 뺨을 후려쳤다.

"왜 이리 늦은 게냐? 냉큼 오지 않고 예서 무엇 해? 전하를 기다리시게 하다니 정녕 목이 달아나고 싶으냐?"

젊은 내관은 변명도 못하고 털썩 무릎을 꿇었다. 대전 내관은 리심을 아래위로 훑은 후 앞장서 걸었다. 리심이 가운데 서고 젊은 내관이 뒤를 살피며 따랐다. 리심은 다리가 후들거렸다. 이 나라 주인이 그녀를 부른 것이다.

중일각(中日閣)이 나타났다. 창덕궁에서도 가장 깊은 곳까지 들어온 것이다.

대전 내관이 걸음을 멈춘 후 옆으로 비켜섰다. 불 꺼진 중일각 주변에는 아무도 없었다. 겨우 열 걸음인데, 대전 내관을 지나쳐 중일각으로 오르는 길이 한없이 멀게만 느껴졌다.

‘행운인가 불행인가.’

리심은 고종에게 승은을 입은 궁인들의 참혹한 결말을 알고 있었다. 드물게 내명부에 이름을 올린 이도 있지만, 그 전에 중전의 질투를 입어 조용히 궁 밖으로 쫓겨나거나 세상에서 사라진 이가 더 많았다. 운 좋게 내명부에 오른 후에도 중전의 심한 견제와 감시 속에 지내야만 했다. 리심은 단 한 번도 승은을 상상한 적이 없었다. 방바닥에 등 한 번 제대로 붙이지 못한 4년 세월 동안 오늘과 다른 미래를 꿈꿀 여유가 없었던 것이다.

“들어오너라.”

조용히 걸음을 뗐는데도 인기척을 알아차린 것일까. 리심은 눈을 크게 뜨고 마른침을 삼켰다. 저 문을 열면 용상의 주인과 단둘이 있게 된다. 천천히 문을 열었다. 짙은 어둠 속에 한 사내가 앉아 있었다. 그 앞에는 작은 주안상이 놓였다. 리심은 문지방을 넘자마자 멈춰 섰다. 큰절을 해서 예를 갖추기 위함이었다.

“이리, 가까이.”

고종은 오른팔을 들었다. 세세한 예법은 무시하겠다는 뜻이다. 리심은 세 걸음 나아갔다.

“허어, 떨지 말고. 이리 와서 앉아라.”

고종은 리심의 긴장을 풀어 주려는 듯 왼 손바닥으로 방바닥을 툭툭 쳤다. 리심이 그 자리로 나아가서 앉았다. 눈이 차차 어둠에 익숙해졌다. 고종이 빈 잔을 리심의 가슴께까지 들어 올렸다. 리심이 술병을 들어 그 잔을 채웠다. 그는 단숨에 잔을 비운 후 건넸다. 리심이 주저하며 고개를 숙였다.

"괜찮다. 받아라."

리심이 양손으로 잔을 받자 고종이 잔이 넘칠 만큼 술을 따랐다. 리심은 몸을 돌려 술잔에 입술만 대었다가 떼어 냈다. 가슴이 콩콩 당당 뛰었다.

앞으로 벌어질 일을 어렴풋이 알고는 있지만 상상과 체험은 엄청나게 다른 법이다. 가령 운우지락을 이루려면 옷을 벗어야 한다는 것은 안다. 하나 치마를 먼저 벗는지 저고리를 먼저 벗는지, 남자가 먼저 벗는지 여자가 먼저 벗는지, 앉아서 벗는지 누워서 벗는지는 몰랐다. 잔을 상에 내려놓고 눈을 감았다. 침착하자, 침착하자, 침착하자! 스스로를 다독여도 이 방에서 할 일이 무엇인지 감이 잡히지 않았다. 고종이 오른팔을 뻗어 리심의 손을 쥐었다. 갑자기 손을 잡힌 리심이 깜짝 놀라며 얼굴을 들었다.

"손이 따듯하구나. 자주 그렇게 어지럼증을 타느냐?"

"아, 아니옵니다."

고종이 왼손으로 리심의 손등을 마저 토닥였다.

"과인도 그런 적이 있느니라. 사냥을 마친 후 말에서 내려 갈증을 없애고자 급히 술을 한 모금 마셨다가 주저앉았지. 다음엔 술을 권하더라도 춤을 추고 나서 바로 마시진 마라. 방금처럼 입술만 적시는 것도 좋은 방법이겠지. 춤을 추는 일이 얼마나 힘든가를 프랑스 공사가 잘 몰라서 그랬던 게다. 한데 춤을 썩 잘 추더구나. 다른 연(宴)에선 보지 못했는데……."

"오늘 처음 연에 섰사옵니다."

"처음이라고? 처음인데 협무도 아니고 선모를 맡았단 말이더냐? 공사들을 초청하여 벌이는 연은 중전이 직접 맡아 준비를 하느니라. 처음 연에 서는 무희에게 선모를 맡길 중전이 아닌데…… 이상하구나. 하긴, 네 솜씨가 그렇듯 빼어나니 누가 처음이라고 믿겠느냐? 약방에 온 지는 몇 해나 되었는고?"

"6년이옵니다."

"6년? 한데 연에 처음 섰다고? 그동안 어디 있었던 게냐? 아프기라도 했느냐?"

고종은 리심이 큰아줌마를 도운 일을 모르고 있었다. 리심은 마땅히 답할 말이 없어 술잔만 내려다보았다. 그 순간 고종이 리심의 팔을 잡아당겼다. 엉겁결에 고종의 품에 안겨 버린 리심은 꼼짝도 할 수 없었다. 리심의 이마는 고종의 목에 닿았고 왼손은 자기도 모르게 고종의 오른 어깨를 가볍게 잡았다. 고종이 등을 손바닥으로 둥글게 쓸며 말했다.

"은밀히 과인에게 보낸 미소의 화답이니라."

빅토르 콜랭뿐만 아니라 고종도 리심이 지은 짧은 웃음을 발견했던 것이다.

"전하! 소녀는……."

리심은 말을 잇지 못했다.

더운 숨결이 뺨에 닿았다. 어느새 고종의 왼손이 옷고름을 풀고 리심의 젖가슴을 움켜쥐었다. 입과 귀와 뺨과 젖가슴에서 동시에 울림이 왔다. "아, 안 돼!" 하는 소리는 혀끝에 올리지 못했다. 목을 타고 오르지도 못했다. 큰아줌마를 따르다 낭패를 본 후 다시는 누군가에게 끌려가지 않겠노라 다짐했지만, 이 방에서 리심이 할 수 있는 일은 아무것도 없었다.

"떨고 있구나. 걱정 마라."

고종은 리심의 젖꼭지를 차례차례 물고 포도알을 벗겨 내듯이 빨아들였다. 리심의 허리가 활처럼 휘었다.

리심은 눈을 꼭 감고, 고종이 선사하는 지극히 동물적인 떨림에 놀라고 있었다. 그녀는 남자를 모르는 숫처녀였고 온 정성을 다하여 승은에 감읍해야 하는 약방 기생이었다. 리심은 머리가 베개에 닿고 알몸이 될 때까지 그저 고종이

이끄는 대로, 첫나들이를 나온 아기 염소처럼, 이끌려만
갔다.

"예쁜 것!"

고종은 스스로 알몸이 된 후 리심 가슴에 제 가슴을 붙
였다. 그녀 뺨에 가볍게 입을 맞춘 후 엉덩이를 들었다. 깊
이 아주 깊이 리심의 몸으로 들어왔다. 리심은 고종의 목
을 끌어안았다. 고종이 "미소 때문에!"라고 할 때도 "리심
아……." 하며 말끝을 흐릴 때도 그 자세 그대로 승은을 받
아들였다. 고통이 사라지고 기쁨이 찾아든 어둑새벽까지.

새벽, 용안을 만지다

오늘과는 완전히 달라질 내일을 두려워하며, 리심은 꼬박 밤을 새웠다.

지난밤 일이 잠들었다 깨면 사라질 꿈만 같았다. 고종이 잠들기를 기다려 비단 이불에서 빠져나왔다. 무릎을 꿇고 허리를 조금 숙인 채 고종의 얼굴을 보고 또 보았다. 어둠이 서서히 걷히고 있었지만 아직 그 윤곽을 또렷하게 살피기는 어려웠다. 허락 없이 바라만 보아도 목이 달아나는 것이 왕의 얼굴, 곧 용안(龍顔)이다.

넓은 이마, 숱 적은 눈썹, 작은 눈과 오뚝한 콧날 아래 리심의 가슴을 빨던 도톰한 입술이 있었다. 지난밤 저 입술이 닿았던 곳이 한꺼번에 화끈거렸다. 고종이 몸을 만지고 쥐고 핥는 동안 리심은 처음 다가오는 수많은 느낌들을 받아

안기에도 시간이 부족했다.

'다음에, 다음에 할 땐!'

리심은 오른손을 들어 고종의 이마 위로 가져갔다. 이마와 손바닥 사이는 채 한 뼘도 떨어지지 않았다.

'다음에는 내가 먼저 시작해야지. 둘이 있을 땐 사랑하는 남녀로 지내자. 분명 그리 하명하셨으니까.'

"으응!"

갑자기 고종이 리심 쪽으로 돌아누웠다. 그 바람에 고종의 이마가 리심의 손바닥에 닿았다. 그녀는 손바닥을 이마에 붙인 채 숨을 멈추었다. 허락 없이 용안을 만진 것이다.

그새 어둠이 조금 더 걷힌 듯 작고 곧은 콧매가 선명하게 보였다.

천천히 아주 천천히 리심은 이마에서부터 눈썹을 거쳐 콧날까지 더듬어 내려갔다. 입 맞추기 전에 이 코부터 정성을 다하여 아껴 주고 싶었다. 약지와 검지가 코밑수염에 이르자, 어젯밤 고종의 입술이 닿을 때마다 꺼칠하던 감촉이 살아났다. 간지럽기도 하고 따갑기도 하고 다음엔 어떤 감각이 밀려올까 기다리게 만들기도 했다.

드디어 손바닥이, 사랑을 말하기도 하고 사랑을 만들기도 하는 입술에 닿았다. 코밑수염과 턱수염이 동시에 닿을 만큼 가만히 손바닥을 아래위로 쓸었다. 어젯밤, 고종이 그녀 안으로 깊이 들어왔을 때, 리심은 저도 모르게 손을 뻗어 수염들을 눌렀다. 아픔을 드러내는 줄 알고 고종은 잠시 몸짓을 멈추었다. 그리고 따듯한 목소리로 부탁했다.

"아프면 언제든지 말하거라."

리심은 대답 대신 더 깊이 허리를 숙였다. 두 사람 코가 부딪힐 정도였다. 콧날을 어긋나게 꺾으니 입술까지 닿을락 말락 했다. 가녀린 날숨이 리심의 뺨에 닿았다.

'아, 정말 못 참겠어. 이 입술, 이 숨소리, 이 냄새.'

그 체취를 마음에 새기기 위해 더 깊이 숨을 들이마시려는 순간 두 입술이 닿았다. 동시에 고종이 눈을 번쩍 떴다.

"저, 전하!"

리심이 허리를 펼 사이도 없이 억센 두 팔이 그녀의 몸을 감쌌다.

사랑이었다.

상께서는 무치하시니

"고갤 들어! 내 눈을 똑바로 보란 말이다."

중전이 호통을 하자 리심은 두려움 가득한 얼굴을 들었다. 궁궐 안에서 벌어지는 일, 특히 전하와 관련된 일이라면 모르는 것이 없다는 풍문은 거짓이 아니었다. 새벽에 급히 젊은 내관을 따라 창덕궁을 벗어나 장악원으로 돌아온 후, 아직 꿈나라를 여행 중인 지월 곁에서 눈을 붙이려는데 중궁전 상궁이 찾아왔던 것이다.

"곱구나. 어제 연에서는 그저 복색 때문이겠거니 했는데, 정말 고와."

리심은 다시 시선을 내렸다. 얼굴이 곱다는 칭찬이나 하려고 아침부터 불렀을 까닭이 없었다.

"승은을 입는다 해도 이상한 일이 아니지."

"마마, 소녀를 죽여 주시오소서."

중전이 크게 꾸짖었다.

"말을 삼가라. 지난밤 무슨 죄를 지었기에 죽여 달라 청하는 것이냐?"

"소녀 중일각에서, 중일각에서……."

"중일각 일은 누구에게도 발설하지 말라는 명을 받지 않았더냐? 더구나 중전인 내겐 끝까지 비밀이라 명하셨을 텐데."

사실이었다. 고종은 따로 명이 내릴 때까진 오늘 일을 숨기라고 명했다. 큰 바위를 얹은 듯 가슴이 답답하고 무거웠다.

"마마. 소녀를, 죽여……."

"또 그 소리. 널 죽이면 누구에게 누가 되는지 정녕 모른단 말이더냐? 이것은 벌을 내릴 일이 결코 아니니라. 리심아!"

"그러면…… 소, 소녀를 용서해 주시는 것이옵니까?"

"한 가지만 나와 약조하면 눈감아 주겠다. 중일각이든 어디든 넌 다시 어젯밤과 같은 일을 겪을 것이다. 하면 정성을 다해 그 밤을 보낸 후 새벽이면 곧바로 내게 와야 한다. 그리고 지난밤에 보고 들은 바를 남김없이 말해야 하느니라. 하면 네겐 복에 복이 더할 것이다. 할 수 있겠느냐?"

"예!"

"이 일은 너와 나만 아는 비밀로 하자. 중일각 일도 나는 아는 바가 없다."

"그리만 하면 되는 것이옵니까?"

리심이 조심스레 물었다.

"천한 몸으로 성심(聖心)을 흐릴 생각일랑 처음부터 떠올리지도 마라."

천한 몸!

세 글자가 리심의 가슴에 박혔다.

"잠시 천하를 잊고 쉬시려는 밤, 때마침 네가 곁에 머문 것뿐이니라. 자고로 군왕에게 계집이란 여름 더위를 쫓는 부채고 겨울 된바람을 막는 솜옷이다. 부채와 솜옷은 사람이 아니니 감히 사람처럼 내일을 계획하지도 말고 걱정하지도 마라. 철 지난 부채는 접히기 마련이고 봄 햇살 아래 솜옷은 벗기는 것이 당연하니라."

부채라니, 솜옷이라니!

갑자기 앞이 흐릿해졌다. 눈물이 고여 흘러내리기 직전이었다.

"하나를 숨기면 10년 동안 매를 맞을 것이고 또 하나를 숨기면 영원히 계집 구실을 못하게 하겠다. 명심 또 명심하렷다."

리심은 울음을 참으며 다시 물었다.

"그리만 하면 되는 것이옵니까?"

중전이 잠시 숨을 고른 후 리심을 노려보며 차갑게 웃었다.

"금수로 늙어 갈 것인가 사람 노릇을 하며 살 것인가는 지금부터 네가 하기에 달렸느니라. 명심하렷다! 은혜를 모르는 자를 어찌 사람이라 하겠는가. 뼛속 깊이 고마움을 새기고 지금부터 네가 날 위해 무엇을 할 수 있는지 곰곰이 생각해 보아라. 알겠느냐?"

식인종

'완전히 라나 플란시 신세로군.'

빅토르 콜랭은 미국, 일본, 러시아, 독일, 영국을 대표하는 외교관들 틈바구니에서 자기 이름을 딴 금개구리 한 마리를 떠올렸다. 나라 법을 따르고 예의를 지키며 지내겠다고 아무리 말해도 조선인들, 특히 한양에 거주하는 도성인들은 외국인들을 어디로 튈지 모르는 금개구리인 양 취급했다. 공사가 되면 하고픈 일이 많았다. 프랑스 회화의 아름다움을 알리는 전시회도 열고 빅토르 위고를 비롯한 작가들의 작품도 소개하고 싶었다. 외국인들이 식인종이 아님을 증명하는 일 따위를 하게 되리라고는 단 한 번도 생각한 적이 없었다. 식인종 이야기를 여러 차례 듣긴 했다. 하나 그건 문명이 미치지 못한 미개한 지역에서 원주민들이

자행하는 일이었다.

"감히 누굴 식인종으로 모는 거야."

외교단 단장인 미국 공사 딘스모어(H. A. Dinsmore)가 회의를 주재하고 있었다. 자리에 참석한 다섯 나라 대표들은 모두 그 분통 터지는 소리에 공감했다. 일본 공사 곤도 신스케(近藤眞鋤)가 이야기를 넘겨받았다.

"폭동으로 변질되고 있습니다. 외국인만 보면 무조건 칼로 베고 창으로 찌르려 듭니다. 어제오늘 방비를 철저히 하지 않았다면, 저들은 틀림없이 일본 공사관부터 공격했을 겁니다."

"왜 하필 일본 공사관부터라고 생각하는 겁니까?"

베베르(C. Waeber) 러시아 공사가 퉁명스럽게 물었다.

"몰라서 묻는 겁니까? 많은 일본인들이 도성 내에서 소매업에 종사하고 있지 않습니까? 그 때문에 조선인들은 우리 일본 소매상들이 유괴된 아이를 중개하여 매매한다고 믿는 눈칩니다."

"몰래 이것저것 밀매매하는 건 사실 아닙니까?"

베베르가 말꼬리를 물고 늘어졌다. 곤도가 지지 않고 답했다.

"귀국에서 이렇게 나온다면, 송도를 비롯한 여러 도시에서 고려 인삼을 은밀히 사들이는 상인들이 어느 나라 소속인지 밝히지 않을 수 없군요."

"뭐라고요?"

베베르가 자리를 박차고 일어섰다.

"자, 자, 진정하세요. 지금 우리끼리 다투면 어쩝니까?
대책을 세워야지요."

딘스모어가 러시아와 일본 사이를 중재하였다. 그때까지
잠자코 있던 독일 총영사 대리 크린(F. Krien)이 나섰다.

"대책을 의논하기에 앞서 확인해 둘 필요가 있지 않겠습
니까?"

영국 총영사 대리 포드(Colin M. Ford)가 맞장구쳤다.

"저도 같은 생각입니다."

"확인이라니요?"

딘스모어가 크린과 포드를 번갈아 보며 물었다. 빅토르
콜랭이 대신 답했다.

"정말 우리 중에 인육을 먹은 사람은 없는지 살펴야겠
지요."

"뭐요?"

베베르와 곤도가 동시에 외쳤다. 빅토르 콜랭은 두 사람
시선을 피하지 않고 맞받아치며 차분하게 이야기를 이어
나갔다.

"고서(古書)를 살펴보면 어느 나라에나 식인을 의심할 만

한 기록이 나옵니다. 제 기억으론 여기 모인 여섯 나라도
예외일 수 없지요."

"그건 문명이 발달되기 전 이야깁니다."

딘스모어가 이의를 달았다.

"물론입니다. 하나 나라 전체가 문명화되어도 홀로 퇴보
를 거듭하는 정신 이상자들이 있지요."

베베르가 더 참지 못하고 빅토르 콜랭을 향해 삿대질을
했다.

"한양에 온 지 며칠이나 되었다고 그런 망발을 입에 담
는 게요?"

빅토르 콜랭이 오히려 미소와 함께 답했다.

"망발인지 아닌지 검토해야겠지요. 망발로 확인되면 제
가 여러분께 사과하겠습니다. 자존심만 내세우지 말고 지
금은 혹여 잘못을 범한 적은 없는지부터 살펴야 합니다. 솔
직해져야 합니다. 솔직히, 저는 여러분을 전부 믿지는 못하
겠습니다. 여러분은 다른 나라에서 한양으로 들어온 이들
을 모두 신뢰하십니까?"

곤도가 고개를 끄덕이며 거들었다.

"옳은 지적이오. 솔직히 나는 외교관은 믿지만 장사꾼들
까지 믿기는 힘드오. 그들 중엔 전과자나 부랑자가 있는 것
또한 사실이니까. 하나 그렇다고 그들을 한자리에 불러 모

아 일일이 문답을 나눌 수도 없지 않소? 문답을 한다고 해도 죄가 드러날 가능성이 희박하고."

어느새 대화의 주도권은 빅토르 콜랭에게 넘어갔다. 빅토르 콜랭은 다섯 나라 외교관들을 차례차례 쳐다보았다.

"그렇지요. 정확히 말씀드리자면, 여기 모인 여섯 나라 국민은 최근 한양에서 벌어진 아이 납치 사건과 무관해야만 합니다. 설령 무관하지 않더라도 말입니다."

무관하지 않더라도 무관해야만 한다! 참석자들은 그 말의 의미를 천천히 곱씹었다.

"여섯 나라 명의로 조선 국왕에게 건의서를 올렸는데, 그중 한 나라라도 이 사건과 관련된 것이 밝혀진다면, 나머지 나라들까지 함께 봉변을 당할 테니까요. 그러니까 조선 국왕에게 보낼 글을 쓰기 전에 우리끼리 먼저 약조하십시다."

"무슨 약조를 말이오?"

딘스모어가 물었다.

"설령 나쁜 결과가 드러나더라도 끝까지 우리 여섯 나라는 힘을 모아 무죄를 주장하기로. 어떻습니까?"

다섯 외교관들이 고개를 끄덕였다. 여섯 나라 책임자들이 나선다면, 콩을 팥으로도 만들고 하늘을 땅으로 갈아 치울 수도 있을 듯했다. 빅토르 콜랭이 미소를 잃지 않고 안

경을 올려 쓴 후 조선 조정에서 보낸 포고문 초안을 집어
들고 딘스모어에게 청했다.

"하면 포고문 초안부터 새로 쓰시지요. 보셔서들 아시겠
지만 이 초안은 문제가 많습니다. 조선 국왕도 우릴 완전히
믿지 못하는 것 같습니다."

"믿지 못하다니? 조선 국왕 부부는 지금까지 외교관들
을 항상 친구처럼 환대했다오."

"환대는 환대고……. 청국과 조선 그리고 안남(安南, 베트
남)의 왕들은 종종 민심을 명분으로 내세우지요. 자신은 환
대하고 싶지만 민심이 들끓어 어찌 할 수 없다는 식으로 말
입니다. 성난 조선인들이 저잣거리를 활보하며 우리 여섯
나라 국민들을 위협하고 있음을 알면서도 미적거린다 이
말이지요. 이 포고문만 해도 여섯 나라 국민들보단 조선 아
이들이 더 중요하다는 입장을 은연중에 드러내고 있지 않
습니까? 수사로 가득 찬 형식적인 항의가 아니라 여섯 나
라 대표들 뜻이 분명하게 담긴 글을 보내야 하리라고 봅니
다. 우리가 원하는 포고문을 아예 적어 보내는 것도 한 방
편이겠네요."

빅토르 콜랭이 말을 끊고 딘스모어를 쳐다보았다. 공동
명의가 들어갈 글의 초안을 작성하는 건 외교단 단장인 그
의 몫이었다. 그러나 딘스모어는 그런 포고문을 쓰는 것이

부담스러웠다. 어느 나라 외교관이라도 부임국과 관계를 껄끄럽게 만들고 싶지는 않을 것이다.

"이왕 얘길 꺼냈으니 빅토르 콜랭 공사가 직접 초안을 잡아 보는 것이 어떻습니까? 이 방은 좁으니 글을 쓰기가 힘들 테고, 왼쪽 방이 서재니 거기 가서 포고문을 지어 보시오. 우린 체스나 두며 기다리리다."

다른 외교관들 역시 딘스모어의 뜻에 전적으로 찬성했다. 빅토르 콜랭은 어깨를 으쓱 들어 올리며 순순히 일어섰다.

악마에 대하여

　최근에 어떤 악마가 아이들을 유괴해서 외국인들에게 식용으로 팔고 있다는 소문이 돌았다. 이러한 소문은 거짓이며 극히 터무니없다. 외국인들은 지금까지 5년 동안 우리와 어울려 살았으며 항상 우리 백성들과 우호 관계를 맺어왔다. 그런데 어떻게 이제 와서 그들이 그토록 사악한 짓을 한다고 말할 수 있는가?

　이런 거짓 소문을 무지한 백성들이 믿은 결과, 외국인 몇몇이 악마라는 의심을 받고 길에서 살해당했다. 길에서 사람을 공격하겠다는 생각은 어리석고 놀라운 것이며 죄 없는 사람들을 위태롭게 한다. 만약 아이를 잃어버렸다면 나라에서 그 유괴범을 벌줄 것이니, 유괴범을 잡으면 먼저 관청으로 데려와 조사를 받도록 해야 한다. 이 포고문을 통해 이런 거짓 소문을 믿는 사람들에게 경고하려고 한다. 또한 근거 없는 의심을 하여 길에서 사람을 공격하는 사건이 일어난다면, 연루된 자들을 모조리 붙잡아 엄하게 다스릴 것임을 분명히 밝혀 두는 바이다. 앞으로 이런 근거 없는 거짓 소문을 유포하는 자들 또한 위와 마찬가지로 처벌하도록 한다.

미국, 러시아, 일본, 프랑스, 독일, 영국 대표 들이

교섭통상사무아문 독판 조병식 각하에게

1888년 6월 19일에 보낸 포고문 초안

"왜 하필 악마란 말이오?"

빅토르 콜랭이 초안을 내보이자마자 딘스모어가 이 단어를 꼭 집어냈다. 베베르는 "정말 악마의 소행이라고 믿는 건 아니겠지요?"라며 비웃기까지 했다.

다른 대목은 이의가 없었다. 외교단 단장인 딘스모어가 초안을 다시 다듬어 교섭통상사무아문에 내기로 하고 회의를 정리했다. 프랑스 공사관으로 돌아온 빅토르 콜랭은 그 밤 내내 악마라는 단어를 떠올렸다. 자신이 써넣은 단어인데도 무척 낯설었다.

'포고문에 악마라니? 대체 왜 이렇게 모호하고 마음을 불편하게 만드는 단어를 택했지? 유괴범이라고 적으면 간

단한 일인데.'

아버지 자크알뱅시몽 콜랭 드 플랑시(Jacques-Albin-Simon Collin de Plancy)의 얼굴이 불현듯 떠올랐다. 아버지는 1794년 1월 30일 오브의 플랑시 마을에서 태어났다. 할아버지인 에듬오뱅 콜랭(Edme-Aubin Collin)은 아일랜드 출신으로 양말 공장을 경영했다. 한때 아버지는 자신의 아버지가 에듬 콜랭이 아니라 당통이라고 주장한 적도 있었다. 1792년 군주제를 무너뜨리고 제1공화국을 세운 당통의 아우라를 고스란히 이어받고 싶었던 것이다.

『지옥 사전』과 당통.

아버지는 무덤덤한 일상보다 요동치는 날들을 좋아했다. 격정과 방황, 자기 부정의 순간들이 그의 삶을 관통하고 있었다. 아버지가 악마나 괴물에 관심을 가진 것은 1813년부터 1814년 사이, 파리 유학 시절부터다. 그 학교의 얀센주의 고해 신부가 걸음걸음마다 괴물을 본다고 주장했던 것이다.

『오귀스트 드 발모르(Auguste de Valmor)』라는 짧은 소설로 작가 생활을 시작한 아버지는 작품마다 반종교, 반사제, 반수도회, 반중세를 주장하며 이름을 날렸다. 1821년에는 재판정에 서기까지 했다. 지금도 반가톨릭주의자들 사이에서 아버지의 책들은 필독서로 꼽히며, 대문호 빅토르 위고도 환상적인 대목을 참고하기 위해 『지옥 사전』을 정독했다.

아버지는 또한 돈을 늘리는 수완도 있어서, 1824년부터 1830년 사이에 파리 인근 지역에 광대한 토지를 사들였다. 그러나 1830년 7월 혁명 때 파산을 맞았고, 쫓기듯 빈털터리 신세가 되어 벨기에로 떠났다.

아버지가 다시 독실한 가톨릭 신자가 된 것은 네덜란드에서 신성한 체험을 했기 때문이다. 성령 강림의 은사를 받은 아버지는 1833년 이후 반가톨릭 서적을 쓰지 않았고 1837년 플랑시 마을로 돌아와서도 성경 연구와 묵상으로 대부분의 시간을 보냈다. 7월 혁명 이후 가톨릭 자유주의자들은 도덕적이고 종교적인 서책들을 출판 보급하고자 노력하였다. 이런 흐름에 적극 찬동한 아버지는 종교 서적만을 전문적으로 출판하기 위해 1846년 생 빅토르 출판사를 열었다. 1853년에 태어난 아들에게도 똑같은 이름이 주어졌다.

아버지보다 33살이나 어린 빅토르 콜랭의 어머니 오귀스타클라리스 브라디에(Augusta-Clarisse Bradier)는 아버지의 두 번째 부인이었다. 아버지는 1815년 사촌인 클로틸드마리 파방(Clotilde-Marie Paban)과 결혼한 적이 있었던 것이다.

어려서부터 빅토르 콜랭은 엄숙한 가톨릭 교육을 받았

다. 아버지는 아들이 종교를 위해 헌신하기를 바랐다. 그러나 빅토르 콜랭은 가톨릭교도로 살아가기는 하겠지만 좀 더 새로운 학문과 세계를 알고 싶었다. 그가 태어났을 때 아버지는 벌써 예순 살에 가까웠다. 할아버지와도 같은 아버지를 설득한다는 것은 불가능한 일이었다.

파리 동양어 학교에 입학하면서부터 멀리 했던, 때론 부정하고 싶었던 아버지의 체취가 빅토르 콜랭이 쓴 포고문 첫 문장에서 뿜어 나왔다. 난감한 일이었다.

나흘 뒤 빅토르 콜랭이 악마라고 지칭한 세력으로부터 외교관들을 보호하기 위해 미국, 러시아, 프랑스 군함이 조선으로 들어왔다.

군인들은 속보로 한양까지 내달려 외교 관저를 밤낮없이 지켰다. 아기들 옹알이에도 총구를 겨누었고 거리를 지나는 보부상들 봇짐까지 일일이 뒤졌다. 한 달 넘게 빅토르 콜랭은 조선의 서책을 살 생각도 읽을 여유도 없었다. 탐언을 통해 한양 동정을 살피고 다른 나라 외교관들과 정보를 주고받고 프랑스 본국에 한양 사정을 보고하느라, 이른 아침부터 늦은 저녁까지 분주했다. 공문 한 장을 채우고 다음 종이로 넘어갈 때, 저녁 식사를 마치고 초가 위로 떠오른 달을 볼 때, 설핏 잠이 들었다가 모기에 물려 깨어날 때, 빅

빅토르 콜랭은 우물보다 깊은 눈망울과 푸른 칼날 같은 콧날을 지닌 여인을 떠올렸다.

리심.

'기다리시오. 이 광풍이 지나가면 곧바로 달려갈 테니.'

바쁜 중에도 탐언을 불러 리심의 근황을 알아보도록 했다. 충직한 탐언은 약방과 장악원에 사람을 넣어 구석구석까지 훑었다. 그러나 탐언의 표현에 따르자면, 하늘로 솟은 듯 땅으로 꺼진 듯, 리심은 사라지고 없었다. 리심과 각별한 친구인 지월과 영은을 만났지만 그녀들도 두 눈만 껌벅이며 고개를 저었다고 했다.

"큰 죄를 짓고 귀양이라도 떠났는가?"

"아닙니다."

탐언이 분명하게 답했다.

"어디가 많이 아픈가?"

"병중이라면 약방이나 장악원에서 모를 리 없지요."

"하면 한양에 있긴 있는가?"

"확언할 수 없습니다."

빅토르 콜랭은 답답했다.

'이것이야말로 악마의 소행이 아닐까.'

스스로에게 물어 놓고 피식 웃었다. 군대가 들어온 후로는 유괴 사건도 발생하지 않았고 외국인에 대한 야유나 돌팔매질도 없어졌다. 악마의 소행이라면 군대가 지킨다고 유괴 사건이 안 일어날 까닭이 없다. 결국 이 모든 일은 외국인을 싫어한 조선 백성 중 누군가가 저지른 짓이 분명하다. 리심의 실종 역시 악마와는 무관하다.

"이런 경우가 종종 있느냐?"

탐언은 빅토르 콜랭의 물음에 시선을 깔고 잠시 주춤거렸다.

"사람 사는 곳이라면 어디나…… 죽기도 하고 사라지기도 하고…… 어려워요, 불어는!"

더 따져 물으려는데 일본에서 소포가 왔다. 세브르의 도자기가 뒤늦게 도착한 것이다.

그날 밤, 빅토르 콜랭은 밤이 늦도록 편지를 고치고 고치고 또 고쳤다.

초고를 잡기 위해 스무 장이 넘는 종이를 구겼는데도 여전히 첫 줄에서 걸렸다. 만년필을 바꿔 보기도 하고 책장에서 서한집들을 찾아서 이리저리 뒤적이기도 했다. 겨우겨우 다섯 문장만 지은 후 여섯 번째 문장을 완성하지도 못한 채 잠자리에 들고 말았다.

공무가 없었다면 밤을 지새웠겠지만 아직도 식인종의 망령이 사라지지 않고 있었다. 이 틈을 타서 하삼도(下三道)의 몇몇 수령들이 천주교도를 잡아들여 혹독하게 다룬다는

보고가 속속 올라왔다. 신앙의 자유를 허락받았지만 아직
지방에서는 터무니없는 모함과 잔혹한 박해가 이어지고 있
었다. 빅토르 콜랭은 결정적인 증거와 증인을 확보하여 조
정에 엄중히 항의하기로 결심했다.

빅토르 콜랭이 정성 들여 쓰다가 접은 편지의 수신인은
프랑스의 친척이나 청국의 동료가 아니라 조선의 궁중 무
희 리심이었다.

아름다운 이에게

당신의 춤이 끝나자 세상은 온통 어두워졌고 나는 길을
잃었습니다. 정식으로 당신을 초대하고 싶지만, 내가 처한
상황이 그럴 수 없게 만드는군요. 하루빨리 당신과 재회하
여 빛과 길을 되찾고 싶습니다. 내가 누구인지, 또 내가 당
신을 얼마나 그리워하는지 말씀드리고 싶습니다. 제가 조
선에 온 까닭을 이제야 알겠습니다. 그것은 바로 당신을 만
나기 위해서……

하늘 아래 숨다

하늘 아래 숨을 곳이 어디 있으랴. 더군다나 궁궐 안은 중전 마마의 품!

영재교 네 마리 천록(天祿, 뿔 하나를 가진 상상의 동물) 중 어느 놈 등에 구멍이 뚫렸는지, 어느 놈 혀가 날름 밖으로 나왔는지까지 아시네.

용상의 주인 당신께서 어찌 이런 사정을 모르실까. 하나 곱디고운 사랑이 시작되었으니, 하늘 아래 꼭꼭 숨겨 두고 혼자 보고픈 것이 또한 정인(情人)의 마음! 나라 법도가 엄하고 또한 살펴 명해야 하는 일들 많으니, 매일 오마 매일 오마, 약조도 거짓말이 더 많네. 하루건너 찾으시는 것도 무척 반갑고 사흘에 한 번 나흘에 한 번도 싫지 않아라. 홀로 두어 미안하구나. 손 꼭 잡고 말씀하실 때, 내 시선은 어디에 가 맴을 돌았던가. 그 뜨거운 온기를 어찌 할 줄 몰라 주저하면, 손목 가볍게 끌어당겨 안아 주시지. 그 가슴은 너무 넓고 포근해서 태산과도 같고 바다와도 같아라. 군주의 덕을 칭송하는 흔한 비유가 아니라, 정말 그 가슴엔 이 몸이 전부 잠기고도 남음이 있지.

혼자 남았을 때, 누구도 찾지 않고 아무 일도 할 필요가 없을 때, 드러누워도 되고 앉아도 되고 방 안 걸어 다녀도 될 때, 서책 넘기는 것도 좋고 그림 그리거나 글씨 끼적거려도 좋을 때, 눈 감고 어젯밤 손길 되새기는 나. 기억 희미한 자리엔 다시 더듬어 시공(時空) 새기네. 길리마루주라(吉利馬累周羅, 킬리만자로)란 산에는 영원히 녹지 않는 만년설(萬年雪) 있다던가.

봄 소식 천지간에 가득가득 퍼져도
이내 몸은 만년설 첫 하늘만 보고 보네
두어라 홍진의 일들 내 사랑만 하련가

내가 머리 돌리거나 허리 젖히거나 입술 열 때, 당신은 잠시 멈추시네. 그 멈춤 어색해 검은 눈동자 올리면 대견한 듯 웃으시지. 첫날 말씀 귀에 삼삼하여라.

'이렇게 뻣뻣한 몸으로 어찌 선모를 추었던고.'

순서를 모르니 새끼손가락 끝마디까지 긴장할밖에. 당신 손길 어느 것 하나 처음이 아닌 것 없고, 당신 말씀 어느 것 하나 두렵지 않은 것이 없으니, 줄다리기를 하듯 높은 나무에 매달리듯 버틸밖에. 하나 하루가 가고 또 하루가 가고, 만남이 이어지면서 그 손의 길 알게 되었네. 손 뻗어 오기 전에 뱉으시는 얕은 기침. 왼손으로 옷고름을 쓸어내린 후 귀밑머리에 코 가까이 대고 냄새를 맡으신 다음 오른손으로 짓궂게 허리를 감싸 흔드시는 당신. 입술을 탐하실 때는 왼뺨부터 부비시고 가슴도 엉덩이도 항상 왼쪽부터 만지시는 당신. 그러니 몸 왼쪽으로 돌려 그 손길 기다릴밖에. 때론 먼저 마중 나가 그 손바닥에 몸 대는 용기도 부렸네. 바로 그때 당신은 멈추시고 웃으시지. 아, 이불 속 남녀 사이에도 이렇게 아득한 길이, 둘만의 길이 있다니! 그 웃음은 이렇게 말씀하시네.

그 길 이제 너도 알게 되었구나. 이 길에는 너와 나 둘뿐이니 감출 것이 무엇이냐, 으스댈 것이 무엇이냐.

어젠 이런 말씀도 하셨지.

언제까지나 너는 내 안에 머물면 되느니라. 내가 너의 방패막이가 되어 주마. 웃자란 나무 그늘이 되어 주마. 지붕이 되고 아랫목이 되어 주마.

그 마음 고마웠네. 나는 오직 사랑하는 이의 눈동자만 보네. 굵은 팔뚝과 손등에 돋은 몇 가닥 터럭만 잡히네. 그 밤에 반복되는 움직임들만, 이런 부끄러운 순간들만, 그러나 점점 자라는 기쁨의 표정들만!

아! 발소리.

이 밤 찾아드심을 알리는 젊은 내관의 어지러운 걸음.

준비는 이미 마쳤지만 또 거울 펼쳐 보네. 사랑에 들뜬 여인 그 안에 있네.

탐서가

세상에는 두 종류의 인간이 있다. 책 속에 정말 길이 있다고 믿는 인간과 그건 한낱 어리석은 비유에 불과하다고 믿는 인간. 빅토르 콜랭은 전자였다.

식인종 소동이 잦아들자, 빅토르 콜랭은 탐서가(貪書家)로서 본색을 드러냈다. 법국 공사가 매일 묘시(卯時, 새벽 5시~7시)부터 서책을 사들일 거라는 방을 내라고 하자 탐언은 고개를 갸웃거렸다.

"서책이 필요하시면 조정에 부탁하셔도 되고 세책방(貰冊房)을 통해 구할 수도 있습니다. 새벽부터 그 고생을 하실 필요가 없습니다."

"명령대로 하게. 내일부턴 일찍 일어나야 하니까 잠도 충분히 자 두고."

다음 날 어슴새벽 소문을 듣고 찾아온 몇몇 사내들이 공사관 밖을 서성거렸다. 저마다 서책을 싼 꾸러미 하나씩을 품에 안고 있었다.

"값은 제대로 쳐준답니까?"

"양인이 책값을 알까 몰라."

탐언이 공사관 문을 열고 책상과 걸상을 밖에 내놓은 후 헛기침과 함께 나앉았다. 어둠이 채 가시지 않았다.

"자, 줄들 서시오. 이리이리 벽 쪽으로 붙으시오."

탐언은 서책의 제목과 크기, 장수(張數)를 일일이 적은 후 세 명씩 짝을 지어 공사관으로 데리고 들어갔다. 빅토르 콜랭은 탐언이 내민 쪽지부터 읽은 후 천천히 서책을 살폈다. 제목부터 손바닥으로 쓸고 첫 장을 펼쳐 글자의 모양과 종이의 특성을 검토했다. 중국에서 내내 하던 일인지라 서책을 품평하는 솜씨와 감식안이 남달랐다.

"이 서책은 닷 냥, 저건 열 냥을 주겠다고 하게."

탐언이 표정을 바꾸지 않은 채 불어로 답했다.

"세책방보다 두 배는 더 쳐주는 겁니다. 이건 두 냥, 저건 닷 냥이면 충분해요."

빅토르 콜랭은 알 듯 모를 듯 미소를 머금은 채 말했다.

"시키는 대로 해. 닷 냥과 열 냥!"

책값을 들은 사내들은 신이 나서 환하게 웃었다. 빅토르 콜랭은 첫날만 스무 권을 샀다. 필사본 소설 『설인귀전』, 이 규보의 문집 『동국이상국집(東國李相國集)』, 호랑이 민화만 모은 화첩도 있었다.

고가로 서책을 사들이는 프랑스 공사에 대한 소문은 빠르게 도성을 휘감았다.

다음 날부터 더 많은 사람들이 공사관으로 몰려들었다. 탐언은 열 명만 기다리도록 하고 나머지는 돌아가라고 했다. 빅토르 콜랭은 업무 시간에는 결코 서책을 사지 않았다. 꼼꼼히 물품을 따지는 성격으로 볼 때 아침 식사 전에 열 명을 들이기도 빠듯했다. 그러나 사람들은 막무가내로 줄을 지키며 버텼다. 탐언은 빅토르 콜랭의 미간에 굵은 주름이 잡히는 것을 놓치지 않았다.

다음 날 탐언은 순서표를 나눠 주었다. 기다리는 것과 상관없이 순서표에 따라 사람을 들이겠다고 선언하자, 공사관 벽에 기대어 한없이 서 있던 사람들은 사라졌다. 빅토르 콜랭은 탐언의 어깨를 토닥인 후 작은 책 한 권을 내밀었다. 『지옥 사전』이었다.

"단어를 외우고 동사 변화를 익히는 것도 중요하지만, 프랑스 사람들이 밤마다 무슨 상상을 하는지 아는 것도 매우 중요하지. 이 책에는 프랑스 사람들을 두렵게 하는 괴물과 귀신과 또 관념들이 가득해. 단어 하나하나의 느낌을 살려 읽도록 해. 그리고 무엇인가가 떠오르면 그걸 그려 봐."

빅토르 콜랭은 틈틈이 탐언에게 그림을 보여 달라고 했다. 탐언은 어려서부터 제법 손재주가 있었지만, 익숙하지도 않은 불어를 사전에서 찾아 가며 읽고 상상한 풍광들을 옮겨 그릴 자신이 없었다. 빅토르 콜랭은 가타부타 말없이 고개를 끄덕이거나 입가에 미소를 머금거나 깊은 한숨을 내쉬며 그림들을 감상했다. 그러나 용 그림 앞에서만은 여러 이야기를 보탰다.

"덩치에 비해 날개가 너무 작군. 인도에서 발견된 뱀은 길이가 500리나 된다네. 그런 용이 하늘을 날려면 날개도 꽤 커야 할 거야. 이건 잘 그렸군. 탕을 끓이는 사람들은 마법사나 점성술사겠지. 생김새도 아랍인과 흡사해. 그들은 용의 심장이나 간을 먹어야만 신비한 능력을 지닐 수 있다고 지금도 믿어. 오호, 이 그림은 우습군. 작은 아이가 거대한 용의 목에 줄을 감고 강아지 다루듯 끌고 가고 있구먼. 아무리 잘 길들였다고 해도, 나라면 무서워서 가까이 가지도 못할 거야. 아니야, 아이라면, 천진무구한 아이라면 용을 귀엽다 할 수도 있겠군. 이 그림은 잔인하고 무섭군. 용의 입 밖으로 삐져나온 두 발은 분명 용감한 기사(騎士)의 것이겠지. 머리는 벌써 목구멍을 넘어가고 있겠네. 용과 기사들에 얽힌 전설은 너무 많아서 일일이 나열하기도 힘들지.

기사들 대부분이 용을 퇴치하러 오기 때문에 용들도 기사들을 잔인하게 죽이지. 그냥 밟아 죽이는 것으론 화가 풀리지 않는지 꼭 이 그림처럼, 알약 삼키듯 기사들을 꿀꺽 삼킨다니까. 어떤 용은 각 나라 기사들만의 고유한 맛도 구별했다더군. 그래, 이 그림들을 그리면서 무슨 생각을 했나?"

"청국이나 조선에서 용은 경외의 대상이지 결코 싸워 물리칠 존재가 아닙니다. 인간이 아무리 애를 쓴다고 해도 어찌 감히 용을 물리칠 수 있겠습니까?"

빅토르 콜랭이 고개를 끄덕였다.

"처음 동양의 용들을 배웠을 때 너와는 정반대 방식으로 이상한 느낌이 들었지. 동양의 용은 그저 안개나 비처럼 그윽이 머물 뿐 직접 세상에 나와 누군가를 돕거나 괴롭히지 않으니까, 탐언!"

"예!"

갑작스러운 호명에 탐언은 깜짝 놀랐다. 빅토르 콜랭의 목소리를 따라 머릿속에서 서양의 용을 그려 나가다가 현실로 급히 되돌아온 것이다.

"오늘부터 동양의 용과 서양의 용을 정리해 보도록 해. 관련 서책들은…… 내가 대국에서 가져온 것만 챙겨도 열 권이 넘을 거야. 유럽에 떠도는 용에 관한 이야기를 더 모아 줄게. 아직 책 정리가 끝나지 않았으니 차근차근 정리하면서 찾아 봐. 나도 돕고 싶지만 매일매일 처리할 공무가 넘쳐서 말이지. 혼자서 해 보다가 정 힘들면 내가 한두 명 더 데려오도록 하겠네."

"아, 아닙니다. 혼자 할 수 있습니다."

탐언은 빅토르 콜랭의 속마음을 살피지도 않은 채 급히 답했다. 이토록 놀라운 지식의 세계를 낯선 누군가와 공유하고 싶지 않았던 것이다. 빅토르 콜랭은 잠시 탐언을 쳐다보다가 안경을 고쳐 썼다.

"너무 욕심내지 말게. 그러다가 앓아누울 수도 있으니까. 조선으로 오기 위해 이 책 저 책 정리했더니, 열흘 넘게 미열에 시달리며 책에 깔려 죽는 꿈만 꾸었어. 어떤 약도 듣지 않더라고."

그러나 탐언은 세상의 진리를 가득 담은 책 속에서 지낼 수만 있다면 1년 내내 아파도 상관없었다.

도자기와 여인

 "일찍이 고려 자기도 그 아름다움을 천하에 널리 자랑했지만 법국 자기 역시 그 빛깔이 참으로 푸르고 오묘하오. 어디에서 만든 자기라 하였소?"

 고종의 물음에 빅토르 콜랭은 공손히 답했다.

 "세브르입니다. 본국에서는 이 빛깔을 '국왕의 푸른빛(Bleu du roi)'이라고 부릅니다."

 "국왕의 푸른빛이라! 궁궐에서 쓰기에 참으로 합당한 이름이군요. 이 빛깔 외에 세브르가 자랑하는 또 다른 빛깔이 있나요?"

 세상에 대한 관심이 남다른 왕비라고 했다. 특히 각국 왕실의 풍습과 귀한 물품들에 대한 질문이 매우 집요하니 단단히 준비하라고 미국 공사 딘스모어가 귀띔했다.

"'퐁파두르의 연분홍(Rose Pompadour)'도 남다른 매력이 있습니다."

"연분홍이라! 청자나 백자는 눈에 익지만 연분홍 자기는 그 멋이 어떠할까 궁금하네요."

중전은 미끼를 던졌고, 빅토르 콜랭은 양국 우호를 위해 한 마리 붕어처럼 재빨리 그것을 물었다.

"그러면 다음 기회엔 특별히 마마를 위해 퐁파두르의 연분홍을 가져오겠습니다."

중전의 표정이 밝아졌다. 젊고 눈치 빠른 빅토르 콜랭에게 호감이 생긴 것이다. 중전은 기쁜 마음에 몇 가지 궁금한 점들을 더 물었다.

"듣자 하니 서책을 비싼 값에 사들이신다던데……."

"작은 취미입니다."

"공사의 서책 욕심이 대국에서도 대단했다지요? 그 서책들에 조선 서책들까지 없으면 공사관이 비좁겠군요. 정리는 직접 하시나요?"

"예, 어려서부터 서재를 새롭게 단장하는 것을 좋아했습니다. 이 서책이 저 서책과 섞이고 저 서책이 이 서책과 어우러져 만들어지는 새롭고 낯선 꿈들을 꾸었지요. 하나 조선에 온 후로는 그 기쁨에 젖을 틈이 없군요. 모든 것이 처음이라 챙겨야 할 일도 많고 처결할 공문도 만만치 않습니다. 서책들은 점점 늘어만 가는데 분류하여 정돈하기가 벅찹니다. 역관이 하나 있어 제 일을 돕습니다만 그이도 역시 맡은 바 공무가 많아서 책 정리가 더디기만 합니다."

빅토르 콜랭은 거기서 일단 말을 끊고 고종과 중전의 안색을 찬찬히 살폈다.

"이 귀한 선물에 대한 보답을 하고 싶소이다. 어려운 점이 있으면 무엇이든 청을 하오."

고종은 진심 어린 눈으로 빅토르 콜랭을 쳐다보았다. 혼인도 않은 푸른 눈의 외교관이 서책 더미에 묻혀 잠을 이루는 모습을 생각하니 마음이 편치 않았다.

"혹 시문에 밝은 궁인이 있으면 잠시 제 서재 정리를 전담시키고도 싶습니다만……."

고종이 곧 답했다.

"그리하오. 중전, 낙선재에 두고 있는 책비(冊婢) 중 하나를 골라 공사관으로 보내도록 하오."

중전이 따라 웃는가 싶더니 불쑥 다른 의견을 냈다.

"책비로는 부족할 듯합니다. 책비라고 해 봤자 겨우 언문 소설이나 사서(史書)를 베껴 쓰는 정도지요. 대국 서책을 분류할 정도라면 약방 기생 중에 뽑는 것이 어떻겠는지요? 의서를 읽기 위해 더러 공부에 열심인 아이들도 있다 들었습니다."

"서책 중에는 초서로 쓴 것들도 제법 있습니다. 이왕이
면 시문에 밝은 궁인이면 좋겠습니다."

빅토르 콜랭이 중전을 거들었다. 고종 역시 고개를 끄덕
이며 응낙했다.

"그리하오."

고종은 옥좌에서 몸을 일으켰다. 그즈음에서 이야기를
마친 후 뜨겁고 진한 러시아 커피를 한 잔 마실 생각이었다.
빅토르 콜랭이 그 마음을 살피지 않고 물었다.

"제가 서책 정리를 도울 약방 기생을 직접 뽑아도 되겠
는지요?"

중전의 입가엔 엷은 미소가 머물렀다. 고종은 엉덩이를
다시 옥좌에 붙였다.

"공사가 따로 보아 둔 이가 있다는 말이오? 공무가 무척
바쁘다 들었소만⋯⋯."

중전이 고종의 말을 엉뚱한 방향으로 돌렸다.

"공사께서 마음에 드는 아이로 택하는 것도 나쁠 것 같
지는 않습니다. 그렇지 않은지요?"

고종은 마지못해 고개를 끄덕였다.

"지난번 축하 만찬은 참으로 성대하고 아름다웠습니다.
특히 춤은 청국이나 일본보다 훨씬 고혹적이더군요. 그때
제가 술을 권한 무희를 공사관으로 보내 주십시오."

고종은 놀란 표정을 감추지 못했다. 거절할 핑계를 찾는 사이 중전이 먼저 승낙해 버렸다.

"일석이조! 낮에는 서책 정리를 시키고 밤에는 돈 한 푼 내지 않고 춤 구경을 할 작정이군요. 그 아이가 춤뿐만 아니라 시문에서도 약방 제일임을 어찌 아셨습니까? 리심이라면 아무리 많은 서책이 흩어져 있어도 깔끔하게 챙겨 놓을 겁니다. 아니 그렇습니까?"

고종은 중전의 시선을 피하며 말했다.

"약방엔 다른 아이들도 많이 있소. 그 아인 몸도 허약하고……."

중전이 숨겨 둔 발톱을 꺼냈다.

"전하께서 언제부터 약방 기생 건강까지 챙기셨습니까?"

고종의 얼굴이 벌겋게 달아올랐다. 이치에 합당하지 않은 이야기를 비친 것이다. 이럴 땐 순순히 물러서는 것보다 오히려 한 걸음 내딛는 것이 상책이다.

"축하 만찬에서 보니 춤을 마친 후에 유난히 힘들어하지 않았소? 함께 보고도 모른단 말이오?"

빅토르 콜랭이 정중하게 답했다.

"힘든 일은 통역관에게 시키겠습니다. 몸이 아프면 따로 의원에게도 보이겠습니다. 우선 열흘 정도만 이 일을 맡겨 보도록 허락해 주십시오. 몸이 아프거나 본인이 힘들어하면 언제든 다시 돌려보내겠습니다."

　중전이 빅토르 콜랭의 속마음을 끄집어냈다.

　"공사께서는 정말 리심을 간절히 원하시는군요. 그렇다
고 얼굴을 붉히실 것까지야……. 첫사랑에 빠진 소년이 따
로 없군요. 호호, 가여워서라도 도와드려야겠는데요. 아니
그렇습니까, 마마?"

거짓말과 비밀: 그 아슬아슬함에 대하여

고종은 왜 그토록 순순히 리심을 빅토르 콜랭에게 내주
었을까.

중전에게 감춘 작은 비밀, 그러니까 그가 이미 리심을 취
했다는 사실을 알리지 않은 탓이다.

살다 보면 누구든 이럴 때가 있다. 사실을 밝혀야 하는
순간을 놓치고 나면 뜻밖에도 그 일은 비밀이 되고, 나중에
는 악착같이 그것을 감추기 위해 너무나도 소중한 무엇인
가를 잃게 된다. 고종이 궁인을 취하는 것은 부끄러운 일도
아니고 숨길 일도 아니다. 국왕은 무치(無恥)하므로! 하나
아무리 무치하다 해도 사사롭게는 조강지처인 중전이 마
음에 걸리는 것 또한 사실이다. 그래서 고종은 밤에 내리는
승은을 되도록 조용히 마무리 짓고자 했다. 내명부를 관장

하는 중전 눈 밖에 나서 치도곤을 당한 궁인이 적지 않았던 탓도 있다.

언젠가는 밝혀야겠지만 적어도 그때까지는 털어놓고 싶지 않았다. 꼭꼭 숨겨 두고 만나는 재미에 중전을 속이는 재미까지 더했던 것이다.

리심 역시 고백할까 말까 고종 품에 안길 때마다 고민했다. 고종이 은밀히 승은을 베푼 사실을 중전이 이미 알고 있으며, 밤에 일어나는 일들을 자신이 소상히 적어 중궁전에 올리고 있음을.

그러나 리심은 고백하지 않았다. 아니 못했다. 고백하는 순간, 고종은 진노할 것이다. 어심을 속이는 일은 목이 달아날 중죄였다. 리심은 가슴 벅찬 순간들을 잃고 싶지 않았다. 그 밤의 일들을 고스란히 중전에게 전하고 있음을 알면, 고종이 어찌 사랑에 들뜬 영혼으로 그녀를 안을 수 있으리. 그러니 철저하게 숨길 일이다.

빅토르 콜랭이 보는 앞에서, 그리고 중전 앞에서 고종은 "리심이란 아이는 내가 이미 취했소."라고 말할 수 없었다. 리심과 나눈 사랑을 이야기하면 중전과 빅토르 콜랭은 크게 놀랄 것이다. 무엇보다도 세브르 도자기를 앞에 놓고 마주 앉은 그 자리는 밀애를 논하기에 더없이 어색했다. 빅토르 콜랭과 중전을 따로따로 만났다면 고종은 리심에게 베푼 사랑을 이야기했을지도 모른다. 남자들끼리, 부부끼리 할 말이 따로 있는 법이니까. 하나 이 자리에서는 남자 대 남자로서의 의리도, 남편과 아내로서의 이해도 구하기 힘들었다.

중전은 고종의 난처한 입장을 교묘하게 이용했다. 빅토르 콜랭은 이 부부가 벌이는 속고 속이는 게임을 알지 못했고 그저 순수한 마음에 용기를 냈을 뿐이다. 그러나 중전은 이번 기회에 리심을 프랑스 공사관으로 보냄으로써, 리심에게 쏟아지던 승은을 막고자 했다. 남의 손으로 코 푼 격이랄까. 빅토르 콜랭은 기뻤고 중전은 속이 시원했으며 고종은 분통이 터졌다. 그리고 그 밤 리심에게, 그 작고 예쁜 아이에게 어찌 이별을 알려야 할지 걱정이었다.

"언젠가는 밝혀야겠지만……." 하면서 여유를 부릴 수도 없었다. 중전은 내일 아침에 당장 보내겠다고 했고 빅토르 콜랭도 빠르면 빠를수록 좋다며 맞장구를 쳤다. 고종은 커피를 다섯 잔이나 마셨지만 그 맛을 알 수 없었다. 어느새 밤이 성큼 다가왔다.

이별은 뜻밖의 일인지라

걸음이 멈추자 시간이 멈추고 이 세상에 아무것도 움직이지 않는 듯했다.

리심은 어둠 속에 서서 방문이 열리기를 기다렸다. 젊은 내관의 발소리가 지나간 후 가슴을 뒤흔드는 발소리가 이어서 들려왔다. 처음에는 느릿느릿, 그 소리도 들릴락 말락! 그러나 마당으로 들어서면서부터 점점 빨라지다가 섬돌에 올라서고 방문이 열리는 순간에 다다르면 숨 한 번 들이쉴 틈도 없을 정도다.

그런데 오늘은 걸음이 멈췄다. 분명 당신 발걸음인데, 섬돌 위에 서서 꼼짝도 않는다.

'내가 먼저 문을 열고 나아갈까.'

안 된다. 내가 품은 연정은 치마폭에 싸고 싸고 또 싸서

숨길 일이다. 당신이 문을 열 때까지 기다려야 한다. 그것
이 법도고 약속이다. 귀만 쫑긋 세운다.

'혹시 내 이름을 부르시지 않을까? 그럼 곧 나아가서 따
뜻하게 맞아들일 수 있을 텐데.'

그 눈과 코와 입 그리고 가슴과 배와 두 다리가 떠오른
다. 빛깔과 감촉과 냄새가 리심의 가슴을 둥둥 쳐 댄다. 오
늘은 먼저 용기를 내서 지금 떠오르는 모든 곳에 입 맞추고
싶다. 어제와 그제, 얼마나 이 순간을 기다렸는지, 입술로
먼저 전하고 싶다.

그런데 걸음이 멈췄다.

분명 밖에 서 있는 사람은 당신이다.

당신 외에는 저토록 섬돌에 서서 이 어두운 방을 쳐다볼
사람이 없다.

'여기까지 왔는데, 왜 신을 벗지 않으시는 걸까? 여기까
지 왔는데, 왜 나무처럼 장승처럼 서서 시간을 버리고 계시
는 걸까? 무엇인가 사정이 생겼다면 돌아가실 일이다. 혹은
문을 열고 들어오셔서 자초지종을 설명하실 일이다. 그런
데 그냥 서 계신다. 말없이 끝없이.'

리심은 어색한 침묵이 두려웠다. 아주 짧은 순간이지만,
고종이 움직임을 멈추고 또한 말을 멎을 때, 아득한 거리감
이 리심을 감쌌다. 세상 전체를 메울 듯한 충만감이 일순간

에 '없음(無)'으로 돌아가는 느낌이었다.

고종이 없다면, 고종이 찾아오지 않는다면, 고종이 자기 몸을 만지고 그 입술을 삼키지 않는다면, 자신은 아무것도 아니라는 느낌이, 논리적인 생각이 아니라 그냥 찾아오는 감(感)이 그녀를 흔들었다. 처음부터 시작되지 않았다면 모를까, 이제는 이 모든 관계가 '없음'으로 돌아가는 것이 두려웠다.

'처음부터 이 사랑은 높낮이가 달랐어.'

'당신은 나를 지겨워할 수도 있고, 만나지 않을 수도 있고, 심한 경우 버릴 수도 있지만, 나는 결코 당신 곁을 떠날 수 없다. 당신이 나랏일에 몰두하느라 잠시 내 얼굴과 목소리를 잊을 때도 나는 당신만을 떠올리는데. 좁은 방에 홀로 숨은 약방 기생이 할 일이라곤 그것뿐인데.'

리심의 불안감이 점점 더 커졌다. 고종이 지금 돌아서면 영영 이곳으로 걸음 하지 않을 것만 같았다.

'그래, 꾸중을 듣더라도!'

문을 열었다. 그리고 성큼 문지방을 넘었다. 섬돌 위에는 아무도 없었다. 회오리바람만이 마당에 흙먼지를 날리며 돌았다. 리심이 망설이는 동안, 고종은 무엇인가 결심을 하고 그 자리를 떠난 것이다.

그 밤 리심은 잠들지 못했다. 섬돌까지 왔다가 되돌아간

의미는 알 수 없었지만 자신의 삶이 또 한 번 크게 출렁이리란 예감만은 무섭도록 또렷했다.

어둑새벽 중궁전 상궁이 방문을 열었다.

어둠이 깔린 마당으로 내려서는 리심의 두 발이 휘청휘청 흔들렸다. 옷고름을 부여잡은 왼손이 희미하게 떨렸다. 참담함을 견디고 있는 것이다. 눈물을 참고 있는 것이다. 새벽을 이렇게 맞으리라고는 단 한 번도 생각한 적이 없었다. 고종과 나눈 밤들이 바로 저 중일각 안에 그득한데, 그녀만 홀로 떠나야 하는 것이다.

어이한다. 아, 이 일을, 이 망극한 일을!

상궁이 서둘러 가마에 오르기를 재촉했다.

때 이른 이별을 아쉬워하는 리심을 태운 가마는 어둠에 묻힌 궁을 신속하게 빠져나갔다.

리심은 전하에 대해서는 입도 뻥긋할 수 없었다. 다만 그 일 때문에 당신 마음이 내내 불편하셨을 거라는 확신이 들었다. 그리고 전하의 속삭임이 들려왔다.

'널 버리는 일은 없을 게다. 날 믿으렴!'

리심은 가마 안에서 전하의 눈동자를 떠올리며 속울음을 되삼키며 혼잣말을 반복했다.

"믿어요, 믿어요, 믿어요."

사제

한 인간의 불행이 다른 이에게 행복을 선사할 때도 있다.

공사관 마당으로 들어서던 탐언은 갑자기 나타난 리심의 얼굴을 보고 깜짝 놀랐다. 며칠 밤을 샜는지 안색은 창백했고 내내 울었는지 눈은 퉁퉁 부었으며, 입술을 깨물었는지 피딱지가 덕지덕지 앉았다. 동행한 중궁전 상궁이 돌아가겠다고 말을 건넸지만 리심은 이렇다 저렇다 대꾸가 없었다. 뒷마당으로 통하는 길에 서 있는 탐언을 보고도 고개를 돌리며 외면했다. 탐언은 리심을, 이 탁월한 무희를 알아보았지만, 리심은 탐언을 몰랐다.

"노, 놀라지 마오. 나는 역관 타, 탐언이라 하오."

빅토르 콜랭은 리심이 서책 정리를 위해 오게 된 사정을 미리 탐언에게 일러두지 않았다. 서책 정리를 도울 약방 기

217

생을 청하고 채 하루도 지나지 않아서, 리심이 이렇듯 이른 아침에 공사관 마당으로 들어서리라곤 미처 예상하지 못한 것이다. 리심은 역관이란 말에 검은 눈동자를 들어 올렸다가 내렸다. 여전히 고개를 숙인 채 물었다.

"여기가 어딘가요?"

중궁전 상궁은 가마가 닿을 곳도 일러 주지 않았던 것이다.

"법국 공사관이라오."

"법국…… 공사관! 내가 왜 이곳으로…… 왔죠?"

그건 탐언에게 던진 물음이 아니었다. 순식간에 낯선 곳에 던져진 한 여인이 스스로를 자책하는 혼잣말에 가까웠다. 리심의 두 눈에 눈물이 어렸다.

"아!"

리심의 몸이 휘청 흔들렸다. 오른손으로 이마를 짚는가 싶더니 털썩 그 자리에 쓰러졌다. 탐언은 급히 다가가서 리심의 머리를 팔로 감아 들었다. 그 손길이 아니었다면 리심은 머리를 땅에 심하게 부딪치고 크게 다쳤을지도 몰랐다. 탐언은 리심을 자기 방으로 옮긴 후 의원을 부르기 위해 공사관 대문을 박차고 나갔다.

"의, 의원을……."

탐언이 의원과 함께 돌아왔을 때, 빅토르 콜랭은 리심의 이마에 차가운 수건을 올려놓는 중이었다.

"쉿!"

조용히 방을 나온 빅토르 콜랭이 양팔을 등 뒤로 돌려 방문을 닫았다. 이마와 목이 온통 땀투성이였다.

"피곤이 겹친 모양이야. 악몽까지 꾸었는지 비명을 지르며 깨더군. 내 얼굴을 보자 더 크게 소리를 질러 댔지. 겨우 진정시키고 이제 막 다시 재웠어. 의원에게 보일 필요는 없을 것 같네."

탐언은 헛걸음을 했다며 투덜대는 의원 손에 엽전을 집어 주고 돌려보냈다. 탐언이 방을 흘끔 쳐다본 후 물었다.

"한데 저 약방 기생이 왜 여기로 온 거지요? 조선에서는 궁중 여인이 함부로 사가(私家)에 머무를 수 없습니다. 모두 조선 국왕의 여인이니까요."

빅토르 콜랭이 약간 들뜬 목소리로 답했다.

"특별히 조선 국왕께서 허락하셨다네. 오늘부터 자넨 제자를 한 사람 받아야 해."

"제자라니요?"

"총명한 영혼이니 가르치는 재미가 쏠쏠할 게야. 게다가 의술에도 밝고 아름다운 춤도 능하니……."

탐언은 그제야 무슨 말인지 이해했다.

"한데 제가 뭘 가르쳐야 하나요?"

"우선 불어부터!"

"불어라면 공사님이 직접 가르치지……."

"불어만 잘하면 뭘 해? 난 조선어를 못하잖아."

빅토르 콜랭이 답답한 듯 가슴을 쳤다. 탐언은 뒷머리를 긁적이며 다시 한 발 더 물러섰다.

"그래도 아직 전 누굴 가르칠 실력이…… 아닙니다. 궁중에서 역관을 따로 청하시지요."

"가르치다 보면 자기도 느는 거야. 불어뿐만 아니라 서책 정리하는 법도 아울러 가르쳐야 하니 탐언, 자네가 적격이지. 왜? 싫은가?"

"아, 아닙니다."

"하루 일과를 마치고 나서 저녁을 먹고 수업을 시작하도록 해."

"그럼 아예 공사관에서 숙식을 한다는 말씀인가요?"

"중전께서 허락하셨어. 일을 익히려면 서재를 떠나지 않는 것이 제일 좋으니까. 뒷방을 치우도록 해. 서책을 잔뜩 쌓아 놓았을 테니 그것부터 꺼내 말리고. 저물 무렵엔 이불이랑 옷장도 들어올 게야. 챙겨서 가지런히 넣도록 하고. 부족한 게 더 있는지 물어도 보고."

빅토르 콜랭은 벌써 많은 것을 준비해 두고 있었다.

탐언은 이 젊은 공사가 리심에게 마음을 빼앗겼음을 진

작부터 눈치챘다. 궁중 만찬에서 술을 권하는 것도 흔한 일이 아니고, 연회가 끝난 후 무희의 행방을 수소문하는 것도 드문 경우다. 외교관들이 부임한 곳의 여인과 연애를 하지 않는 것은 오랜 관례였다. 애정 행각을 벌이다가 본국으로 송환된 가여운 사내들에 대한 이야기를 탐언도 전해 들은 적이 있었다. 그런데도 빅토르 콜랭은 탑전(榻前)에 나아가 리심을 프랑스 공사관으로 보내 줄 것을 청했고, 또 리심에게 필요한 가구와 일상 용품들을 직접 주문했던 것이다. 풍문이 떠돌면 크게 곤란할 일인데도 주저하는 기색이 없었다.

탐언은 리심이 묵을 방을 소제하느라 한나절을 보냈다. 서책들을 조심조심 끄집어내어 뒷마당에 넌 후 걸레로 방을 세 번이나 훔쳤다. 창문을 열고 충분히 통풍을 했는데도 눅눅한 기운과 퀴퀴한 냄새는 사라지지 않았다. 꽃이라도 한 아름 꺾어 둘까 고민하는데 벌써 빅토르 콜랭이 주문한 꽃다발이 도착했다. 꽃다발을 방문 안쪽에 걸자 맑은 향기가 방 안을 가득 채웠다.

빅토르 콜랭 드 플랑시라는 괴물

지월 보렴!

서찰 반가웠어. 반가운 정도가 아니라 밤새 부둥켜안고 웃다가 울다가 또 웃다가 울었단다. 영은이도 잘 있지? 셋이서 소광통교 거리를 구경하던 때가 엊그제같이 선명한데, 너희 둘은 그곳에 또 나는 이곳에 멀리 왔구나. 장악원은 어때? 요즈음은 어떤 춤을 연습하는지 궁금하구나. 악공중에 호남자가 누구누구라며 까르르 웃던 시절이 정말 그리워.

그 아침 꿈을 꾸었어.

조화옹의 거대한 두 손이 흙덩이를 듬뿍 떠서 금개구리 등에 얹어 놓더군. 그 흙덩이가 바로 지구야. 개구리에 비해 우리 인간은 쥐벼룩보다도 작았어. 상상을 해 봐. 웃기지 않니? 개구리 등에 올려진 지구라니. 거북 등에 올려진 흙덩이를 본 적은 있지만, 개구리는 처음이었어. 꿈을 꾸면서도 '왜 하필 개구리가 등장한 거지?'라고 스스로에게 물었으니까.

내가 비웃는 걸 눈치채기라도 했는지, 개구리가 갑자기 온몸을 떨며 고개를 돌렸어. 졸린 눈으로 나를 바라보더군. 내가 거기 서 있었는지는 명확하지 않지만 나는 그렇게 느꼈어. 흙덩이를 등에 얹은 건 조화옹이 한 일이니 자기는 아무런 책임이 없다고, 그러니 비웃지 말라고, 느릿느릿하지만 분명하게 따지는 표정이었어. 개구리가 몸을 떠는 바람에 흙 부스러기들이 떨어지더니 곧이어 흙덩이 여기저기가 갈라지고 쥐벼룩 같은 인간들이 비명을 지르며 그 틈으로 빠지는 게 아니겠어? 지진이 일어난 거지. 개구리가 몸을 떨 때마다 수천 수만의 사람들이 목숨을 잃었어.

개구리가 천천히 앞발을 들었어. 이제는 지진에 그치는 것이 아니라 대륙과 대륙이 부딪히고 대양과 대양이 갈라지더라고. 개구리는 나를 외면하듯 천천히 돌아앉더군. 자신을 비웃는 존재랑은 눈도 마주치기 싫었던 모양이야. 갑자기 이 모든 불행이 나로 인해 벌어졌다는 자책이 들었어. 그러다 저 개구리를 진정시켜 고이 잠들게 하면 지진도 해일도 일어나지 않겠다는 생각이 들었어.

살금살금 다가가서 괴물의 오른쪽 뒷다리를 꽉 붙들었어. 이런다고 녀석의 심기가 누그러지진 않겠지만 구경만 하고 있을 수는 없었거든. 그런데 정말 놀랍게도, 녀석이 벌떡 일어서는 거야. 두 발로 선 금개구리 목이 180도로 휙 도는데, 바로 그 사람이었어. 안경을 쓰고 수염을 덥수룩하게 기른 양이 빅토르 콜랭 드 플랑시.

빛 춤

눈이 부셨다. 창문을 통과한 햇살이 얼굴로 곧장 쏟아진 탓이었다.

머리는 여전히 무거웠다. 자고 깨고 자고 깨고를 반복하며 하루를 보냈다.

'개구리 괴물, 빅토르 콜랭 드 플랑시!'

그가 법국 공사이고 궁중 만찬에서 술을 권한 이방인이란 것을 기억해 낸 후에도 징그러움은 여전했다. 불행을 몰고 다니는 사내처럼 여겨졌다.

고개를 돌려 햇빛을 피했다. 책상이 하나, 옷장이 하나, 또 사용처를 알 수 없는 거울 달린 가구가 하나. 새로 들여온 탓에 나무와 칠 냄새가 독하다.

리심의 두 눈이 갑자기 커졌다. 책상 옆에 해가 하나 더

붙어 있었다. 그 해가 잠에서 채 빠져나오지 못한 리심의 영혼 전체를 뒤흔들었다.

'아, 저것은 완전히 낯선 풍광이구나.'

큰아줌마를 만난 후부터 리심은 늘 배움을 갈망했다. 자신이 알지 못하는 세상 문물을 접하면 안위를 걱정하지 않고 우선 빠져들고 보았다. 그 결과 끔찍한 불행이 찾아들기도 했지만 삶의 자세만은 바뀌지 않았다.

'이상한 일이야. 그림에 빛을 담다니.'

그림 속의 해는 강 혹은 바다 위에 떠 있다. 그 햇살이 수면에 어려 흔들린다. 어른거리는 것은 햇살뿐만이 아니다. 작은 배도, 배 위에 노를 들고 서 있는 사람도 겨우 형체를 짐작할 정도로 윤곽이 흐리다.

리심은 이불을 걷고 일어나서 책상 앞으로 다가섰다. 그 배 뒤에 흙덩이처럼 뭉쳐 있는 것을 자세히 살펴보기 위함이다. 먹물이 번진 것도 같고 붓으로 아무렇게나 꾹꾹 눌러 찍어 놓은 것도 같다. 두 눈을 반짝이며 어른거리는 형체들을 노려보았다. 코가 거의 그림에 닿을 만큼 허리를 반쯤 숙이고 얼굴을 들이밀었다.

화인(畵人)은 무얼 위해 빛을 옮겨 담았을까? 안빈낙도도 아니고 유유자적도 아니고.

동양의 그림에도 생략과 얼버무림이 있지만 그 속에는

화인의 속내가 담겨 있는 법이다. 배 위에 앉은 사내의 자세만 살펴도 풍광의 의미를 짐작할 수 있다. 그러나 이 그림은 온통 어른거림만 존재할 뿐이다. 그림 왼쪽 아래에 무엇인가 글씨가 있지만 읽기 힘들다. 화제(畵題)나 낙관은 아예 없다.

의미가 없는 대신 강렬한 끌림이 있다. 어른거림을 바라보노라면, 왼발이 흔들리고 다시 오른발이 흔들린다. 턱이 좌우로 들리는가 싶더니 어깨가 앞뒤로 쏠리고 절로 허리가 꺾이면서 돈다.

이것은…… 춤이다.

리심의 말없음표는 이 움직임들이 장악원에서 배운 춤과 거리가 멀었기에 생긴 것이다. 하나 이 뜨거운 감정을 몸으로 표현하는 것을 춤이라고 하지 않을 수 있을까. 손놀림, 발놀림, 몸놀림, 어느 것 하나 익숙한 것이 없지만 이것은 빛의 춤, 그냥 빛 춤이다.

유장하게 흐르지는 않는다. 격정에 넘쳐 사랑을 나눈 후 처절하게 이별하는 모습이라고나 할까.

모든 사물은 감정 속에서 다시 태어난다. 내가 춤추듯 사물도 춤추고 시간도 공간도 가만히 앉아 있는 법이 없다. 그 안에 리심이 든다. 잠긴다. 떠오른다. 오가며 소리친다. 나와 네가 구별되지 않고 춤추는 이와 구경하는 이가 나뉘지 않는다. 사물이 흔들리니 이 마음도 따라서 돌고 내가 뛰어오르니 산천도 발 구른다.

눈물이 흐른다.

슬픔을 느끼기 전에 먼저 흐르는 눈물이다.

온몸에 힘이 빠진다. 흐느적거린다. 뼈 마디마디가 녹아 내리는 것 같다. 머리가 닿고 가슴이 닿는다. 한 마리 뱀처럼, 고개 들지 못하고 바닥에 웅크린 뱀처럼, 리심은 빛 속에 완전히 잠긴다.

눈물이 흐른다.

그 속으로 많은 것들이 흘러나온다. 큰아줌마의 단단한 주먹이 나오고 중전의 냉정한 눈동자가 나오고 영은과 지월의 재잘거림이 나온다. 마지막으로 이 세상에서 가장 높은 사내, 그녀의 입술과 가슴과 또 그 아래 가장 소중한 곳까지를 취한 사내의 체취가 나온다.

한 방울!

리심은 생각한다. 내가 왜 여기에 오게 되었을까? 나를 이곳까지 이끈 이는 중궁전 상궁이다. 다시 말해 중전 마마께서 이 일을 주도하신 것이다. 승은을 입은 날부터 중전 마마의 귀한 얼굴을 똑바로 쳐다보지 못했다. 따로 불러 마음을 다독여 주신 후에도 어려움은 풀리지 않았다. 승은을 입은 밤의 일을, 차마 부끄러워 입에 담지 못한 장면들까지 세세하게 고해 바쳤다. 돌이켜 살펴도 숨기거나 바꾼 적은 없다. 정직하게 그 명을 받들수록 더욱 중전 마마를 대하기가 힘겨웠다. 하나 단순히 여자의 질투로 돌리기엔 이 일이 너무나 급작스럽다. 중전 마마는…… 전후좌우를 따져 명분이 없는 일은 하지 않는 분이다. 나를 정말 내칠 생각이셨다면 더 합당한 이유를 만들어 내게 알리셨을 것이다.

또 한 방울!

리심은 생각한다.

어젯밤 당신께서는 내내 문밖 마당에 서 계시다가 걸음을 돌리셨다. 지금까지 한 번도 그렇게 물러가신 적은 없다. 이는 무엇을 뜻하는가. 오늘 내게 닥칠 불행을 미리 알고 계셨다는 뜻이다. 그리고 당신께서는 그 일을 막지 못하셨다. 과연 누가 무엇 때문에, 당신을 주저하시게 만들면서까지 날 출궁시켰는가.

다시 한 방울, 연이어 또 한 방울!

리심은 생각한다.

왜 하필 법국 공사관이지? 잘못을 꾸짖을 일이라면, 아예 도성 밖으로 내치거나 심산유곡에 가둘 일이다. 약방 기생이 법국 공사관에 머문다는 소문은 한나절이 지나기도 전에 저잣거리까지 퍼질 것이다. 소문이 퍼져도 상관없다는 뜻인가. 여러 공사관 중에서 왜 하필 법국일까. 물론 내가 법국 공사 부임 축하 만찬에서 춤을 추었고, 그로 인해 무희로서 새로운 기회를 얻은 것은 사실이지만, 그 때문에 내가 법국 공사관에 버려질 이유는 없다. 더구나 법국 공사는 여러 외교관들 중에서 가장 늦게 도성으로 들어오지 않았는가.

눈물 그렁그렁!

빛 춤이 더욱 흐릿해진다. 으슬으슬 몸이 떨린다. 춥다. 북풍(北風)이 부는가. 가을을 건너뛰고 폭설 가득한 겨울로 가는가. 먹구름 밀려오는지 그 빛도 순간순간 광택을 잃는다. 눈을 감았는지 떴는지 구별할 수 없을 만큼, 리심의 몸이 땅속으로 점점 꺼져 들어간다. 어둠이다. 완벽한 어둠.

리심은 알고 있다. 지금 그녀는 버림받은 것이다.

어떤 일이 있더라도, 설령 중전과 크게 다투었다고 해도, 주상께서 끝까지 날 감싸셨다면 이런 수모는 겪지 않았으리라. 누가 감히 어명을 거역할 수 있으리. 나는 오늘 일에 대해 어떤 설명도 들은 바 없다. 허겁지겁 가마에 올라 이곳에 던져졌을 뿐! 그랬다. 처음부터 내가 어쩌지 못하는 것들이 많을 수밖에 없었다. 그 어찌할 수 없음을 당신의 언행에 기대어 잊으려고 했을 따름이다. 내가 두려워했던 것은 바로 오늘이다. 환한 빛에서 춤추며 놀다가 갑자기 어둠으로 빠져들면 어찌하나 하는 걱정. 걱정이 현실이 되었다. 아, 춥고 어두운 날들이여!

나는 꼭 알고 싶다. 내가 왜…… 여기에 왔는지. 어찌하여 내 사랑이 이 모양 이 꼴이 되었는지. 어찌하여 지나간 것은 잊어야 할 것들이 되어 버렸는지.

"깨어나셨군요. 다행입니다."

리심이 고개를 돌리자 얼굴이 누렇고 눈이 찢어진 사내가 웃어 보였다.

"여, 역관 탐언이라고 했던가?"

리심이 오른손을 들어 올려 그림을 가리켰다. 탐언이 리심의 검지를 따라 고개를 돌렸다.

"저, 저건……?"

탐언이 다시 리심과 눈을 맞추며 답했다.

"법국 화가 모네가 그린 겁니다. 화제(畵題)가 「인상(Impressions)」이지요. 법국에선 한 유파를 이룰 만큼 유명하답니다. 흐릿하고 탁해 보여도 자꾸 살피면 뭔가 뜻이 숨어 있는 듯도 합니다. 배도 사람도 또 바다도 온통 춤을 추는 것 같아서……."

그 여름 만찬은

최선을 다한다고 언제나 마음을 얻는 것은 아니다. 마음을 얻기 위해 준비한 최선이 때론 최악을 낳기도 한다. 기대만큼 상처도 깊다.

빅토르 콜랭은 베베르 러시아 공사, 딘스모어 미국 공사와의 저녁 약속을 취소하고 급히 공사관으로 돌아왔다. 탐언의 말에 의하면, 리심은 아침 점심을 거르고 내내 방에서 두문불출이라고 했다. 건넨 말도 새벽에 모네의 그림을 가리키며 "저, 저건······?"이라고 한 것이 전부였다.

빅토르 콜랭은 즉시 만찬 준비를 시작했다. 식사 준비라면 제물포에서 데려온 늙은 아낙이 둘 있었다. 스프도 끓이고 빵도 비슷하게 구울 줄 알았지만 본토 맛에 훨씬 못 미쳤다. 빅토르 콜랭은 그녀들을 모두 부엌에서 내몰았다. 오늘만은 직접 솜씨를 발휘해서 리심에게 프랑스 최고의 맛을 선사하고 싶었다.

"그렇게 좋아요?"

게랭이 부엌문에 기대서서 짓궂은 농담을 날렸다. 도성에 들어온 후 단 한 번도 부엌 출입을 않던 빅토르 콜랭이었다. 눈치 빠른 게랭은 대광통교에서 저녁 약속이 있다며 공사관을 나섰다.

해 질 무렵, 음식 냄새가 공사관을 가득 메웠다.

빅토르 콜랭은 만찬이 끝날 때까지 도성 구경을 다녀오라며 아낙들에게 돈까지 쥐어 보냈다. 가끔 부엌 문을 열고 리심이 머무는 방을 살폈다. 그러나 그 방은 아무도 없는 것처럼 내내 어둡고 고요했다. 탐언이 계속 마당과 부엌을 도둑고양이처럼 오가며 쭈뼛거렸다.

"왜? 궁금한 게 있나?"

쭈그리고 앉아 불을 때던 빅토르 콜랭이 물었다. 탐언이 다가 앉아 잔 나뭇가지를 뚝뚝 부러뜨려 아궁이 속으로 던져 넣었다.

"언제까지 여기 머물 겁니까?"

빅토르 콜랭이 긴 작대기로 아궁이를 휘저으며 답했다.

"서책이 다 정리될 때까지."

"그럼 영원히 공사관에 있겠군요."

빅토르 콜랭이 고개를 돌렸다. 약간 놀란 눈망울이었다.

"새벽마다 계속 서책을 사들이고 있으니 서책 정리가 끝날 턱이 없지요."

탐언의 설명에 빅토르 콜랭은 환하게 미소 지었다.

리심은 탐언이 다섯 번이나 방문을 두드린 후에야 밖으로 나왔다. 두 눈은 충혈되고 눈 밑은 통통 부어올랐다. 뺨은 창백하고 어깨는 축 처져 힘이 하나도 없었다. 하루 종일 물 한 모금 먹지 않았으니 지칠 만도 했다. 빅토르 콜랭이 탁자 중앙을 차지하고 탐언과 리심이 마주 보며 앉았다.

탁자에는 갖가지 프랑스 요리가 놓여 있었다. 색색의 채소에 발사믹 식초와 올리브유를 섞은 드레싱을 버무린 샐러드와 와인 소스를 뿌린 안심 스테이크가 먹음직스러웠다. 반달 모양으로 자른 감자와 볶은 표고버섯을 솔잎 장식과 함께 곁들였다. 후식으로는 갸토 오 쇼콜라가 준비되었다.

리심은 자리에 앉고서도 고개를 떨어뜨린 채 침잠했다. 탐언이 분위기를 바꾸려는 듯 밝은 목소리로 설명했다.

"이 음식은 공사님께서 모두 손수 만드셨습니다. 저도, 음, 그러니까 처음 보는 음식입니다만 틀림없이 맛이 좋을 겁니다. 놀랐겠지만 이제 당분간 여기에서 함께 지내야만 합니다."

"당분간이라뇨? 누가 함께 지내라고 한 거죠?"

리심이 고개를 들고 탐언을 노려보았다. 탐언은 그 매서운 눈초리를 감당할 자신이 없었다.

"어명입니다."

'어…… 명!'

리심의 시선이 다시 아래로 내려갔다. 탐언이 고개를 돌려 빅토르 콜랭을 보았다. 조선어를 모르는 빅토르 콜랭은 리심이 음식을 먹지 않겠다고 말한 것은 아닌지 걱정하는 표정이었다. 탐언은 다시 리심 쪽으로 고개를 돌렸다. 리심은 두 주먹을 무릎 위에 올려놓은 채 부르르 어깨를 떨었다. 탐언은 이런 침묵이 싫었다.

"이 푸르셰트(포크)와 쿠토(나이프)도 처음 보시죠? 법국인들은 식사를 할 때 젓가락과 숟가락 대신 이 푸르셰트와 쿠토를 사용한답니다. 쿠토는 주로 고기를 자를 때, 푸르셰트는 채소나 기타 여러 음식을 찍어 먹을 때 쓰지요. 자, 들어 보세요. 그렇죠, 푸르셰트는 왼손으로 가볍게 들고, 쿠토는 오른손으로! 고깃덩이를 하나 가져와서 놓은 다음…… 이렇게 이렇게 자르면 돼요. 자, 어디 해 봐요."

리심은 잠시 제 손에 들린 푸르셰트와 쿠토를 바라보았다. 탐언이 푸르셰트로 채소를 찍어 입에 넣은 다음 웃어 보이자, 리심도 푸르셰트로 고기 한 점을 접시 위로 옮겨 놓았다. 푸르셰트로 고기를 고정한 다음 천천히 쿠토를 갖다 댔다. 처음 사용한다고는 믿을 수 없을 만큼 손놀림이 빠르고 간결했다. 빅토르 콜랭은 리심이 음식을 먹기 시작하려는 줄 알고 안도의 한숨을 쉬었다. 그 순간 갑자기 리심이 벌떡 일어섰다. 그리고 쿠토를 머리 위로 치켜들었다.

"아, 아니!"

탐언은 너무 놀라 말을 더듬었다. 빅토르 콜랭도 두 눈을 크게 뜨고 엉덩이를 반쯤 들었다. 리심은 푸르셰트를 든 자신의 왼 손목을 멍하니 보는가 싶더니 사정없이 쿠토를 내리쳤다. 빅토르 콜랭은 쿵 소리와 함께 모로 쓰러진 그녀에게 다가가서 푸르셰트와 쿠토를 빼앗아 던졌다. 그녀는 두 발로 힘껏 빅토르 콜랭을 밀친 다음 음식이 차려진 탁자를 오른손으로 엎어 버렸다. 그리고 얼이 반쯤 나간 탐언의 손에서 쿠토를 빼앗아 들고 빅토르 콜랭을 향해 소리쳤다.

"저리 가. 괴물! 네놈 짓인 줄 누가 모를 줄 알아? 죽어, 죽어 버려!"

한밤의 작은 음악회

상처를 입었다고 물러나는 사랑은 사랑이 아니다. 더 큰 상처를 각오하며 최선에 최선을 더하는 영혼들! 빅토르 콜랭도 그랬다.

그 후로 보름 남짓, 빅토르 콜랭은 일에만 파묻혀 지냈다. 새벽에 서책을 사들이는 것부터 자정 무렵 잠자리에 들 때까지, 업무에 꼭 필요한 말이 아니면 한마디도 내뱉지 않았다. 워낙 신중한 성품이긴 했지만 지나친 침묵이었다. 리심 역시 서재에 박혀 나오지 않았다. 식사도 아예 그곳에서 해결할 정도였다.

겉으로는 평안한 일상이 이어졌지만 빅토르 콜랭의 가슴은 하루하루 타들어 갔다.

정성을 다해 준비한 만찬을 한순간에 엉망진창으로 만

들어 버린 여자.

나를 향해 괴성을 지르며 저주를 퍼붓는 여자.

리심!

빅토르 콜랭은 문득문득 리심의 환영을 보았다.

식탁에 앉을 때, 날씬하고 키 큰 조선 여인을 볼 때, 못다 적은 편지를 이어 갈 때, 리심은 울분이 가득한 얼굴로 거기 있었다. 어느 밤 꿈에는 쿠토를 들고 그를 내려다보기도 했다.

조용히 탐언을 불러 물었지만, 하루 종일 서재에서 리심과 함께 지내는 역관도 그녀가 왜 그토록 절규하는지 이유를 몰랐다.

'너무 급히 공사관으로 옮겨 와서 그럴까? 외국인을 가까이에서 대한 적이 없기 때문에?'

빅토르 콜랭은 리심의 날 선 감정을 다독이고 싶었다. 꼬박 열흘 동안 이 궁리 저 궁리를 한 끝에, 그는 리심만을 위한 작은 음악회를 열기로 했다.

'아름다운 음악으로 조선 최고의 무희를 위로한다! 예술과 예술은 통하는 법이니까.'

빅토르 콜랭은 이 계획이 무척 마음에 들었다. 만찬에 앞서 왜 진작 이것부터 떠올리지 못했을까 후회스러웠다.

'멋진 실내악 연주를 듣고 나면, 리심도 나를 향해 미소

짓겠지. 예술은 만국 공통어가 아닌가.'

빅토르 콜랭은 각국 공사관에 연락을 취하여 연주자들을 수소문했다. 실내악을 전문으로 하는 팀이라면 더욱 좋겠지만 조선에서는 아직 서양 현악기 연주회가 열린 적이 없었다. 외교관 부인과 자녀들이 가지고 온 악기를 급히 빌리고, 이들을 연주할 수 있는 러시아, 독일, 영국, 미국 외교관들에게 도움을 청했다. 닷새 정도 손발을 맞추었다. 연습에 필요한 모든 경비는 빅토르 콜랭이 부담했다. 연주회를 준비하고 있다는 사실을 리심에게 감추기 위해 탐언에게도 전날 아침에야 언질을 주었다.

공사관 뒷마당에 무대를 설치하기 위해, 리심을 탐언과 함께 잠시 소광통교로 보냈다. 화엄(華嚴)에 관한 불서(佛書)와 불화(佛畵)들을 찾아오라는 그럴듯한 구실도 붙였다. 해가 질 때까지 절대로 돌아오지 말라는 밀명을 내렸으니 아마도 대광통교 지전 가게들까지 샅샅이 훑고 나서야 돌아올 것이다.

이윽고 밤이 왔고, 연미복에 나비넥타이를 맨 연주자들은 두 대의 바이올린과 비올라, 첼로를 들고 무대에 올랐다. 리심이 오면 곧바로 현악 4중주를 시작할 수 있도록 완벽하게 채비를 마친 것이다. 빅토르 콜랭은 연주가 이어지는 동안 모습을 드러내지 않을 작정이었다. 리심이 자신을 보고 놀라 연주 자체를 듣지 않으려고 버틸까 염려한 것이다. 그녀에게 작은 기쁨과 위로를 선사하기 위해서라면 열 번 스무 번 돌다리를 두드려도 좋았다.

탁탁탁.

박수 소리가 세 번 들렸다. 공사관에 닿으면 손뼉을 치기로 미리 탐언과 약조가 되어 있었다.

연미복 차림을 한 빅토르 콜랭은 집무실을 나와 조용히 뒷마당으로 이어진 작은 길을 걸었다. 그리고 무대가 훤히 바라보이는 은행나무 뒤에 몸을 숨겼다. 시원한 밤바람이 더위를 씻을 듯 불어오자, 무대 좌우에 세워 둔 횃불도 경쾌하게 흔들렸다.

마당 가운데 홀로 앉은 리심의 작고 여윈 등이 보였다. 양손을 모아 무릎 위에 얹고 턱을 들어 신기한 듯 무대를 쳐다보고 있었다.

이 밤만 지나면, 더 좋은 음악을 그림을 춤을 보여 주리라.

연주가 시작되었다. 슈베르트의 「현악 4중주 제9번 G단조 D. 173」이었다. 빅토르 콜랭이 이 곡을 택한 것은 4악장에 담긴 발랄한 선율 때문이었다. 리심의 우중충한 기분을 말끔히 씻기에 더없이 좋은 곡이었다.

"저, 저런!"

빅토르 콜랭은 곧 탄식을 쏟아 냈다.

바이올린을 연주하자마자 리심이 양손으로 두 귀를 막았던 것이다. 태어나서 처음 보는 악기가 만들어 내는 높고 가는 소리를 편안하게 받아들이기 힘든 모양이었다. 빅토르 콜랭은 리심이 일어나서 뛰쳐나가지나 않을까 걱정이 되었다.

그러나 1악장이 끝날 즈음엔 귀를 막았던 그녀의 두 손도 다시 무릎 위로 돌아왔고 선율을 타듯 작은 어깨가 가볍게 흔들리기까지 했다.

'됐어!'

점잖은 춤곡을 닮은 2악장을 지나고 절도 있는 3악장을 넘어서서 드디어 기다리던 4악장이 시작되었다. 바이올린 1번 연주자가 흥겨운 선율에 맞게 귀여운 미소를 지어 보였다.

빅토르 콜랭은 나비넥타이를 고쳐 맸다.

4악장이 끝나자마자, 빅토르 콜랭은 소매와 앞가슴을 손등으로 가볍게 쓸어 먼지를 털어 낸 후 곧장 마당으로 나아왔다. 탐언에게서 미리 준비한 샛노란 금불초 꽃다발을 건네받았다. 리심은 여운이 가시지 않은 듯 고개를 약간 숙인 채 꼼짝도 하지 않았다.

그 앞에 왼 무릎을 꿇은 후 빅토르 콜랭은 그녀의 무릎 위로 꽃다발을 내밀었다.

리심의 고개가 천천히 들렸다. 갸름한 턱 선이 보이고 입술과 콧잔등이 드러났다. 그리고 눈망울이 보일 즈음 갑자기 그녀가 양손으로 얼굴을 가린 채 일어섰다.

"흐흑!"

리심은 울고 있었던 것이다.

'울다니? 방금 전까지만 해도 어깨춤을 추면서 즐기지 않았는가.'

빅토르 콜랭이 말을 건넬 틈도 없이, 리심은 홱 뒤돌아섰다. 그리고 곧장 서재를 향해 뛰어가 버렸다.

"대체…… 어떻게…… 무슨."

빅토르 콜랭은 제대로 말을 뱉지 못할 만큼 혼란스러웠다. 이런 결말은 상상도 못했다.

"공사님!"

탐언이 다가와서 조심스럽게 말했다. 빅토르 콜랭은 어금니를 깨물며 감정을 진정시켰다. 그리고 상냥한 미소로 연주자들을 배웅했다. 덕담을 건네는 것도 잊지 않았다.

빅토르 콜랭은 횃불도 꺼진 뒷마당으로 홀로 되돌아왔다. 쓸쓸한 무대 정면에 리심이 앉았던 의자가 덩그러니 놓여 있었다. 그제야 그는 아직도 자기 손에 꽃다발이 들려 있다는 것을 깨달았다. 임자 잃은 꽃다발이었다.

빅토르 콜랭은 오른손으로 이마를 한 번 쓸어 넘긴 후
꽃다발을 텅 빈 의자에 놓았다.

책벌레

    지금부터 나 리심은 1888년, 내 나이 열아홉 살 때의 그 가을을 종이에 옮겨 볼까 한다. 이젠 거위 깃털 펜에 익숙하지만 그때만 해도 붓으로 시문을 옮겨 쓰던 시절이었다. 하루하루 빼놓지 않고 적은 일기에 근거한 것이기 때문에, 날씨 같은 소소한 것에서부터 인물이나 사건 또 대화에 이르기까지 모두 참이다. 믿지 못하겠다면 공식 기록들과 대조하여 보아도 좋겠다.

    세상에는 서책에 미친 이들이 많다. 사마천은 『사기(史記)』를 쓰기 위해 얼마나 많은 서책을 검토했을까. 러시아 작가 톨스토이 역시 『전쟁과 평화』를 쓰기 위해 엄청난 분량의 서책을 독파했다고 한다. 지구상에 존재하는 종족들마다 자랑하고픈 책벌레들이 있으리라. 그러나 그 어떤 책벌레도 자국의 문화나 역사를 기록한 것이 아닌 서책들, 그러니까 듣지도 보지도 못한 낯선 나라에서 펴낸 서책들을 그처럼 사비를 들여 평생 구입하지는 않을 것이다. 그 가을 빅토르 콜랭의 서재에 들어가서 서책들을 단 한 번 훑어보는 것만으로도 나는 서책에 마음을 온통 빼앗긴 영혼을 발견할 수 있었다.

탐언은 내가 결코 이 서재에서 빠져나가지 못할 것이라고 단언했다. 새벽마다 새 책을 구입하고 있으니 1년에 1000권 정도를 살펴 읽어야 한다는 것이다. 빅토르 콜랭이 따로 청국과 일본에서 사들이는 책도 상당했다. 거기에 도자기와 그림까지 더하니 넓디넓은 방도 곧 작게 느껴졌다.

또 다른 문제는 빅토르 콜랭이 종종 새로운 분류 체계를 제시한다는 것이다. 이 세상 모든 지식을 서른 가지 갈래로 나누었다고 치자. 기껏 거기에 맞춰 서책을 정돈하였는데, 빅토르 콜랭이 불쑥 이렇게 명령하는 것이다.

"서른 가지론 지식을 모두 담기 힘들겠어. 쉰 가지로 늘려 보지."

단순히 스무 가지가 더 늘어나는 것이 아니다. 정돈된 체계를 모두 지우고 처음부터 다시 성을 쌓아 나가야만 했다. 처음부터 쉰 가지라고 명령했더라면! 아쉬움이 컸다. 그러나 빅토르 콜랭 자신도 현란하게 바뀌는 지식 분류의 방식을 예측할 수는 없었다.

또 하나 빅토르 콜랭은 한 번 구입한 서책은 결코 내버리지 않았다. 같은 제목의 필사본 소설이 두 권 있어도 따로따로 번호를 매겨 보관했다. 필사 시기와 글씨체가 다르니 비교하여 연구할 가치가 충분하다는 것이다.

빅토르 콜랭은 그러나 서책만 사들여 쌓아 놓는 장서가는 아니었다. 탐언과 내가 서재에 드나들 수 있는 시간을 일몰 전으로 제한했다. 저녁 식사를 마친 후에는 빅토르 콜랭만이 서재에 머물렀다. 다음 날 아침까지, 수천 권의 서책들 속에서 빅토르 콜랭은 읽고 또 읽었다. 그는 항상 노트와 만년필과 돋보기를 챙겨 서재로 들어갔다. 한두 시간 서책을 넘기다 보면 입도 텁텁하고 배도 고플 텐데, 그 흔한 커피 한 잔 따로 들이는 법이 없었다.

절대 고독!

나는 종종 빅토르 콜랭을 이 네 글자와 나란히 두었다. 스물다섯 살부터 시작된 동양에서의 삶이 그를 혼자 서책에 몰입하도록 만들었다. 한창 감수성이 예민하던 시절, 낯선 땅 낯선 시간 앞에서 그는 '깊고 깊은 곳에 숨어 있는 자신'을 서책을 통해 발견했다. 세상 사람들은 그 아득하고 따스하며 때론 너무 깊어 두려운 지경을 알지 못한다. 그러나 나만은 곧 그를 이해하게 되었다. 나 역시 그처럼 서책을 읽으며 내 안으로 안으로만 들어가게 되었으니까.

책이란 무엇인가. 세상과 만나는 문이다. 아무리 타국의 언어에 능통해도 닿지 못하는 부분이 있다. 처음에는 그것을 단지 '감각'이라고 여겼다. 사람에 대하여, 사물에 대하여, 언어에 대하여 다른 느낌을 표현할 길이 막막했다. 가장 편한 길은 감각의 차이로 돌리는 것이다. 그러나 스물다섯 살 빅토르 콜랭은 평생 동양에 머물 계획을 품고 있었다. 아버지 자크 콜랭이 『지옥 사전』에서 펼쳐 보인 것처럼, 동양인들의 이성적인 언행뿐만 아니라 비이성적 몽상까지 알고 싶어 했다. 알 뿐만 아니라 체험하고 싶어 했다. 그러기 위해서는 그들과 똑같이 느낄 필요가 있었다. "감각이야, 그건!"이라고 말할 때 숨어 있는 자포자기의 마음을 접고, 그 감각의 정체를 노려보는 것이 필요했다. 그리고 빅토르 콜랭은 자신만의 결론을 얻었다. 그건 물론 감각이지만, 감각 역시 배워 익히는 것이라고. 배워 익히는 방법을 알면 누구나 동양인처럼 느낄 수 있을 것이라고.

그 방법은 매일 만나는 동양인 한 사람 한 사람과의 친교를 통해서는 결코 알 수 없다. 그들은 그 감각을 태어날 때부터 지니고 있다. 따라서 어떤 질문을 해도 애매모호할 뿐이다. 왜 슬프냐고? 그냥 슬프니까! 왜 기쁘냐고? 그냥 기쁘니까!

빅토르 콜랭은 서책을 통해 그 감각을 배워 익힐 수 있다고 믿는 듯했다.

그 믿음은 참일까?

음! 이건 답하기 힘든 물음이다. 나 역시 서책을 통해 감각이란 괴물과 맞서 왔으니까. 나는 괴물을 이겼을까. 빅토르 콜랭과 똑같이 세상을 느끼게 되었을까. 글쎄. 그렇게 묻는다면 대답은 부정적일 수밖에 없다. 그러나 이것은 옳고 그름, 이기고 짐의 문제가 아니다. 빅토르 콜랭이 택한 방법 외엔 감히 그 감각과 맞설 무기는 없으니까.

빅토르 콜랭이 얼마나 굉장한 책벌레인가를 장황하게 늘어놓았지만, 사실 이 가을은 내가 다시 서책을 파고든 뜻 깊은 시절이었다. 큰아줌마와 함께 서책을 읽는 것도 기억에 오래 남아 있지만, 그건 어디까지나 큰아줌마가 먼저 읽을 서책을 정하고 그 내용을 내게 전한 것에 지나지 않았다. 그러나 이 가을에 나는 서책과 함께 노닐었다. 내키는 대로 걷고 달리고 쉬고 잠들었던 것이다. 평생 이 서재에서 벗어나지 못할 것이라는 탐언의 농담이 오히려 마음에 여유를 주었다. 어차피 여기에서 빠져나갈 수 없다면 애써 촌음을 다투며 서책을 정리할 필요가 없는 것이다.

유독 내 눈길을 끈 곳은 도교와 신이한 설화들이 담긴 서책만을 따로 모아 놓은 책장이었다. 『유명록』, 『수신기』,

『세설신어』,『박물지』,『산해경』,『도덕경』,『포박자』,『신선전』,『열선전』,『서유기』등이 가득 꽂혀 있었다. 책장 맨 아래에는 청나라에서 어렵게 구한 각 서책의 삽화들이 따로 놓여 있었다.

상상 동물과 수목들에 대한 설명을 백 번 읽는 것보다 잘 그린 삽화를 한 번 보는 것이 더 나았다.『산해경』의 삽화집에는 유독 손때가 많이 묻어 있었다. 가무(歌舞)의 신 제강(帝江)에는 삽화를 따라 보고 그린 듯한 그림이 한 장 끼어 있기도 했다.

일찍이 탐언은 빅토르 콜랭에게 그 책장에 꽂힌 서책과 삽화집만으로도 뛰어난『동양 지옥 사전』을 만들 수 있지 않느냐고, 한데 왜 집필에 착수하지 않느냐고 물었다고 한다. 빅토르 콜랭은 그 몽환을 완전히 옮길 언어를 아직 발견하지 못했다고 답했단다. 나는 빅토르 콜랭이 말은 그렇게 해도 홀로 무엇인가를 집필하고 있으리라 여겼다. 자신의 느낌을 글로 남겨 두려는 유혹보다 더 큰 유혹이 어디 있겠는가. 하나 아직 나는 빅토르 콜랭의『동양 지옥 사전』을 발견하지 못했다. 외교관 업무에 합당한 글과 몇몇 지인에게 보내는 편지글을 제외하고 빅토르 콜랭은 글쓰기를 무척 아끼고 조심스러워했다.

가을을 보내며 나는 적어도 빅토르 콜랭이 괴물은 아니

라는 것을 알았다.

수백 마디 말보다 서책 한 권이 더 강력할 때도 있다. 빅토르 콜랭은 오래전부터 서책이 지닌 힘을 믿고 있었다. 서책이 아닌 다른 방법들로 내게 접근하려 한 것이 어리석긴 했지만.

처음부터 그가 서재로 와서 자신이 아끼는 서책을 앞에 두고 대화를 청했다면 어떻게 되었을까. 모르긴 몰라도 여름부터 시작된 우스꽝스러운 일들은 훨씬 줄어들었을 것이다. 만찬에, 음악회에, 매일 새벽 꽃핀 화분을 방문 앞에 갖다 놓기도 했다. 지금도 그는 자신이 옳다고 믿는 바를 강하게 밀어붙이는 편이지만, 그 가을엔 내 마음을 붙들기 위해 더욱더 조급해했다.

자초지종을 모른 채 나는 많은 선물을 받았는데, 그중 한둘은 마음에 들었지만 나머지는 낯선 곳에 왔다는 느낌을 더욱 키워 줄 뿐이었다.

솔직히 말해, 그 가을엔 맛난 음식을 먹어도 슬프고 흥겨운 음악을 들어도 슬프고 아름다운 풍광을 보아도 슬펐다. 자꾸 나를 버린 그 높디높은 분의 얼굴이 어른거렸기 때문이다. 이 좋은 날 나는 왜 그분과 함께 있지 못하고 이런 곳에 처량히 홀로 버려졌을까 생각하면 절로 눈물이 흘렀다. 빅토르 콜랭이 내 슬픔을 지우려고 노력하면 할수록 이상하게도 슬픔의 두께는 열 배 백 배 두꺼워졌다. 그에게는 미안한 일이지만 나도 내 감정을 어쩔 수 없었다. 그것이 바로 사랑을 잃고 홀로 남은 자의 쓸쓸함이니까.

그 가을에 우리는 진지한 대화를 나눈 적이 없다. 탐언과는 꽤 오랫동안 이 얘기 저 얘기를 할 기회가 있었다. 하나 탐언과 나눈 이야기들도 겨우 몇 구절만 떠오른다. 그 기간 내내 나는 차라리 벙어리에 가까웠고 대화 상대가 있다면 오직 내 앞에 가득 쌓인 서책들뿐이었다.

가을이 가고 함박눈이 내릴 무렵, 양력으로 따지면 12월로 갓 접어들었을 때, 리심은 빅토르 콜랭에게 어쩌다 책벌레가 되었느냐고 물었다. 이 말에 빅토르 콜랭은 오히려 리심이야말로 보기 드문 책벌레라고 말했다. 청국에서도 서책에 관심이 있는 여인들을 더러 보았지만, 두 달 가까이 군말 없이 서책만 읽고 읽고 또 읽는 여인은 없었다고 했다.

'그랬나? 내가 정말 책벌레였을까?'

돌이켜 보니, 과연 그 기간 동안 리심이 한 일이라곤 서책을 읽고 분류한 것이 전부였다. 책벌레와 책벌레의 교감은 그러므로 필연이었다. 서재를 가득 메운 책이 아니었다면, 빅토르 콜랭이 아무리 리심에게 관심을 보였다고 해도 설혹 그가 생명의 은인이었다고 해도 결코 마음을 열지 않았으리라.

무악재에서 생긴 일

봉급 2만 5000프랑을 아껴 서책을 구입하는 것 말고 빅토르 콜랭이 즐기는 또 다른 취미는 산책이었다.

프랑스 공사관은 다른 외국 공관들에 비해 높은 곳에 있었다. 빅토르 콜랭은 공사관까지 경사진 언덕길을 '나의 정원'이라고 부르며 걸어 올라가는 것을 즐겼다. 탐언이 보기에는 황량하기까지 했지만 빅토르 콜랭은 그 구불구불한 흙길을 콧노래 부르며 올랐다.

공무 중에 틈이 날 때마다 빅토르 콜랭은 한양 지도를 꺼내 펴곤 탐언에게 여기저기를 꼬치꼬치 캐물었다. 탐언은 빅토르 콜랭이 질문을 던지기 전에 한양 근방의 절경지를 미리 살펴 정리해 두었다가 답하곤 했다. 탐언이 설명을 시작하면, 빅토르 콜랭은 안락의자에 깊이 몸을 묻고 눈을 감았다. 그러다가 마음에 쏙 드는 대목이 나오면 허리를 급히 앞으로 숙여 두 번 세 번 지명을 물어 메모했다. 그리고 다시 그 대목만 거듭 읽어 달라고 청했다.

휴일이 오면 빅토르 콜랭은 아침부터 유람 떠날 채비를 했다.

갈색 양복을 입고 둥근 회색 모자를 쓰고 오른손에는 지팡이를 들었다. 구두는 청국에서부터 애용하던, 뒷굽이 부드럽고 탄력이 좋아서 무릎에 무리를 주지 않는 것을 택했다. 여기저기 틈이 벌어지고 긁힌 자국이 많았지만 굽만 교체하여 거듭 썼다. 어차피 산과 들판을 걷다 보면 흠집이 나기 마련이므로 애써 새 구두를 살 필요가 없다는 것이다.

"이번엔 어떤 변명도 마시오. 무조건 갑시다."

지난 13일 한양에서 경축된 청국 황후의 축제에 대한 보고서를 작성한 후, 빅토르 콜랭은 직접 서재로 와서 리심에게 단호하게 말했다. 그동안 리심은 이 핑계 저 핑계를 대며 나들이에 빠졌다. 어떤 날은 몸이 아프다고 했고 어떤 날은 남아서 서재 정리를 하겠다고 말했다. 서재 정리는 월요일에 해도 늦지 않다고, 함께 가자고 거듭 권했지만 번번이 거절했다.

탐언은 리심 눈치를 살폈다. 오늘까지 거절하면 아무리 리심에게 공을 들이고 있는 빅토르 콜랭이라고 해도 크게 화를 낼지 몰랐다. 공사관 직원 모두가 참여하는 가을 나들이였던 것이다.

"좋아요!"

그 마음을 헤아리기라도 한 것일까. 리심이 입가에 미소까지 머금으며 응낙했다. 이렇게 쉬 응할 줄 몰랐는지 빅토르 콜랭은 놀란 눈으로 리심을 쳐다보았다.

다음 날 영은문(迎恩門)을 지나 무악재를 넘는 사람들이 있었다.

빅토르 콜랭을 비롯한 공사관 직원들과 탐언을 비롯한 조선인 통역관, 그리고 가마꾼들과 짐꾼들이었다. 남자들은 밝게 웃으며 걸었고 여자들과 아이들은 가마에 올랐다. 음식들을 등에 지거나 나귀에 실은 짐꾼들은 쉰 걸음 정도 거리를 두고 뒤따랐다.

무악재로 막 접어드는 순간 리심을 태운 가마가 멈춰 섰다. 탐언이 재빨리 달려갔다. 짐꾼들이 가마를 내리자, 리심이 머리부터 내밀어 주변을 살폈다.

"어디 편찮으십니까?"

탐언이 묻자 리심이 두 발을 밖으로 내고 일어서며 답했다.

"아니에요. 무악재는 이 두 다리로 오르려고요."

탐언이 뒤에 선 빅토르 콜랭의 눈을 의식하며 말했다.

"고개 바람이 제법 쌀쌀합니다. 경사가 완만해도 오르기가 만만치 않고요. 가마를 타고 편히 가시는 편이……."

"내가 왜 나들이를 따라나선 줄 알아요? 시원한 공기를 실컷 마시기 위함이에요. 하루 종일 서재에 코를 박고 있자니 답답했답니다. 가마에 갇혀 고개를 오르면 서재에 있는 것과 다를 바 없겠지요."

그리고 리심은 양 손바닥을 펼쳐 들어 빅토르 콜랭을 향해 흔들었다. 탐언이 빅토르 콜랭에게 가서 리심의 말을 전했다. 빅토르 콜랭은 안경을 고쳐 쓰며 고개를 끄덕였다.

고갯마루에 올라설 때까지 리심은 한마디도 하지 않았다. 걸음을 멈추지도 않았고 격한 숨을 몰아쉬지도 않았다. 시선을 반쯤 내리고 길만 보며 걸었다. 나뭇가지를 흔들며 장끼가 날아오르고 구렁이가 길 가운데 똬리를 틀었다. 장정들까지 움찔 어깨를 떨며 큰 눈을 껌벅였지만 리심은 검은 눈동자를 굴리는 법도 없었다.

고갯마루에서 늦은 점심을 먹었다.

짐꾼들과 가마꾼들은 어깨를 두드리며 탁주를 한 사발씩 들이켰고 아이들 손에는 사탕이 들려 있었다. 빅토르 콜랭을 중심으로 공사관 직원들이 둥글게 자리를 잡았다. 도시락이 열리고 사람들은 갖가지 음식들을 보며 저마다 환한 미소를 지었다.

"리심은?"

빅토르 콜랭이 리심을 찾았다. 탐언은 마른침을 삼킨 후 답했다.

"점심 생각이 없답니다. 잠시 혼자 숲을 거닐고 싶다더 군요."

푸르셰트를 내려놓고 빅토르 콜랭이 일어섰다.

"먼저 식사들 하고 있으세요."

분위기가 어색해졌지만, 빅토르 콜랭은 주린 배를 채우는 것보다 리심을 챙기는 일이 더 중요했다.

가지와 잎 사이로 쏟아지는 햇빛이 바람이 불 때마다 색색으로 흔들렸다. 빅토르 콜랭은 오른손을 들어 햇빛을 가리고 천천히 숲으로 들어갔다. 움직임은 더뎠지만 눈과 귀는 주변 풍광을 남김없이 살폈다. 리심을 찾는 것은 어렵지 않았다. 아름드리 은행나무 아래에서 고요히 서 있었던 것이다. 고개를 약간 숙이고 오른손에는 색 바랜 은행잎을 집어 들었다.

은행잎에는 검버섯처럼 군데군데 점이 생겼고 아래쪽에는 이미 구멍이 숭숭 뚫려 있었다. 생기라곤 전혀 없어 보였다. 리심은 그 잎을 뺨에 갖다 댔다. 그리고 고개를 약간 기울였다. 마지막 숨이 넘어가는 은행잎으로부터 유언이라도 들으려는 것처럼.

빅토르 콜랭이 다가서려는 순간 갑자기 리심이 고개를 들었다. 빅토르 콜랭은 자신도 모르게 풀썩 주저앉았다. 그가 숲으로 들어온 것을 알면 리심은 방금 전과 같은 모습을 보이지 않을 것이다. 리심이 고개를 갸웃거리다가 다시 허리를 숙여 은행잎을 주워 들었다.

쉬이익.

리심도 빅토르 콜랭도 동시에 왼쪽으로 시선을 돌렸다. 살기 가득한 짐승이 내뿜는 탁한 숨소리가 들려왔던 것이다. 주저앉아 있던 빅토르 콜랭보다 서 있는 리심의 눈에 먼저 그 짐승이 들어왔다. 순간 그녀의 두 눈이 두려움으로 가득 찼다. 왼발을 뒤로 물리는가 싶더니 입술이 반쯤 열리면서 비명이 터져 나왔다.

"악!"

리심이 크게 휘청거렸다. 무릎 힘이 한순간에 풀린 것이다.

빅토르 콜랭은 무작정 리심을 향해 달렸다. 들개가 리심을 덮치기 전에 그녀를 구하고 싶다는 생각만 들었다. 그에게는 장검도 총도 없었다. 사냥을 위해 무기들을 따로 가져오긴 했지만 고갯마루에서 식사를 마친 후 사용하려고 나귀 등에 넣어 두었다. 인기척을 느낀 리심이 빅토르 콜랭 쪽으로 눈길을 돌렸다. 풀숲을 나온 들개 한 마리가 뛰어오르는 것과 동시에 빅토르 콜랭은 리심을 안고 나뒹굴었다.

첫 번째 공격에 실패한 들개는 땅에 내리자마자 다시 두 사람을 향해 거세게 달려들었다. 빅토르 콜랭은 리심을 보호하기 위해 등을 보이며 오른팔을 높이 치켜들었다. 송아지만 한 들개가 단숨에 팔을 물었다.

"아악!"

빅토르 콜랭이 고통을 참지 못하고 비명을 내질렀다. 들개가 턱을 아래위로 휘젓자 살점이 찢기고 피가 흘러내렸다. 빅토르 콜랭은 리심을 끌어안은 채 끌려가지 않기 위해 버텼다. 무릎으로 들개의 배를 사정없이 쳐올렸다. 들개는 몸을 부르르 떨었지만 팔을 문 입만은 풀지 않았다. 빅토르 콜랭은 바늘방석에 누운 것처럼 온몸이 아리는 걸 느꼈다. 리심은 그 가슴에 이마를 댄 채 바들바들 떨었다.

빅토르 콜랭이 갑자기 허리를 일으켜 세우며 리심을 안은 왼팔을 풀었다. 그리고 리심을 떠밀었다. 리심이 눈으로 물었다.

'어쩌시려고요?'

빅토르 콜랭이 왼손을 휘휘 내저었다.

'멀리, 최대한 멀리 가오!'

리심이 다시 묻기 전에 빅토르 콜랭은 왼팔로 들개의 목을 감았다. 리심이 두 팔을 바닥에 대고 기다시피 그 자리에서 물러나기 시작했다. 맨 처음 노린 먹잇감이 달아나는 것을 발견한 들개는 턱을 높이 치켜들고 리심에게 달려들려고 했다. 빅토르 콜랭이 목을 아무리 휘감고 졸라도 들개의 힘을 당할 수 없었다. 빅토르 콜랭은 엄지로 들개의 왼눈을 힘껏 찔렀다.

"캥!"

역습에 놀란 들개가 비명을 지르며 껑충 뛰었다. 그 바람에 빅토르 콜랭의 몸도 허공에서 파도처럼 출렁거렸다. 검지로 다시 오른눈을 찔렀다. 두 눈에서 피가 흘렀다. 들개가 아픔을 이기지 못하고 머리를 힘껏 흔들자 빅토르 콜랭이 크게 반원을 그리며 날아가 참나무에 부딪쳤다. 들개는 고통에 몸부림치면서 숲을 제멋대로 뛰어다녔다. 그러다가 다시 리심 쪽으로 방향을 잡았다. 냄새를 맡은 것이다.

타탕!

총성이 메아리쳤다. 두 눈을 잃은 들개는 포수 출신 짐꾼이 쏜 총에 가슴과 배를 맞고 쓰러졌다.

당신의 생일

　같이 먹고 같이 웃고 같이 아파하는 동안 사랑은 점점 뿌리를 내린다.

　빅토르 콜랭은 이틀 밤낮을 꼬박 침상에 누워 지냈다.

　잠에서 깰 때마다 어지럼증을 호소하며 구토를 해 댔다. 참나무에 머리를 부딪치는 바람에 뇌진탕을 일으킨 것이다. 의사는 며칠 더 지켜보자고 했다. 구토가 끊이질 않으면 심각한 뇌 손상을 의심할 수밖에 없다고 했다. 들개에게 물린 오른팔도 부목을 대고 천을 감아 고정했다.

　"괜찮…… 소? 다친 덴 없고?"

　리심이 고개를 끄덕였다.

　"정말 다행이오. 이제 돌아가오. 여긴 당신이 있을 곳이 못 돼."

"미안해요. 정말 미안해요."

리심은 이틀 동안 병상을 지켰다. 잠깐 잠깐 깨어난 빅토르 콜랭이 추한 모습 보이기 싫다며 물러가라 해도 잠시 문밖에 나가 서 있다가 되돌아오곤 했다.

빅토르 콜랭은 철저히 입단속을 했다. 공사가 크게 다쳤다는 소문이라도 나면 병문안을 받느라 편히 쉬기도 힘들어진다. 무엇보다도 외교 공백을 공공연히 드러내는 것은 프랑스에 악영향을 미칠 수밖에 없다.

빅토르 콜랭은 구토물이 턱 끝까지 치밀어 올라오는 순간 잠에서 깼다. 왼손으로 입을 틀어막으며 벌떡 몸을 일으켜 앉았다. 누운 채 천장을 향해 구토물을 뿜어 댈 수는 없었던 것이다. 그때마다 리심이 넓적한 못난이 토기를 턱에 갖다 댔다.

왝왝거리며 허연 위액까지 모두 쏟는 동안, 리심은 빅토르 콜랭의 등을 두드려 주었다. 정신없이 토하다가 어느 정도 진정되면 리심의 손길부터 뿌리쳤다. 그리고 버럭 화를 냈다.

"나가시오. 나가라는 말 몰라? 이 꼴을 봐서 뭐 하려고? 나가시오. 당장!"

리심은 빅토르 콜랭이 토한 구토물이 담긴 토기를 가슴에 안고 병실을 나갔다. 빅토르 콜랭은 지독한 기침을 두어

번 뱉은 후 쓰러지듯 누웠다. 이상하게도 또 잠이 밀려들었다. 그러다 깨면 또 리심이 깨끗하게 속을 닦아 낸 토기를 들고 서 있었다.

토하고 또 화를 냈더니, 리심의 눈망울이 잠시 흔들렸다. 얼핏 눈물이 맺히는 것 같았지만 급히 돌아서는 바람에 확인할 순 없었다.

잠들 땐 편안했지만 깨어날 땐 두려웠다. 완전히 잠이 깨기도 전에 속이 뒤집히면서 하늘과 땅이 빙글빙글 돌았던 것이다. 깨어나지 않으려고 참고 참고 또 참았다. 깨어나면 또 토할 것이고 그 모습을 리심이 또 보리라.

속이 불편하지도 않은데 눈꺼풀이 밀려 올라갔다. 울렁거리지도 어지럽지도 않았다. 빅토르 콜랭은 왼손으로 눈을 비비며 고개를 천천히 돌렸다. 창밖으로 별이 반짝였다. 얼마나 잔 것일까. 낮이라고 믿으면 어느새 밤이고 밤이겠거니 하고 깨면 다음 날 아침이었다.

혹시나 토할까 싶어 몸을 일으키려는데 왼팔이 묵직했다. 리심이 그 팔 위에 엎드려 잠이 든 것이다. 이틀 사이에 살이 빠지고 피부도 꺼칠해졌다.

'고집쟁이!'

11년 전 프랑스를 떠난 후 빅토르 콜랭은 늘 혼자였다.

물론 공사관에 가면 동료도 있고 새로 사귄 벗들도 적지 않았지만, 집으로 돌아올 때나 몸이 아플 때, 특히 춥고 긴 겨울밤에는 홀로 지낼 수밖에 없었다. 감기라도 걸려 오들오들 떨며 사나흘을 보낼 때면 당장 짐을 싸서 파리로 돌아가고 싶었다.

'이런! 안 되겠는걸.'

창문 틈으로 황소바람이 밀려들었던 것이다. 한기를 느낀 리심의 어깨가 움찔 떨렸다. 빅토르 콜랭은 조심조심 왼팔을 빼냈다. 그리고 이불을 가만히 들어 리심의 등을 덮어 주었다. 머리를 한차례 흔들었지만 리심은 깨지 않았다.

빅토르 콜랭이 다시 눈을 떴을 때는 환한 아침이었다. 리심은 곁에 없었다. 대신 가슴 위에 곱고 앙증맞은 오방색 비단 주머니가 놓여 있었다. 획마다 새와 꽃을 섞어 넣어 '壽(목숨 수)'란 글자를 수놓은 것이다. 주머니를 여니 곱게 접은 화선지가 들어 있었다. 리심이 직접 쓴 불어 편지였다.

Bon anniversaire!(생일 축하드려요.)

성탄 전야

리심은 열심히 불어를 공부했다.

서재에는 프랑스 서책들이 책장 하나 가득히 있었다. 리심은 특히 삽화나 사진이 실린 서책에 자주 손이 갔다. 낯선 집과 길과 사람들, 특히 아름다운 여인들이 곧 튀어나올 것처럼 담겨 있었다. 불어를 안다면 이 집과 저 길 그 사람들을 더욱 잘 이해할 수 있으리라. 탐언이 '시집'이라고 가르쳐 준 작은 서책들도 꼭 읽고 싶었다. 이백과 두보를 통해 중국을 알았듯, 이 시집들을 통해 법국 사람들의 마음을 어루만져 보리라.

가르치면서 배운다고 했던가. 리심이 잠자는 시간까지 쪼개어 예습 복습을 철저히 하니, 탐언도 공부를 게을리할 수 없었다. 낮에는 서재를 정리하며 불규칙 동사들을 외웠고 저녁 식사 후에는 잠자리에 들 때까지 수업을 계속했다. 첫눈이 내릴 즈음엔 간단한 문장들을 말하고 쓸 수 있게 되었다. 수업 진도와 무관하게 리심은 프랑스 시들을 처음부터 끝까지 외우는 것을 즐겼다. 그리고 그 시에 어울리는 풍광을 보게 되면 탐언에게 함께 시를 낭송하자고 졸랐다.

> 튈르리 공원 연못에
> 백조는 헤엄치다 얼어붙고
> 나무는, 요정 나라에서처럼
> 은실로 감싸여 있구나.

> 흰 그물처럼 내린 소사나무 가로수 아래
> 화분엔 성에꽃 피었고
> 눈 위에 잇달아 별처럼 찍혀 있는
> 새들의 발자국 보이네.
> ── 테오필 고티에, 「겨울의 환상곡」 중에서

빅토르 콜랭은 리심의 시 낭송을 우연히 들었지만 칭찬도 교정도 해 주지 않았다. 그저 빙긋 웃으며 그녀가 읊은 풍광을 살필 따름이었다.

빅토르 콜랭은 조선에서 처음 맞는 성탄 전야를 순화동

강당에서 보냈다. 공사관 직원 대부분이 이 모임에 참석했다. 그는 오른팔을 압박하기 위해 묶어 둔 천을 풀었고 리심도 비록 야소교도는 아니지만 같이 데려갔다.

강당에 모여든 야소교도 숫자가 예상 외로 많은 것이 놀라웠다. 많은 수가 끼어 앉는 바람에 몸 냄새가 지독했지만 불평하는 이는 한 사람도 없었다. 프랑스 신부의 집전에 따라 순서대로 일어났다가 앉기를 반복하며 노래를 부르고 성경 구절을 외웠다. 리심은 일부러 구석 자리에 앉아 꿈쩍도 하지 않았다. 눈망울에 알 수 없는 분노가 서렸다.

"기분 나쁜 일이라도 있습니까?"

탐언이 일어섰다 앉으며 조심조심 목소리를 낮추어 물었다. 리심이 고개를 저었다.

얼어붙은 몸을 녹일 겸 따뜻한 고깃국이 한 그릇씩 나왔다. 탐언도 빅토르 콜랭도 맛있게 그 국을 비웠지만 리심은 숟가락을 들지도 않았다. 리심의 눈이 종종 벽에 걸린 십자가에 머물렀다. 그 아래 세워 둔 성모상을 보며 눈을 흘기기도 했다. 자신을 버리고 떠난 월선의 얼굴이 마리아의 얼굴과 겹쳤던 것이다.

강당을 나오며 탐언은 리심이 유독 야소에 대해서 차가운 태도를 보였다는 것을 깨달았다. 시나 산문에서 야소의 이름이 나오면 못 본 체하고 빠르게 다음 장으로 넘어갔던 것이다. 리심은 종종 탐언에게 궁궐 이야기를 들려주었다. 그러나 약방 기생으로 들어오기 전 어디에서 무엇을 했는 가는 밝히지 않았다. 사람에게는 누구나 감추고픈 기억이 있는 법이다.

멀리 공사관 불빛이 보일 즈음부터 눈발이 흩날렸다. 성탄 전야에 내리는 눈은 더욱 복스러운 법이라고, 빅토르 콜랭이 강당을 나서며 뇌까렸다. 모두들 손바닥을 펴 눈을 맞으며 이런저런 찬탄을 늘어놓았다. 오직 리심만 쓰개치마를 더 깊이 눌러쓰고 바삐 걸음을 놀렸다.

"성탄 전야 아닙니까? 야소가 온 세상을 구원하기 위해 이 땅에 내려오기 전날입니다. 교인이 아니라고 해도 축하 인사 정도는 할 수 있지 않습니까? 평소보다 더 우울한 표정을 짓고 있으니 하는 말입니다. 강당에서 심기를 거스르는 일이라도 있었습니까?"

탐언은 종종종종 리심과 나란히 걸음을 떼며 물었다. 리심이 걸음을 더욱 빨리하며 되물었다.

"온 세상을 구원한대도 전 빠질래요. 그런 거짓부렁 정말 믿는 건가요?"

"거짓부렁…… 이라고요?"

"야소교는 천하를 포용하는 듯하면서도 혼자만 잘났죠. 세상을 구원하는 이가 왜 꼭 야소여야만 하죠? 석가면 안

268

되고 공자면 안 되나요?"

리심의 말에는 가시가 돋쳤다. 탐언은 리심이 오래전부터 야소교에 대하여 많은 생각을 해 왔음을 느꼈다. 그렇지 않고서야 포용을 들먹이며 야소교의 약점을 단숨에 파고들 수 없는 것이다.

공사관 대문이 어둠 속에서 희미하게 보였다. 빅토르 콜랭은 전통 한옥에 부분 부분 유리를 덧댄 건물을 허물고 정통 바로크 스타일의 공사관을 올리고 싶었다. 살벨이라는 건축가가 관심을 보였고 조선 왕실 또한 이 붉은 벽돌 건물을 흥미로워했다. 자재를 사고 시공을 할 전문가를 구하는 등 할 일이 태산 같았다.

쓰개치마를 쓴 여인이 탐언과 리심의 앞을 막아섰다. 뒤따라온 빅토르 콜랭이 리심 옆에 서자, 여인은 쓰개치마를 어깨까지 내렸다.

"뉘신지……?"

여인은 탐언의 물음에 답하지 않고 리심을 뚫어져라 쳐다보았다. 그리고 성큼 나아와 리심의 두 손을 모아 쥐며 울먹였다.

"많이…… 컸구나. 잘 컸어. 천주님! 감사합니다."

내게는 어머니가 없어요!

8년 전, 어린 리심에게 아편을 먹인 모진 어미였다.

월선은 딸의 양 볼을 손으로 어루만지려 했다. 리심은 한 걸음 물러서며 고개를 돌렸다. 빅토르 콜랭이 답답한 듯 탐언에게 물었다.

"이 여인은 누군가?"

탐언 역시 여인의 정체가 궁금했다. 여인은 간단한 불어를 알아들은 듯 탐언을 쳐다보았다.

"어미라고. 이 아이의 어미 월선이라고 말해 주세요."

탐언이 통역을 하자 빅토르 콜랭의 시선이 리심에게 향했다. 리심이 목소리를 높였다.

"내게는 어머니가 없어요!"

"애야!"

월선은 두 눈에 그렁그렁 눈물이 맺혔다. 딸 마음을 다독이려는 듯 다가섰지만, 리심은 월선을 밀치고 대문으로 들어가 버렸다. 겨울바람보다도 더 차가운 기운이 남은 사람들에게 들이쳤다.

침묵을 깬 것은 월선이었다. 탐언에게 통역을 구하지도 않고 빅토르 콜랭에게 불어로 똑똑히 말했다.

"공사님! 드릴 말씀이 있습니다."

월선이 품에서 서찰을 꺼내려고 했다.

"따르시오."

빅토르 콜랭이 주위를 살피며 대문으로 들어섰다. 공사관 주위에는 항상 낯선 사내들이 맴돌았다. 조선 조정에서 보낸 자들일 수도 있고 다른 공사관들 짓일 수도 있었다. 만찬석에서는 누구보다도 두터운 우정을 과시하며 타국에서 의지하며 살아가자고 덕담을 나누지만 뒤로 무슨 짓을 할지 몰랐다. 그들은 동양 곳곳에서 자국의 이익을 위해 만나고 헤어지기를 반복했다. 상대에게 조금이라도 약점이 보이면 이간하고 비난하는 것이 그들의 중요한 임무이기도 했다. 탐언은 대문으로 들어서는 월선의 뒷모습을 보며 고개를 갸웃거렸다. 마음 한구석이 편치 않았다.

'딸을 만나러 온 것만은 아니다. 법국 말은 어디서 배웠을까?'

빅토르 콜랭은 탐언을 마당에 세워 잡인들 출입을 금한 다음 월선이 건넨 서찰을 펼쳤다. 서찰을 읽어 나가는 빅토르 콜랭의 표정이 점점 어둡고 딱딱하게 굳었다. 서찰을 내려놓고 짧게 물었다.

"이것이 모두 사실이오? 신자들을 죽이려 든다는 것이?"

"그렇습니다."

"이놈들이 정말! 이건 명명백백한 불법이오. 주님을 믿는다 하여 죽음을 당하는 일은 더 이상……."

월선의 미간이 좁아졌다. 빅토르 콜랭이 흥분하여 너무 빨리 이야기한 것이다. 간단한 인사말 정도는 알아듣지만 그 이상은 힘겨운 듯했다.

"알겠소. 내 조처하리다."

월선만 서둘러 방을 나왔다. 월선은 마당으로 내려서자마자 탐언에게 물었다.

"그 아이…… 방이 어딘가요?"

탐언은 떨리는 음성에서 딸을 그리는 어머니 마음을 읽었다.

"저깁니다."

월선이 고개를 돌렸다. 희미한 불빛이 새어 나왔다. 월선의 눈가에 잔잔한 미소가 머물다 사라졌다.

"가시죠. 기다릴 겁니다."

탐언은 진작부터 안내할 채비를 하고 있었다.

'어떤 사연인지는 모르지만 피를 나눈 혈육이 아닌가. 긴 시간을 각자 어떻게 흘러왔는지, 밤을 새워도 모자랄 이야기들이 두 사람 가슴속에 그득하리라. 리심의 태도는 크게 신경 쓸 필요가 없다. 어떤 자식인들 부모에 대한 원망이 없으랴. 무릎을 대고 마주 앉아 긴긴밤을 보내다 보면, 슬픔도 분노도 눈처럼 녹아내릴 것이다.'

"아니에요."

월선의 대답은 뜻밖이었다.

"우리 아이…… 잘하고 있죠?"

모호한 물음이다.

'무엇을, 어떻게 하는 것이 잘하는 것인가? 또 이 물음에 대한 답을 과연 내가 내릴 수 있을까?'

"예……."

탐언은 기어들어 가는 목소리로 겨우 답했다. 월선은 소매에서 비단 복주머니를 하나 꺼냈다.

"이걸 전해 주세요. 내내 기도하겠다고."

월선이 사라진 후 탐언은 리심의 방으로 갔다. 서책이라도 읽는 것일까. 단정히 앉은 리심의 그림자는 움직임이 거의 없었다. 탐언은 손에 들린 복주머니를 움켜쥐고 다섯 손가락으로 만져 보았다.

'노리갠가.'

작고 딱딱한 물건이 잡혔다. 무엇인지는 짐작하기 힘들었다.

"…… 가셨습니다. 내내 기도드리겠다고……. 선물을 내게 맡기셨습니다. 문 앞에 두었으니 보십시오."

황새바위

헤어져서 서럽다면 찾아가서 만날 일이다. 그러나 만나서 더욱 서러울 때는 어찌하나. 리심은 그 겨울 내내 서러움의 동굴에 갇혀 지냈다.

1889년 새해 첫새벽부터 빅토르 콜랭은 여행 채비를 서둘렀다.

지난밤 내린 눈 때문에 땅이 질퍽거리고 오른팔도 아직 불편한데 충청도 공주까지 가겠다는 것이다. 그는 리심에게 함께 가야 한다고 했다. 리심이 거듭 거절했지만 빅토르 콜랭은 군령을 내리는 장군처럼 자기 뜻을 관철시켰다.

이틀 만에 빅토르 콜랭 일행이 닿은 곳은 공주의 황새바위였다.

충청 감사의 명에 따라 중죄인을 참하는 형장이었다. 까마귀 떼가 시끄럽게 울며 빈 하늘을 날아올랐다. 구경꾼들 수백 명이 맞은편 산자락에 모여들었다. 오늘도 어떤 죄수의 목숨을 앗기로 예정된 것이다.

장창(長槍)을 든 관군들이 빅토르 콜랭 일행을 막아섰다. 빅토르 콜랭이 신분을 밝히자 충청 감사가 내려왔다.

"법국 공사께서 이 먼 곳까지 어인 일이십니까? 미리 연통이라도 주셨으면 마중을 나갔을 것을."

감사의 눈이 슬쩍 빅토르 콜랭 뒤에 선 리심에게 향했다. 빅토르 콜랭이 탐언을 통해 물었다.

"오늘 참형에 처할 죄인들은 무슨 죄를 지었습니까?"

감사가 기다렸다는 듯 답했다.

"감영 무기고를 털려고 작당한 자들입니다."

"몇 명입니까?"

"다섯입니다."

"이 고을 사람들인가요?"

"아닙니다. 떠돌이들이지요. 밝히지 못한 여죄가 많을 겁니다. 참형을 보기 위해 오신 겁니까?"

빅토르 콜랭은 즉답을 피하고 눈을 감은 채 되물었다.

"죄인들을 가까이에서 보아도 되겠습니까?"

감사는 흔쾌히 응낙했다. 빅토르 콜랭, 탐언, 리심 세 사람은 감사를 따라서 산을 올랐다. 사지를 결박당한 채 꿇어 엎드린 죄인들이 몽둥이찜질을 당한 개처럼 쓰러져 있었다. 발에는 무거운 쇳덩이가 달린 항쇄까지 찼다. 사내가 셋, 여인이 하나, 거기에 예닐곱 살을 겨우 넘겼을 사내아이까지 끼어 있었다. 다섯 명 모두 산발을 했고 엎드린 채 땅바닥에 코를 박고 있어서 얼굴을 구별하기가 힘들었다.

"저 어린 것까지 무기고를 털려 했단 말입니까?"

"어리지만 속엔 시커먼 괴물이 들어앉아 있습니다. 감영을 오가며 무기고 위치며 그곳을 지키는 관군들 숫자와 교대 시간까지 알아낸 녀석이니까요."

"어떻게 저들의 작당을 미리 알 수 있었습니까?"

"고변 덕분입니다. 허달이라고, 저들과 뜻을 함께했던 사내놈이 은밀히 감영에 알려 왔습니다."

"허달이라는 자는 어디 있습니까?"

감사가 빅토르 콜랭을 똑바로 노려보며 답했다.

"그것까지 공사께서 아실 필요는 없지 않습니까?"

"이들을 참할 수는 없소. 내가 그 허달이란 자를 먼저 만나 보아야겠소."

빅토르 콜랭이 한 걸음 나서자 군졸들이 빅토르 콜랭 일행을 에워싼 원을 좁혀 왔다. 군졸에게 밀린 리심이 "어맛!" 하고 놀라며 물러섰다.

"조심해야지. 법국 공사께 누를 끼쳐서는 아니 된다."

감사는 군졸을 보며 혀를 끌끌 찼다. 잘못을 나무라는 것 같았지만 눈가엔 웃음이 가득했다.

"죄인을 참하고 안 하고는 나라 법에 따라 하는 겁니다. 형 집행을 막는 것은 월권이고 내정 간섭입니다. 법국 공사께서 그런 짓을 하지는 않으시리라 믿습니다."

빅토르 콜랭은 두 눈을 부릅뜨고 다그치듯 물었다.

"저들이…… 모두 하나님의 어린양들임을 모르지는 않겠지요?"

통역하는 탐언도 그 말을 들은 리심도 놀라기는 마찬가지였다. 감사는 주먹코를 쥐며 능청을 떨었다.

"그렇습니까? 전혀 몰랐습니다. 아하, 이제 보니 혹시 우리가 야소를 믿었다는 죄명으로 저들을 참할까 싶어 따지러 오신 겁니까? 아닙니다. 야소를 믿는다는 것만으론 죄를 주지 말라는 명을 저를 비롯한 조선 팔도 수령들 모두 받았으니까요. 하나 저들은 관아 무기고를 약탈하려고 한 중죄인들입니다. 종교가 무엇인지는 애초에 관심사도 아니었어요. 문초를 할 때도 그 문젠 따로 논하지 않았습니다. 정 믿지 못하시겠다면 형을 마친 후 공초 초안을 보여 드리겠소이다. 그러니 비켜서십시오."

"헛소리! 억울한 죄를 뒤집어씌워 교인들을 탄압하는 것을 내 모를 줄 알았더냐?"

감사가 이죽거렸다.

"호오, 어찌 그렇게 중한 일을 1000리 밖 도성에서 아셨을까? 따지고 보니 그게 궁금합니다. 누가 귀띔이라도 했는가 보죠? 하기야 저기 저 계집이 도성까지 달아났던 걸 겨우 붙잡아 오긴 했지만……."

리심과 빅토르 콜랭의 시선이 동시에 머리를 풀어헤친 여자 죄수에게 향했다. 여자가 천천히 고개를 들었다. 신앙을 지키기 위해 어린 딸에게 아편을 먹이고 달아났다가 8년 만에 나타나 빅토르 콜랭에게 황새바위에서 벌어질 참극을 알린 월선이었다. 눈두덩은 퉁퉁 부어올랐고 코는 으깨졌으며 입술은 터져 피딱지가 앉았다.

"얘야!"

리심을 발견한 월선의 눈에서 피눈물이 흘러내렸다. 감사가 흥미롭다는 듯 빅토르 콜랭에게 물었다.

"저 여인을 아십니까?"

빅토르 콜랭이 날카롭게 답했다.

"죄가 없다는 것은 아오."

감사는 리심을 흘긋 보며 물었다.

"저 월선이란 계집에겐 딸이 하나 있었답니다. 이번에 수소문하여 보니 도성에 약방 기생으로 뽑혀 올라갔다고 하더군요. 어미가 저렇듯 흉악하니 그 딸도 못된 짓을 일삼고 있을 겁니다. 감영 무기고를 털려고 모의할 정도로 대담한 놈들이니 혹여 약방 기생을 통해 궁궐 소식도 염탐하였는지 모릅니다."

빅토르 콜랭은 더 밀고 나아갈 수가 없었다. 감사는 천주교도들의 은신처를 알아내기 위해 월선의 도성행을 방조한 것이 분명했다. 월선이 프랑스 공사관까지 들러 구원을 청하자, 비로소 잡아들여 여죄를 추궁한 것이리라. 리심이 월선의 딸이란 사실도 알 터였다. 적성에 사람을 보내 행방을 수소문했다면, 약방에 또한 사람을 보냈을 테고, 그럼 월선의 딸인 리심이 프랑스 공사관에 머물고 있다는 것을 알아냈을 것이다.

'함정에 빠졌군. 너무 서둘렀어.'

지금으로선 물러설 수밖에 없었다. 계속 형 집행을 방해하면 감사가 리심을 잡아들일지도 모른다. 없는 죄도 만들어 참형에 처할 만큼, 조선 관리들은 천주학에 대한 분노가 깊고 진했다.

"시간이 너무 많이 흘렀습니다. 자, 다른 말씀이 없으시면 멀찍이 물러나시지요. 피가 제법 튈 겁니다. 망나니는 어디 있느냐? 속히 들렷다!"

빅토르 콜랭이 뒷걸음질 쳤다.

"가요!"

탐언이 불렀지만 리심은 꿈쩍도 하지 않았다. 탐언이 다가와서 다시 말했다.

"물러나십시오. 공사님이 부르십니다. 가요. 저기 가서……."

그러나 리심은 단 한 걸음도 떼지 않은 채 울고 있는 월선의 얼굴만 노려보았다. 망나니가 훨훨 춤을 추었다. 장검에 물을 잔뜩 뿜은 후 빙글빙글 죄수들을 맴돌았다. 그 위세가 대단하여 감사와 군졸들 모두 서너 걸음 뒤로 물러났다. 그러나 리심만은 망나니 얼굴이 한 뼘 앞까지 다가와도 무시했다. 오히려 월선의 얼굴을 바라보는 걸 방해하는 그가 못마땅한 듯 미간을 찌푸렸다.

망나니 발걸음이 빨라졌다. 사내아이가 울음을 터뜨렸다. 월선이 무릎걸음으로 기어 사내아이 머리를 턱 사이에 끼웠다.

"울지 마라, 종우야! 울지 마."

아이는 월선의 가슴에 머리를 묻고 울음을 삼켰다. 리심은 어쩌면 그 아이가 자신의 씨 다른 동생일지도 모른다고 생각했다. 월선이 무엇인가 속삭이자 아이가 고개를 들고 눈물 어린 눈으로 리심을 바라보았다.

턱.

순간 망나니가 장검으로 첫 번째 사내의 목을 벴다. 잘린 머리가 떼굴떼굴 굴러 아이의 무릎에 닿았다. 시선을 내린 아이는 무서움을 참지 못하고 모로 쓰러져 정신을 잃었다.

"얘야! 얘야!"

월선이 다가가서 엎드리다시피 하여 아이를 어깨로 흔들었지만 아이는 깨어나지 않았다.

노래가 시작되었다. 가사를 알아듣기 힘들 만큼 축축하고 흐린 음성이었다. 리심은 그 노래가 찬송임을 쉽게 알아차렸다. 8년이나 지났지만 밤마다 월선이 리심을 품고 콧노래로 가만가만 부르던 가락이었으니까.

흥얼거림은 점점 더 커졌다. 산자락에 몰려든 흰옷의 구경꾼들에게서도 그 소리가 메아리로 되돌아오는 듯했다. 망나니도 춤을 멈추고 주위를 두리번거렸다.

"뭘 하는 게야? 빨리 목을 쳐!"

감사가 고함을 지르자 망나니의 춤이 이어졌다.

턱, 턱!

사내 둘의 머리가 거의 동시에 떨어졌다. 망나니는 풀쩍 뛰어 아이에게 다가섰다. 월선이 막아서자 왼 주먹으로 월선의 콧잔등을 후려쳤다. 다시 엉겨 붙자 아랫배를 힘껏 내질렀다. 저만치 나가떨어진 월선이 새우처럼 몸을 오그린 채 격한 숨을 토해 냈다. 망나니가 아이의 머리채를 쥐고 일으켜 앉혔다. 그러나 손을 놓자마자 아이는 맥없이 쓰러졌다. 빙글 한 바퀴를 돈 후 망나니는 쓰러진 아이 목을 노리며 장검을 휘둘렀다. 장검이 어깨에 박혔다. 망나니가 얼굴을 찌푸리며 아이 턱을 밀고 장검을 뽑자 피가 분수처럼 솟아올랐다. 월선의 얼굴이 온통 붉은빛으로 물들었다. 어깨가 반 넘게 잘린 아이 몸이 사시나무처럼 떨렸다. 사지가 제멋대로 놀았다.

"이런!"

단숨에 숨을 끊지 못한 것은 망나니에게도 부끄러운 일이었다. 양손에 침을 바른 후 다시 한 번 아이 목을 향해 검을 내리쳤다. 세 번, 네 번, 다섯 번 검을 내리친 후에야 머리가 잘렸다. 감사를 비롯한 군졸들과 구경꾼들은 그 참혹함을 피해 고개를 돌렸다. 살점이 찢기고 피가 흐르는 아이 시체를 똑바로 볼 자신이 없었던 것이다.

이제 월선만이 남았다.

망나니는 빨리 이 판을 마무리 짓고 싶었다. 천주쟁이들 목을 베면 1년 내내 재수가 없다는 풍문을 나이 든 망나니로부터 들은 적이 있었다. 그들이 믿는다는 천주가 해코지를 심하게 하니, 천주쟁이들을 죽인 다음엔 꼭 푸닥거리를 하라는 것이다. 그땐 마른침을 뱉으며 웃어넘겼는데 정말 아이 시체를 보니 등골이 오싹했다. 누군가 뒤에 서 있는 것만 같았다.

산발한 월선은 이제 찬송가를 부르지 않고 우두커니 앉아 있었다. 눈을 감고 무엇인가를 계속 입술 끝에 올렸다. 망나니에게는 그 소리가 꼭 자신을 향한 저주의 주문으로 들렸다.

'망할!'

망나니가 양손으로 장검을 머리 위로 들어올렸다가 횡으로 내려 그었다.

턱.

이번에는 제대로 살과 뼈를 갈랐다. 떨어진 월선의 머리가 반원을 그리며 튕겨 올랐다가 땅에 떨어져 굴러 내려갔다. 그리고 리심의 발목에 부딪히며 멎었다. 고개를 숙여 무표정한 얼굴로 어머니의 잘린 머리를 내려다보았다. 망나니의 춤이 멈추었고 침묵이 찾아들었다. 리심은 천천히 왼 무릎을 꿇고 오른 무릎까지 마저 꿇었다. 두 손으로 월선의 머리를 안아 들었다. 피가 뚝뚝 떨어져 무릎을 적셨지만 아랑곳하지 않았다. 아기를 보듬듯 월선의 머리를 품에 안고 눈을 감았다.

필담 그리고 고백

그 밤 빅토르 콜랭 일행은 공주 객관에서 하루를 묵었다.

저녁을 먹은 후 빅토르 콜랭이 자는 방으로 리심이 찾아왔다. 처음 있는 일이었다. 리심이 떠듬떠듬 불어로 말했다.

"콜랭 드 플랑시 씨! 꼭…… 여쭙고…… 싶은…… 게 있어요."

두 사람은 한문으로 필담을 나누었다. 하얀 종이를 앞에 두고 서로 마음을 주고받은 것이다. 리심의 물음은 날카롭고 곧았다. 어머니 월선의 죽음에 대한 충격이 가시지 않은 탓에 에둘러 말할 여유가 없었다.

'떠나고 싶어요. 가도 되나요?'

'어디로든 갑시다. 당신이 원하는 곳이라면 어디라도 나는 좋소.'

리심이 다시 적었다.

'정말 가도 돼요?'

빅토르 콜랭은 리심이 내민 붓을 집지 않았다. 슬픔으로 가득 찬 눈망울을 바라보다가 두 손을 꼭 잡아 쥐었다. 그리고 수백 번 외우고 또 외웠던 조선말을 천천히 속삭였다.

"리…… 심, 당신을 사…… 랑합니다."

'사'와 '랑'을 너무 띄웠다고 여긴 그가 다시 마지막을 반복했다.

"사랑…… 합니다."

"뭐라고요?"

리심이 빅토르 콜랭의 눈을 들여다보며 물었다.

"사랑합니다."

"누구를요?"

"리심! 당신을, 당신만을 사랑합니다."

침묵이 흘렀다. 빅토르 콜랭은 들려줄 사랑의 밀어들이 너무너무 많았다. 그러나 여기에서 불어를 쏟아 내면 기껏 잡은 분위기를 망칠 수도 있었다. 그는 미소를 잃지 않은 채 탐언이 들려준 대답들을 떠올렸다.

'사랑을 받아들이면 '저도요.' 혹은 '저도 사랑해요.'라고 할 것이고, 만약에 거절한다면 '싫어요.' 혹은 '저는 아니에요.'라고 한다지? 제발, 제발!'

그리고 탐언은 이런 말도 보탰다. 너무 긴 침묵은 대부분 거절이라고. 상대방에게 상처 주는 말을 하기 싫어 주저할 뿐이라고.

침묵이 너무 길었다.

'역시 거절인가.'

이마에서 진땀이 흘렀다.

'오늘이 아니었어. 하루나 이틀, 아니 한 달이나 두 달, 아니 1년이나 2년이라도 더 기다릴 일이었다. 이제 어쩔까, 어떻게 이 난처함을 넘길까.'

절망이 풍선처럼 부풀어 오르기 시작할 때, 리심이 불쑥 턱을 치켜들었다. 그리고 뒤꿈치를 천천히 들어 올렸다. 리심의 눈과 코와 입술이 빅토르 콜랭을 향해 나아왔다. 미처 피할 겨를도 없이 두 입술이 맞닿았다. 빅토르 콜랭도 힘껏 리심을 껴안고 긴 입맞춤을 나누었다.

운우지락

　오히려 주저한 쪽은 빅토르 콜랭이었다. 리심은 그 마음을 읽고 저고리 고름을 풀다 말고 몇 자 적었다.

　"우리가 운우지락을 이루어야 한다면 오늘 꼭 그러고 싶어요. 제가 고아가 된 날이니까요. 어려서부터 전 혼자인 게 싫었어요. 혼자 살 팔자라는 소릴 많이 들었지만, 끝까지 그 팔자란 놈과 싸워 보려고요. 자식 버린 어미지만 하여튼 오늘 절 낳아 주신 분이 저승으로 가셨네요. 어머니도 제가 혼자인 게 싫으실 거예요. 그러니 빅토르 콜랭 드 플랑시 공사님! 주저 말고, 어서!"

　"빅토르! 이제 그냥 빅토르라고 불러요."

　빅토르 콜랭이 빙긋 웃어 보였다. 리심도 따라 웃었다.

　"알았어요, 빅토르!"

빅토르 콜랭은 천천히 셔츠를 벗고 또 속옷까지 벗었다. 리심은 앞가슴에 꼬불꼬불 돋아난 갈색 털을 쳐다보았다.

'빅토르라는 이 남자! 다섯 달 남짓 한결같이 날 아껴 주었지. 영문도 모르는 채 욕을 먹고 면박을 당해도 묵묵히 내 마음이 돌아오기만 기다렸어. 이것이 아니면 저것, 저것이 아니면 그것으로, 음악으로 그림으로, 날 기쁘게 하려고 노력했어. 처음엔 정말 괴물처럼 징그러웠는데……'

어둠 속에서 빅토르 콜랭이 손을 뻗어 리심의 어깨를 안아 주었다. 따스했다. 리심은 그가 이끄는 대로 이불 속으로 들어갔다. 빅토르 콜랭의 손이 속곳에 닿았다. 리심이 팔목을 잡고 밀어내며 일어섰다.

"빅토르, 내가! 내가 할게요."

리심은 빅토르 콜랭에게 등을 보인 채 돌아앉았다. 찬바람이 한 움큼 방바닥을 타고 엉덩이로 밀려왔다 흩어졌다.

'나는 떠나고 싶다고, 가고 싶다고 했지. 가도 되느냐고 물었어. 빅토르는 좋다고 했지. 하나 이 사내는 알고 있을까. 내 물음은 조선을 떠날 수 있느냐는 게 아니었어. 나는 이제 용상에 앉은 높디높은 분을 떠나 법국 공사 빅토르 콜랭 드 플랑시라는 사내에게 가려는 거야. 오늘 일이 드러나면 큰 벌을 받겠지. 궁중 여인은 모두 국왕에 속해 있으니까. 하지만 더 이상 이렇게는 살지 않을래. 아, 내 고백을

알아차린 걸까. 빅토르가 사랑한다고 했을 때, 얼마나 놀랐던지. 이런 게 이심전심일까. 사랑일까.'

리심은 알몸이 되자마자 서둘러 빅토르 콜랭의 품으로 돌아갔다.

빅토르 콜랭은 리심을 꼭 끌어안았다. 겨울이라는 느낌이 들지 않을 만큼, 한여름 뜨거운 태양 아래 서 있듯이. 리심은 갈색 가슴 털에 볼을 댔다. 쿵쿵쿵쿵. 심장 소리가 귓속을 파고들었다.

"리심, 당신을, 당신만을 사랑합니다."

이 한마디 고백이면 충분하다. 이럴 땐 말이 서로 통하지 않는 편이 낫구나. 백 마디 천 마디 달콤한 속삭임도 헤어질 땐 아무 힘도 쓰지 못하는 법. 이런저런 비유를 끌어다 쓸 게 아니라, 곧바로 비수를 꽂듯 감정을 토할 일이다. 이제부터 시작할 우리들의 몸처럼.

빅토르 콜랭은 포옹을 풀고 봉긋한 가슴을 감싸 쥐었다. 리심도 양손으로 빅토르 콜랭의 두 뺨을 어루만졌다. 빅토르 콜랭은 얼굴을 좌우로 흔들며 리심의 손바닥에 코를 박고 깊게 숨을 들이쉬었다. 단숨에 그녀의 체취를 몽땅 빨아들일 기세였다. 그리고 허리를 숙여 그녀의 귓불을 핥았다. 긴 혀로 귀밑머리와 목덜미와 가슴을 타고 배꼽까지 내려왔다.

"아잉!"

리심이 코맹맹이 소리를 내자, 빅토르 콜랭은 얼굴을 들었다. 그녀는 손을 뻗어 카이저 수염을 부드럽게 어루만져 주었다. 그가 다시 배꼽에 긴 혀를 끼웠다. 생명의 근원을 파헤치기라도 할 듯 정성을 다해 배꼽을 핥고 깨물고 푸푸 소리가 나도록 불기까지 했다. 그리고 서서히 아래로 내려갔다.

리심은 빅토르 콜랭의 등을 할퀴듯 두들겨 당겼다.

비와 바람의 즐거움이 밀려드는 순간이었다.

사랑이 시작되는 순간

낮고 빠른 웅얼거림에 눈을 떴다. 개천 돌멩이들이 자갈 자갈 부딪혀 내는 소리를 닮았다. 새벽인가. 희미한 빛이 객관 벽을 가린 여덟 폭 병풍을 비춘다. 여덟 신선이 봄 산, 여름 강, 가을 바위, 겨울 들판에 머물러 있다. 책을 읽기도 하고 술을 마시기도 하며 노래를 부르기도 하고 멍하니 하늘만 바라보기도 한다. 웅얼거림이 들려오는 곳은 겨울 들판 아래다. 빅토르 콜랭. 어젯밤 리심과 운우지락을 나눈 그가 등을 보인 채 무릎을 꿇고 앉았다. 리심은 이불을 걸고 일어나려다가 고개만 돌린 채 누워 있었다. 어슴새벽에 그가 무엇을 하는지 궁금했던 것이다.

웅얼거림이 멈추었다. 빅토르 콜랭이 등을 펴며 길쭉한 종이 한 장을 펴 들었다.

"이 창 준 베 드 로!"

이름을 또박또박 읽은 후 다시 머리가 방바닥에 닿을 만큼 허리를 숙인 채 웅얼거리기 시작했다. 그는 지금 기도를 드리고 있었다. 월선도 야소를 받들기 시작하면서 저렇듯 혼자만 아는 주문들을 외웠다.

한데 이창준 베드로는 누구지?

다시 빅토르 콜랭이 허리를 편 후 다른 종이를 펴 들고 읽었다.

"돌 쇠 요 한!"

웅얼거림이 점점 울먹거림으로 바뀌었다.

"밤 식 스 테 반!"

양손으로 얼굴을 가린 빅토르 콜랭의 어깨가 흔들렸다. 어제는 너무나도 그 어깨가 넓었는데, 지금은 세상에서 가장 작아 보였다. 등 뒤에서 꼭 안아 주고 싶을 만큼.

빅토르 콜랭이 마지막 종이를 집어 들었다.

"월 선 마 리 아! 그 아들 이 종 우!"

리심은 벼락을 맞은 것처럼 온몸이 딱딱하게 굳었다. 월선, 황새바위에서 죽은 어미의 이름이다. 빅토르 콜랭은 어제 순교한 조선 백성들 이름을 하나하나 부르면서 그들이 무사히 천국에 이르기를 기도한 것이다. 목이 잘릴 때까지 그들이 겪은 슬픔과 고통과 두려움을 더듬으며 홀로 아파하였다. 함께 야소를 믿는 교인이라 하더라도 나라도 다르고 피부 색깔도 다르며 말도 통하지 않는 사이가 아닌가.

빅토르 콜랭이라는 이 사내, 따뜻하고 고운 마음을 지녔구나.

리심은 천천히 몸을 일으켜 무릎걸음으로 다가갔다. 소리를 죽인다고 했는데도 빅토르 콜랭이 인기척을 느끼고 고개를 돌렸다. 안경도 쓰지 않은 두 눈에서 굵은 눈물이 흘러내렸다. 리심은 허리를 펴며 엉덩이를 들었다. 그리고 엄마가 우는 아이를 달래듯 그 얼굴을 가슴에 묻었다. 빅토르 콜랭은 양손으로 리심의 등을 감싸 안은 채 한참을 울었다. 리심은 오른 손바닥으로 빅토르 콜랭의 뒷머리를 부드럽게 쓰다듬었다. 사랑이 시작되는 순간이었다.

질주

그날부터 거의 한 해가 넘게 리심과 빅토르 콜랭 두 사람은 함께 먹고 마시고 자고 같은 침대에서 눈을 떴다. 아침이면 늘 새로운 일과 음식과 풍광들이 두 사람을 기다렸다.

오늘이 가면 더 행복한 오늘이 오고 행복한 오늘이 가도 더 행복한 오늘이 찾아오는, 이곳을 떠나면 아름다운 이곳에 닿고 아름다운 이곳을 떠나면 더 아름다운 이곳에 도착하는 날들이었다. 멈추어야 한다는, 언젠가는 반드시 멈출 것이라는 생각조차 들지 않았다. 둘은 다만 서로에 취하여 힘껏 내달리는 속도감만을 즐겼다. 둘 사이를 가를 작은 틈도 아직은 없었다. 리심이 그 노래를 부르기 전까지는.

사랑 사랑 내 사랑이야!

중전은 성실하고 똑똑한 빅토르 콜랭을 종종 궁으로 불렀다. 함께 차를 마시기도 하고 춤과 노래를 보기도 하고 서책을 읽기도 했다. 중전이 먼저 리심의 근황을 묻는 법은 없었다. 빅토르 콜랭이 어색함을 참지 못하고 리심에 대해 이런저런 이야기를 꺼내 놓으면 그제야 마치 제 일인 양 기뻐했다.

"정말인가요, 리심 그 아이가 법국어 사전을 통째로 외우고 있다는 것이? 내 그럴 줄 알았어요. 그 아이는 한번 마음먹으면 이루지 못할 일이 없을 만큼 독한 구석이 있지요."

중전은 빅토르 콜랭이 마음을 쓰고 있는 서책 구입과 서재 정리에 관해 물었다. 빅토르 콜랭은 준비한 답을 최대한 정중하게 말했다.

"조선에는 참으로 귀한 서책이 많습니다. 얼마 전 통역관으로 온 모리스 쿠랑에게 서책들을 구입하고 총괄 정리하는 일을 맡겼습니다. 한양에 부임하는 날부터 우울증을 심하게 앓았는데, 서책을 다루다 보니 그 병이 씻은 듯 달아났어요. 리심도 큰 도움을 주고 있지요. 불어와 한문을 아니까, 서적들 제목과 개요를 불어로 옮겨 적는 데 적격입니다. 서재 정리는 아직 더 시일이 필요합니다."

빅토르 콜랭은 자신이 조선을 떠날 때까지 서재 정리가 끝나지 않으리라 짐작했다. 그러나 사실대로 아뢰면 당장 리심을 약방으로 복귀시키려고 들 터였다. 꼬치꼬치 따져 묻지도 않고 직접 공사관으로 와서 서재를 살필 일도 없으니, 적당하게 둘러대며 시일을 조금씩 늦추는 것이 최선이었다. 리심을 아끼는 사사로운 마음은 숨기고 또 숨겼다.

중전이 예고도 없이 프랑스 공사관으로 찾아온 것은 1890년 5월도 거의 끝나 가는 한낮이었다.

모네의 연꽃 그림들을 책상 위에 올려놓고 살피던 빅토르 콜랭과 리심은 황급히 나아와서 손님을 거실로 맞아들였다. 중전은 봄날 정취가 하도 좋아 나들이를 왔노라며 커피를 한 잔 청했다. 리심이 자리를 뜨려고 하자 중전이 빅토르 콜랭을 돌아보며 말했다.

"법국 공사의 커피 타는 솜씨가 일품이라는 소문을 들었습니다. 가끔 공사관 직원들을 위해 손수 만찬 음식도 준비하신다지요?"

빅토르 콜랭은 탐언의 통역을 듣자마자 급히 일어섰다.

"알겠습니다. 부족하지만 솜씨 발휘를 한번 해 보지요."

탐언과 빅토르 콜랭이 자리를 뜨자, 중전과 리심만 남았다.

"행복하냐?"

중전이 지나치듯 물음을 던졌다.

"마마!"

리심은 즉답을 피한 채 자리에서 일어섰다. 중전과 약방 기생이 마주 보며 의자에 앉을 수는 없었다. 동양 법도에 밝은 빅토르 콜랭이 양해를 구하고 중전 또한 미소로 응낙했지만, 리심은 그 자리가 가시방석과도 같았다.

"앉아라. 이미 허락한 일이니라. 행복하냐고 물었다."

리심은 마지못해 다시 자리에 앉았다.

"열심히 하고 있사옵니다."

"열심히 한다! 후후훗."

중전은 말을 끊고 길게 웃었다.

"대수에게 글을 배울 때부터 리심 넌 항상 열심이었지. 의술도 가무도. 그래, 넌 열심히 하는 것 자체를 즐기는 아이였지. 그럼, 넌 행복하겠구나."

"마마!"

중전이 눈을 들어 리심을 쳐다보았다. 리심은 그 물음에 답하기가 어려웠다. 행복하다 답하면 왜 행복하나 하문하실 테고, 불행하다 답하면 궁으로 돌아가자 하실 테지.

"참 좋은 봄날 아니냐? 곧 여름인데, 역시 계절은 봄이 좋아. 리심아."

"예, 마마!"

"노래나 한 자락 해 보아라. 지금 생각해 보니 네 춤 솜씨는 익히 보았지만 노래는 제대로 들어 본 적이 없구나. 요즈음 네 마음을 담은 노래를 불러 보렴."

"마마, 소녀는 노래가 서투옵니다."

중전의 목소리가 커졌다.

"어허, 지금 누구 앞에서 거짓을 고하는고. 경기도에서 노래라면 첫손에 꼽히던 적성 기녀 월선의 딸이 노래에 서투다고? 그 말을 누가 믿겠느냐? 빨리 부르지 못할까?"

그 순간 빅토르 콜랭과 탐언이 돌아왔다. 중전이 반갑게 커피를 받아 한 모금 마신 후 빅토르 콜랭에게 말했다.

"공사도 앉으세요. 리심이 날 위해 노랠 하겠다는군요. 어디 들어 봅시다."

리심은 빅토르 콜랭이 눈을 찡그렸다 펴는 것을 보았다.

중전이 원하는 대로 끌려가지 말라는 뜻이다.

'중궁전에 들 때는 언제나 그랬다. 아무리 발버둥 쳐도 미리 정해 둔 길로 끌려들어 가는 듯한 느낌. 모든 걸 알고 있으면서도 거짓말할 때까지 기다리고 있다는 느낌.

진작부터 아셨겠지. 법국 공사와 궁중 무희의 사랑. 이보다 더 입방아를 찧기에 좋은 이야기가 있을까. 아시고서도 왜 나를 찾지 않으셨을까 궁금했다. 한데 드디어 오셨구나. 그리고 또 나를 시험하시는구나.'

리심은 눈을 감고 마른침을 삼켰다. 입 안에서 혀를 상하좌우로 놀렸다. 허리를 뒤로 약간 넘기는가 싶더니, 높고 가는 소리를 뽑아냈다.

이리 오너라 업고 놀자. 이리 오너라 업고 놀자.
사랑 사랑 사랑 내 사랑이야.
사랑이로구나 내 사랑이야.
이이이이 내 사랑이로다. 아매도 내 사랑아.

"좋구나. 노래도 춤 못지않으니 공사는 참 행복하시겠습니다."

중전이 환하게 웃으며 빅토르 콜랭의 행복을 확신하듯 말했다. 리심도 빅토르 콜랭도 답을 못하고 머뭇거렸다. 역시 중전은 두 사람이 벌인 사랑의 질주를 알고 있었다.

빅토르 콜랭은 진심을 다하여 정면으로 부딪치기로 결심했다. 빙빙 돌려 말하다가는 중전의 심기를 거스를 수도 있었다.

"리심을 아내로 맞이하고 싶습니다."

중전은 물음이 날카로워졌다.

"리심을 아내로 맞이하겠다는 것은 조선에 있는 동안만 동침하며 곁에 두고 부리겠다는 뜻인가요?"

빅토르 콜랭은 그 말뜻을 처음엔 이해할 수 없었다.

'조선에 있는 동안만?'

"아, 아닙니다. 어찌 조선에 있는 동안만 아내로 둔단 말입니까? 아내로 맞이하면 죽는 날까지 함께 지내야지요."

"그 말이 공사의 진심임을 의심하진 않겠습니다. 하나 세상이 그렇게 호락호락하진 않지요. 공사가 만약 법국으로 돌아가고 리심이 공사와 동행하면, 법국 사람들은 이를 곱지 않은 시선으로 볼 겁니다. 지금으로서는 전혀 예상치 못한 불행이 두 사람을 덮칠지도 몰라요. 바깥으로부터 가해지는 시샘과 비난이야 물리칠 수 있겠으나 공사가 만약 변심이라도 하는 날에는 리심은 견딜 수 없을 거예요. 무슨 일이 있어도 리심 이 아이를 지켜 줄 건가요?"

"그렇습니다."

"공사가 지금까지 이룬 지위와 명예 그리고 목숨이 위태로운 상황이 와도 그 마음 변치 않을 테지요?"

"믿어 주십시오."

중전이 미소를 머금은 채 고개를 끄덕였다.

"공사가 서재 정리라는 그럴듯한 핑계를 대고 리심 이 아이를 공사관으로 빼낼 때부터 이런 날이 오리라 예상했답니다. 처음 몇 달은 아무 일도 없기에 혹시 내 예상이 빗나간 것은 아닐까 걱정했지요. 한데 오늘 공사 이야기를 들으니 안심이 되는군요. 리심아! 너도 공사의 아내가 되고프냐?"

빅토르 콜랭과 중전의 시선이 리심에게 쏠렸다. 리심은 빅토르 콜랭과 눈을 맞추며 떨리는 목소리로 답했다.

"예, 저도! …… 빅토르의 아내가 되고 싶어요."

중전이 흥미롭다는 얼굴로 빙긋 웃어 보였다.

"공사! 여자를 너무 믿지 마세요. 남자들은 흔히 여자들이 사랑에 모든 것을 건다고 놀리곤 하지만, 내가 보기엔 남자들이 더 심하면 심하지 못하진 않답니다. 리심 저 아이는 욕심이 많아요. 너무 욕심이 많아서 그 욕심 때문에 공사 앞날까지 망칠지도 모릅니다. 제 욕심을 채우기 위해 공사를 이용하는 것일 수도 있답니다. 사랑이란 그저 겉보기에 좋은 치장에 지나지 않고요."

빅토르 콜랭이 왼손으로 안경을 고쳐 쓴 후 중전을 쳐다
보았다.

"이용당할 리도 없지만……. 설령 그렇다고 해도…… 리
심과 함께 살 수만 있다면, 좋습니다!"

중전이 한숨을 내쉰 후 커피를 마저 비웠다.

"참으로 커피 맛이 좋습니다. 한 잔 더 청해도 될까요?"

빅토르 콜랭이 걱정스러운 듯 리심을 보았다. 리심이 고
개를 끄덕였다. 두 사내가 자리를 뜨자 중전이 낮은 목소리
로 물었다.

"중일각 일을 공사에게 고백하였느냐?"

"마마! 소녀를 죽여 주시오소서."

중전이 혀를 찼다.

"쯧쯧, 널 죽이려면 공사관까지 올 필요도 없었다. 다시
묻겠다. 공사를 진심으로 사모하느냐?"

"예, 마마!"

"하면 중일각 일은 결코 입 밖에 내지 마라. 그리고 공사
와 함께 나들이를 나서는 것도 자제해야 할 것이야. 법국
공사가 요즈음 너무 자주 유산(遊山)을 다닌다는 얘기가 내
귀에 들려오더구나. 전하께서 이 일을 아시게 되었을 때 어
떤 일이 벌어질지는 네가 제일 잘 알 것이야. 부디 쥐 죽은
듯 지내라. 그래야 네가 법국 공사 곁에 계속 머물 수 있느

니라. 명심하렷다, 아무리 세월이 지나도 너는 오로지 조선 국왕의 여인임을. 전하께서 명을 내리면 언제든지 옥에 갇힐 수도 있고 목이 잘릴 수도 있음을."

마지막 선물

"어서 오시오. 중전에게 소식 들었소. 곧 조선을 떠난다면서요. 이거 섭섭해서 어쩌나? 그래 언제 출국할 예정이오?"

고종은 잔뜩 긴장한 채 사정전(思政殿)으로 들어서는 빅토르 콜랭을 반갑게 맞이했다. 옆에 앉은 중전도 미소를 지어 보였다. 평소와는 달리 왕과 왕비 곁에는 내관도 궁녀도 없었고, 오직 키 작은 역관만이 있는 듯 없는 듯 서 있었다. 탁자 위에는 붉은 와인 한 병이 놓여 있었다. 샤토 마고였다.

빅토르 콜랭은 정중히 인사를 한 후 자리에 앉았다. 시각은 벌써 이경(二更, 밤 9시)을 넘어섰다. 입궁하라는 전갈을 받고 불길한 마음을 감출 수 없었다. 만찬 초대는 종종 받았지만 이렇게 늦은 밤에 경복궁으로 들기는 처음이었다.

빅토르 콜랭은 사랑을 위해 용기를 낼 날이 오늘임을 직감했다. 고이고이 아껴 둔 소망을 밝히기엔 더없이 좋은 밤이었다.

"5월 12일에 정식으로 작별 인사를 드릴 계획이었습니다."

중전이 아쉬움 가득한 목소리로 말했다.

"작별 인사는 작별 인사고. 이런 날을 그냥 보낼 수 있나요. 와인이나 함께 들자고 특별히 공사를 오시라 청했어요."

"감사합니다. 조선을 떠나더라도 두 분의 은혜는 평생 잊지 못할 것입니다."

"은혜랄 게 뭐 있나요? 오히려 공사 덕분에 법국을 비롯한 구라파 여러 나라의 습속에 대해 많은 걸 알게 되었어요. 이렇게 맛있는 와인을 골라 마시게 된 것도 공사와 법국 정부의 배려 덕분이고. 오히려 우리가 공사에게 큰 빚을 졌지요."

"아주 작은 일을 그처럼 칭찬하시니 몸 둘 바를 모르겠습니다."

"자자, 한 잔 받으시오."

고종이 손수 와인 병을 들었다. 빅토르 콜랭은 허리를 숙이고 두 손으로 정중하게 술잔을 내밀었다.

"조선과 법국 백성의 행복을 위하여!"

"공사의 앞날을 위하여!"

세 사람이 잔을 부딪쳤다. 빅토르 콜랭은 예전에도 샤토 마고를 먹어 본 적이 있지만 오늘은 유난히 뒷맛이 썼다. 술잔을 절반도 넘게 비운 고종은 금세 볼이 발그레해졌다. 중전은 술잔에 입만 붙였다가 떼며 고종에게 말했다.

"분부를 내리시지요."

고종이 고개를 끄덕인 후 빅토르 콜랭을 쳐다보았다.

"공사! 과인이 그동안 계속 받기만 하고 공사에게 무엇 하나 제대로 보답한 적이 없구려. 그래서 공사가 내 나라를 떠나기 전에 선물을 하나 선사하기로 중전과 의논을 하였다오. 이왕이면 공사가 원하는 걸 선물하고 싶소. 무엇이 좋겠소? 값에 상관없이 말해 보오."

빅토르 콜랭은 즉답을 못하고 안경을 고쳐 쓰는 척하며 중전을 흘끔 쳐다보았다. 중전이 보일락 말락 하게 고개를 끄덕였다.

"공사관 서재 정리를 위해 보내 주셨던 무희를 주십시오."

"무희라면……?"

고종의 얼굴이 딱딱하게 굳었다.

"리심! 그 여인과 함께 출국하고 싶습니다."

빅토르 콜랭이 더욱 힘주어 청했다.

"그, 그건⋯⋯."

고종이 당황하는 사이, 중전이 재빨리 끼어들었다.

"리심, 그 아이를 왜 데려가시겠다는 겁니까?"

빅토르 콜랭은 고종의 시선을 피하지 않고 답했다.

"사랑하기 때문입니다. 리심을 아내로 맞고 싶습니다. 본국에 가서 정식으로 식을 올리고 싶습니다. 허락해 주십시오."

잠시 침묵이 흘렀다. 빅토르 콜랭은 힘껏 쥔 고종의 두 주먹을 보았다. 당장이라도 리심을 잡아들이라는 엄명이 떨어질 듯했다. 그때 어색한 침묵을 웃음으로 깨뜨린 것은 중전이었다.

"호호호! 리심 그 아이를 책비로 달라고 할 때부터 이상하다 했어요. 역시 리심을 연모(戀慕)하였던 것이로군요."

중전은 고개 돌려 고종에게 말했다.

"전하! 일찍이 한나라 시절 원제(元帝)는 왕소군(王昭君)을 흉노로 보내어 두 나라 사이에 믿음을 쌓고 천하를 평안하게 만든 적이 있사옵니다. 공사와 리심이 진정으로 서로를 위하며 또한 법국에서 성대한 결혼식을 연다면, 이것은 조선과 법국 두 나라의 관계가 더욱 친밀해지는 일이 될 것이옵니다. 아니 그렇사옵니까?"

고종은 손수 와인 한 잔을 따라 마셨다. 수염을 타고 와인이 조금 흘렀다.

"저, 전하!"

중전이 급히 비단 천을 내밀었다. 고종은 손을 들어 그 천을 마다했다. 빅토르 콜랭이 다시 간청했다.

"리심과 출국하는 것만 허락해 주신다면 무슨 일이든 하겠습니다."

"무슨 일이든 하겠다 하였소? 리심 그 아이가 대체 무엇이관데?"

고종이 반문했다. 빅토르 콜랭은 가슴속에서 타오르는 이야기를 제법 길게 쏟아 냈다.

"제 목숨보다도 소중한 사람입니다. 리심이 곁에 없는 날은 단 하루도 상상할 수 없습니다. 저는 조선에 와서 두 가지 잊지 못할 큰 기쁨을 얻었습니다. 첫째는 두 분을 뵌 것입니다. 두 분의 자상한 보살핌이 없었다면 저는 맡은 바 업무를 완수하기 힘들었을지도 모릅니다. 두 번째 기쁨 역시 두 분 덕분에 얻을 수 있었습니다. 두 분은 리심을 공사관으로 보내 달라는 제 부탁을 흔쾌히 들어주셨고 그래서 저는 평생의 반려자를 만나 사랑의 결실을 맺게 되었습니다. 이 기쁨을 평생 품고 살아갈 수 있도록 허락해 주십시오."

다시 짧은 침묵이 흘렀다. 고종이 손수 와인 병을 들고 빅토르 콜랭에게 술을 따랐다. 빅토르 콜랭은 급히 잔을 붙들고는 잔 속을 차오르는 붉은 빛깔을 바라보았다. 사랑에 빠진 남자의 눈에는 그 붉은빛조차도 리심을 향한 자신의 뜨거운 사랑을 말해 주는 것 같았다. 이윽고 고종이 말했다.

"좋소. 리심을 데려가오. 단 어디에 있든 조선을 위하는 마음을 버리지 않겠다고 약조해 주오. 특히 내가 공사를 꼭 필요로 하는 순간이 닥칠 땐 나를 돕겠다고. 그러면 리심은 영원히 공사와 함께할 것이오."

밀명

빅토르 콜랭은 리심의 입궁을 말렸다.

떨어지는 나뭇잎 하나, 구르는 돌멩이 하나도 조심해야 할 때였다. 하루라도 빨리 도성을 떠나고 싶었다. 리심의 손을 꼭 잡고 바다를 건너고 싶었다. 새로운 곳에서 새로운 날들을 가꾸고 싶었다.

대궐은 항상 비밀이 많고 또 그가 결코 이해할 수 없는 일들이 벌어지는 곳이다. 빅토르 콜랭은 리심이 구중궁궐에서 없어지기라도 할까 봐 염려했다. 그러나 리심은 웃으며 손등을 도닥이고는 여기 중궁전에 왔다.

"제게는 중전 마마가 어머니이자 스승이고 또 생명의 은인이십니다. 큰 은혜를 입었는데 어찌 이대로 떠날 수 있겠는지요? 당신이 염려하시는 바가 무엇인지 잘 압니다. 하나 중전 마마는 당신이 상상하시는 것보다 훨씬 크고 담대한 분이십니다. 잔꾀로 세상을 놀릴 분이 아니니 안심하세요."

중전은 또한 리심에게 큰 상처를 주기도 했다. 큰아줌마를 참혹하게 죽이기도 했고, 방바닥에 등을 대고 잠들지 못하는 벌도 내렸으며, 의술이나 춤 대신 발을 씻는 것으로 세월을 보내게도 했다. 애(愛)와 증(憎)이 뒤섞인 감정을 리심은 오직 중전을 통해서만 느낄 수 있었다.

"드디어 떠나는 것이냐? 들뜨지 마라. 더욱 끔찍한 일이 네 앞을 가로막을 게야. 여태껏 들도 보도 못한 일들이 벌어지겠지. 그때도 기꺼이 감내하며 나아갈 자신이 있느냐고 묻는 게다."

"머무는 것보다는 낫다고 소녀는 믿고 있사옵니다."

리심은 속마음을 남김 없이 드러냈다. 어차피 무엇을 숨기려 해도 숨길 수 없는 자리였다.

"나를 원망하느냐?"

"원망하지 않사옵니다."

"하면 나를 좋아하느냐?"

"……."

리심은 즉답을 못했다. 중전이 자문자답을 이었다.

"솔직하군. 나도 나를 좋아하지 않는데 누가 나를 좋아하리……. 문득 그런 생각이 들었다. 리심 네가 이 궁에 머물고 내가 배를 타고 조선을 떠나면 어떠할까."

"마마! 어찌 그런······."

"내명부 으뜸이 되는 것은 내 바람이 아니었다. 가난에
찌든 내가 어찌 구중궁궐의 안주인을 꿈꿀 수 있었으리요.
하나 나는 조선보다도 더 넓은 세상으로 나아가고 싶었다.
어릴 때는 청나라를 돌아볼 궁리를 했고 궁궐에 들어온 후
부터는 천하를 구경할 기회를 엿보았다. 하나 그건 내 길이
아니로구나. 리심아!"

"예, 마마!"

"지금부터 내 말을 똑똑히 들어라. 내가 널 번번이 살려
준 것도 바로 오늘 같은 날을 기다렸기 때문이니라."

"하교하시오소서."

중전은 오른 검지를 까닥거리며 잠시 숨을 골랐다.

"빅토르 콜랭 드 플랑시는 훌륭한 외교관이다. 성실하고
충직하며 무엇보다도 제 나라를 먼저 위할 줄 아는 위인이
야."

리심은 중전이 갑자기 빅토르 콜랭을 칭찬하는 이유를
알 수 없었다.

"조선에서 그가 했던 일을 너 또한 법국에서 할 수 있겠
느냐?"

'조선에서 빅토르가 했던 일?'

점점 더 이해하기 어려웠다. 중전이 답답한 듯 이야기를 이었다.

"외교관이란 무엇이냐? 자신이 부임한 나라에서 일어나는 크고 작은 일들을 본국에 알리는 자들이니라. 공사는 조선에 온 외교관들 중에서 조선에 대한 소식을 가장 많이 본국에 보고하였느니라. 게다가 조선에서 사고파는 서책들까지 한 아름 가지고 가지 않느냐? 일찍이 나는 이처럼 자기 일에 충실한 자를 보지 못하였느니라. 너도 법국에서 조선을 위해 일할 수 있겠느냐? 조선을 잊지 않고 기억하며 조선에 꼭 필요한 것이라면 물불 가리지 않고 알아낼 수 있겠느냐?"

'조선을 기억하고 조선을 위해 일하라!'

뜻밖의 밀명이었다.

"단지 법국 외교관의 아내가 되어 법국인으로 살아가겠다면 널 보낼 까닭이 없느니라. 공사와 네 사랑을 내가 도울 이유는 더더욱 없지. 리심아! 너라면 내 뜻을 헤아릴 것이라고 믿는다. 몇 해 전 홍종우도 법국으로 떠났지만 감감무소식이로구나. 구라파인들은 속속 조선으로 들어와서 조선의 모든 것을 먹고 보고 익히는데, 우리는 저들 나라에 대해 아는 것이 전혀 없으니 답답한 노릇이다. 네가 구라파로 뻗은 내 눈과 귀가 되어 주지 않으련?"

리심은 이마를 바닥에 대고 아뢰었다.

"마마! 맡겨 주시오소서. 구라파의 모든 것을 세세히 보고 적어 올리겠나이다. 부족하나마 마마의 눈과 귀가 되겠나이다."

파리지엔

새벽부터 리심은 거울 앞에서 오랜 시간을 머물렀다.

몸종 둘의 도움을 받아 코르셋을 입자 허리가 더욱 잘록해지면서 앞가슴이 밀려 나왔다. 속바지인 드로어즈와 바스락바스락 소리가 나는 속치마인 실크 패티 코트를 겹쳐 입고 말총으로 속을 채운 쿠션 패드를 넣어 엉덩이 부분을 부풀렸다. 양손을 뒤로 돌려 튀어나온 부분을 만져 보니 괜스레 웃음이 났다. 모네를 비롯한 인상파 화가들이 그린 그림 속 여인들을 처음 보고 그 체형에 놀랐던 때가 떠올랐던 것이다.

리심은 정면에서 거울을 보고 앉아 다시 눈을 감았다. 몸종들이 조심조심 리심의 비녀를 뽑고 엉덩이까지 흘러내려 찰랑거리는 머리를 정성껏 빗겼다. 이마에서 뒷머리까지 가르마를 탄 후 양쪽 귀를 가로질러 다시 가르마를 만들었다. 좌우로 마주 보고 서서 뒷머리를 땋았다. 고개가 좌우로 흔들렸지만 눈을 감은 리심의 표정은 흔들림이 없었다. 커다란 매듭처럼 머리를 들어 고정한 후 두 귀에 루비 귀걸이를 매달았다.

레이스 달린 라일락 색 작은 밀짚모자를 뒷머리에 고정했다. 모자에는 붉은 장미 코사지와 푸른 새틴 리본과 작은 과일 열매들이 빽빽하게 꽂혔다. 목 끈의 나비 모양 매듭이 잘 만들어지지 않아서 모자 위치를 세 번이나 고쳤다. 루비 귀고리가 찰랑찰랑 흔들릴 때마다 리심의 볼이 더욱 발그레해졌다.

머리 손질이 끝나자 리심은 눈을 뜨고 자리에서 일어났다.

몸종들이 상아색 모슬린 드레스를 입힌 다음 리본을 허리에 감았다. 가슴에 큰 브로치를 달고 치마에는 주름을 잡아 폭포처럼 흘러내리게 했다.

리심은 노란 양산을 어깨에 걸친 후 엉덩이를 뒤로 빼고 가슴을 한껏 디밀며 좌우로 몸을 돌려 보았다. 그리고 자신의 얼굴을 뚫어져라 쳐다보며 말했다.

"리심! 자, 이제 가는 거다."

떠나는 리심의 복색은 두고두고 백성들 입에 오르내렸다. 빅토르 콜랭도 리심을 보고 숨이 멎을 듯 깜짝 놀랐다.

한복을 입은 리심도 아름다웠지만, 그날 완벽한 파리지엔이 된 리심은 매혹 그 자체였다.

빅토르 콜랭은 종종 프랑스 지인들을 통해 여인들이 쓰는 다양한 물품을 사들였다. 화장품도 있었고 신발도 있었으며 옷도 있었다. 리심은 고맙게 선물을 받았지만 실제로 그것들을 사용하는 경우는 극히 드물었다. 향수는 가끔 뿌리고 나왔지만 옷이나 신발은 입방아에 오를 것을 염려하여 쓰지 않았다.

"조심하오."

리심은 빅토르 콜랭이 미리 준비한 나귀에 몸을 실었다. 적어도 한양을 벗어날 때까지는 가마에 들어앉고 싶지 않았다. 거리에 늘어선 한양 백성들이 양이복을 입은 리심을 훔쳐보기도 하고 손가락으로 가리키기도 했다. 곳곳에서 수군대는 소리가 들려왔지만 리심은 허리를 꼿꼿하게 세운 채 앞만 보았다. 푸르디푸른 초여름 하늘이 성문 너머로 펼쳐졌다. 시원한 바람이 레이스와 목덜미 사이를 간질였다.

제물포에서 배에 오를 때까지 파리지엔 리심은 결코 뒤돌아보지 않았다. 이제 정말 돌아오지 않는 여행을 떠나는 것이다.

배가 출발하자, 리심은 복주머니에서 구리로 만든 십자가 목걸이를 꺼내 걸었다. 월선의 손때가 묻은 단 하나의

유품이었다.

　　길 위에서 죽더라도
　　혼이여!
　　외로워 말라.
　　여행하는 자의 노래는
　　밟힐수록 아름다우니
　　머무는 곳곳마다
　　살아라 또 살아라.
　　어제는 영원히 지나갔고
　　내일은 결코 오지 않으리니!

〈계속〉

소설 조선왕조실록 13

리심 1

1판 1쇄 펴냄 2006년 9월 15일
2판 1쇄 찍음 2017년 11월 17일
2판 1쇄 펴냄 2017년 11월 24일

지은이 김탁환
발행인 박근섭·박상준
펴낸곳 (주)민음사

출판등록 1966. 5. 19. 제16-490호
주소   (135-887) 서울특별시 강남구 도산대로1길 62(신사동)
         강남출판문화센터 5층
대표전화 515-2000 | 팩시밀리 515-2007
홈페이지 www.minumsa.com

© 김탁환, 2017, 2006. Printed in Seoul, Korea

ISBN 978-89-374-4214-8 04810
ISBN 978-89-374-4201-8 04810(세트)